BLE AETH ELEN PUW?

BLE AETH ELEN PUW?

LINDA WYN

Diolch:

I fy chwaer, Victoria Morgan am ddarllen y drafft cyntaf,
am ei sylwadau gonest ac am ei hanogaeth.

I fy ngolygydd gwych, Meleri Wyn James,
am awgrymiadau lu ac am ei chefnogaeth gyson

ac i Sion Ilar am ddylunio'r clawr.

Argraffiad cyntaf: 2025
© Hawlfraint Linda Wyn a'r Lolfa Cyf., 2025

*Mae hawlfraint ar gynnwys y llyfr hwn ac mae'n
anghyfreithlon llungopïo neu atgynhyrchu unrhyw ran ohono
trwy unrhyw ddull ac at unrhyw bwrpas (ar wahân i adolygu) heb
gytundeb ysgrifenedig y cyhoeddwyr ymlaen llaw*

Cynllun y clawr: Sion Ilar

Rhif Llyfr Rhyngwladol: 978-1-80099-705-9

Dymuna'r cyhoeddwyr gydnabod cymorth ariannol
Cyngor Llyfrau Cymru

Cyhoeddwyd ac argraffwyd yng Nghymru
ar bapur o goedwigoedd cynaliadwy gan
Y Lolfa Cyf., Talybont, Ceredigion SY24 5HE
e-bost ylolfa@ylolfa.com
gwefan www.ylolfa.com
ffôn 01970 832 304

12.15 Y BORE, MAI 13EG 1973

"Rhaid yw eu tynnu i lawr, Rhai gwyrdd, rhai glas," canodd Elen yn llawen, "Rhai bach, rhai mawr," ymunodd Meinir yn y gân wrth lywio'r mini bach coch ar hyd y ffordd gefn mas o'r dref tuag at Bont Isaac.

"Cawn sbaner neu li' ac arfau di-ri…"

"Hei, aros funud," meddai Meinir, gan droi at ei ffrind, "Ti wedi dod â'r sbaners iawn, on'd wyt ti?"

"Mae llond bag 'da fi a maen nhw'n pwyso tunnell…" ochneidiodd Elen. "Pob maint, siâp a lliw… jyst rhag ofon. Diolch byth fod Dadi'n gymaint o DIY addict!"

"O damo." Sieciodd Meinir ei chyflymder wrth i gar Panda eu pasio'n gyrru i'r cyfeiriad arall tuag at y dref. "Lwcus 'mod i ddim yn spidio. Dyna'r trydydd car heddlu yn y pum munud dwetha. Beth yffach sy'n mynd mlân heno?"

"Ar eu ffordd nôl i'r stesion siŵr o fod." Ceisiodd Elen swnio'n optimistaidd, "Mi ddyle hi fod yn ddigon tawel o hyn ymlân. Mae wedi hen basio hanner nos."

"Wel, fi ddim mor siŵr," meddai Meinir yn amheus. "Falle fod damwain yn rhywle. So i'n gwbod amdanat ti, Elen, sai'n credu 'mod i moyn mentro heno."

"Wyt ti'n cael trâd oer?" Roedd Elen yn siomedig. "Beth am i ni jyst dynnu'r arwydd 'Carmarthen' wrth Bont Isaac, 'te? Mae hwnnw wedi bod yn mynd ar fy blydi nerfe i ers misoedd. Gawn ni wared e yn y sied ac awn ni'n syth gartre."

Trodd Meinir drwyn y mini i mewn i lôn fferm wrth ymyl y bont a diffodd y goleuadau. Camodd y ddwy o'r car, gan gadw'n dynn at y berth wrth anelu at gefn yr arwydd. Ymbalfalodd Elen yn ei bag am ychydig wrth chwilio am y sbaner maint iawn i ddatod yr arwydd, ond fel yr oedd wrthi'n dadsgriwio'r nyten gyntaf, daeth car heddlu arall dros y bont, ei olau llachar yn goleuo'r arwydd, ac aeth y merched ar eu cwrcwd ar lawr.

"Blydi hel, un arall," gwaeddodd Meinir ar ei ffrind. "Dere glou – gad hwnna cyn i ni gael ein dala!" A rhedodd Meinir yn ôl at y car, gydag Elen yn straffaglu ar ei hôl yn ceisio stwffio'r sbaners yn ôl i'w bag.

Baciodd Meinir y car i mewn i'r ffordd fawr a throi ei drwyn yn ôl i gyfeiriad y dref. Ond tua dau gan llath i lawr y ffordd, roedd car yr heddlu wedi stopio fan oedd yn gyrru i'r cyfeiriad arall ac roedd heddwas yn sefyll wrth y ffenest ag anadlydd yn ei law.

Llithrodd Meinir ac Elen i lawr yn eu seddi a syllu'n syth ymlaen wrth i Meinir yrru heibio cyn gynted ag y medrai.

"'Na pam fod cymaint o heddlu mas heno – treial mas eu breathalysers newydd maen nhw, sdim dwywaith," meddai Elen.

"Ac os cawn ni'n stopio bydd y ddwy o'n ni yn y cachu at ein clustie." Roedd tinc gofidus yn llais Meinir. "Ti â dy fag o sbaners… a fi heb basio 'nhest, os gofi di."

"Ocê, gartre cyn gynted ag y gallwn ni, 'te," meddai Elen. "Sdim eisie i ti ddreifio'r holl ffordd rownd i'r tŷ. Ddringa i dros y relings a bydda i wrth y drws cefen mewn dwy funud."

"Ti'n siŵr?"

"Odw. Jyst gollynga fi wrth giatie'r parc."

1

"Sara... Sgen ti funud?"

Roedd Sara ar fin rhuthro i lawr y staer yn adeilad y BBC pan glywodd Carys, ei bòs, yn galw arni. Trodd ar ei sawdl a dilyn Carys i mewn i'w swyddfa.

"Caea'r drws a stedda am funud."

Symudodd Sara y domen o bapurau oddi ar y gadair o flaen desg Carys, "Oes stori 'di torri?" gofynnodd.

Yn ei swydd fel ymchwilydd, roedd Sara'n hen gyfarwydd â mynd ar ôl straeon newyddion yn ddirybudd. Roedd bod yn hyblyg yn rhan o'r gwaith, felly, yn fwy na thebyg, byddai ei hymweliad â'r gym heno'n gorfod aros.

"Na... dim byd newydd," meddai Carys yn bwyllog. "Ond... Cest ti dy fagu yn Rhyd-dderwen, on'd do?"

"Do," crychodd Sara ei thalcen, "Dyna ble o'n i'n byw nes i fi fynd i'r coleg. Fi'n dal i fynd nôl bob hyn a hyn."

"I weld dy deulu?" holodd Carys.

Doedd Sara ddim yn siŵr iawn i ble'r oedd y sgwrs yma'n arwain. "Fi 'di colli fy rhieni," atebodd, "ond mae gyda fi deulu – brodyr fy mam – sy'n dal i fyw yn Rhyd-dderwen a bydda i'n mynd i'w gweld nhw pan ga'i gyfle."

"Sori, wrth gwrs, do'n i ddim yn cofio am dy rieni. Ond ti'n nabod yr ardal yn dda mae'n rhaid."

"Fi'n dal i feddwl am Ryd-dderwen fel gartre, er 'mod i'n byw yng Nghaerdydd ers bron i ddeg mlynedd," atebodd Sara. "Roedd e'n lle grêt i dyfu lan a mae gyda fi lot o atgofion hapus am y dre."

"Wel, sut liciet ti fynd adra i neud ychydig o waith ymchwil yn Rhyd-dderwen, 'ta?" gwenodd Carys, "ar gyfer podlediad?"

Cododd Sara ei haeliau, "Swnio'n ddiddorol. Podlediad am be?"

"Ydy'r enw Elen Puw'n canu cloch o gwbl?" Syllodd Carys i wyneb Sara.

"Y ferch ysgol aeth ar goll? Ma blynydde ers 'ny…"

"Ie, dyna ti," atebodd Carys. "Ti'n gwybod rhywbath am yr achos?"

"Dim llawer," ysgydwodd Sara ei phen. "Fi'n cofio Mam yn sôn amdani. Roedd hi yn yr ysgol gydag Elen Puw, yn Ysgol Ramadeg Rhyd-dderwen. Roedd Elen ychydig o flynydde'n hŷn na Mam. Ond fi bron yn siŵr ei bod hi a fy Anti Hannah i'n ffrindie. Os fi'n iawn, mae bwyti hanner can mlynedd ers iddi fynd ar goll…"

"Tua hynny, a mae'r ffaith ei bod hi 'di diflannu'n dal yn ddirgelwch llwyr."

"Fi'n cofio Mam yn dweud bod yr heddlu a phobol leol 'di bod yn chwilio amdani am wythnose, miso'dd hyd yn oed. Ffeindion nhw byth mas beth ddigwyddodd iddi."

Nodiodd Carys ei phen. "A fel'na bydd hi… oni bai bod rhywun yn cael hyd i ffeithiau newydd am yr achos."

"Ar gyfer y podlediad, ti'n meddwl?" Roedd Sara'n llawn chwilfrydedd nawr.

"Dwi newydd ddod o gyfarfod efo'r tîm creadigol ac ro'n ni'n trafod ein prosiectau nesa," atebodd Carys. "Ni 'di bod yn edrach ar ystadegau ar gyfer gwrandawyr podlediadau ac mae'r cynnydd mwya mewn rhaglenni trosedd go iawn, neu *True Crime*. A'r rhai mwya poblogaidd yw hen achosion sydd heb eu datrys… *cold cases*. Mae digon yn Saesneg wrth gwrs…"

"Ond ychydig iawn yn Gymraeg," meddai Sara.

"Ia. Mae'r tîm 'di penderfynu arbrofi efo podlediadau byr am hen achosion yng Nghymru," aeth Carys yn ei blaen. "Ac un o'r rhai sy'n swnio'n ddiddorol i ni yw achos Elen Puw. Pan gofiais i fod ti'n dod o Ryd-dderwen... meddyliais amdanat ti'n syth, Sara. Sut liciet ti fod yn gyfrifol am y podlediad?"

Lledodd gwên fawr ar draws wyneb Sara ar unwaith. Fel ymchwilydd, byddai gofyn iddi wneud tipyn o bob dim, ond yn bennaf byddai'n ysgrifennu cynnwys ar gyfer y deunydd ar-lein. Byddai gwaith ymchwil newyddiadurol yn her newydd iddi ac mi fyddai'n dipyn o newid o'i gwaith beunyddiol. Hefyd, meddyliai, efallai y byddai'r podlediad yn rhoi cyfle iddi brofi ei gallu fel newyddiadurwr i weddill y tîm.

"Bydden i wrth fy modd," atebodd Sara'n syth. "Mae lot o gysylltiade gyda fi yn yr ardal o hyd. Ond beth yn union bydd hyn yn ei olygu?"

"Wel, bydd gofyn i ti neud ychydig o waith ymchwil i ddechrau, wedyn treulio amser yn Rhyd-dderwen – tri neu bedwar diwrnod ella, yn casglu gwybodaeth ac yn cyfweld ag unrhyw un sy'n dal i gofio'r achos," meddai Carys.

"Swnio'n grêt. Galla i aros gyda 'nheulu yn rhad ac am ddim, felly bydde dim angen llawer o goste treulie ar gyfer y gwaith," parablodd Sara yn eiddgar.

"Wel, mae hynny'n braf i glywad," chwarddodd Carys, "ond ddim dyna pam wnes i feddwl amdanat ti. Efo dy gefndir di... a'r ffaith dy fod ti'n nabod yr ardal, mae'n amlwg mai ti yw'r person gorau i neud y gwaith."

"Diolch, Carys. Fe wna'i 'ngorau i dy brofi di'n iawn felly."

"Iawn, 'ta. Tyrd yn ôl 'ma erbyn naw bore fory ac mi wnawn ni drafod y manylion."

+

Penderfynodd Sara hepgor ei hymweliad â'r gym a mynd yn syth gartre gan ei bod hi'n awyddus i ddechrau edrych i mewn i hanes Elen Puw. Gwelodd nad oedd ei phartner, Gwyn, wedi dychwelyd o'r gwaith pan gyrhaeddodd ei fflat, ond penderfynodd fod hyn yn achlysur i'w ddathlu, felly rhoddodd botel o Chablis i'w oeri'n gyflym yn y rhewgell yn barod i'w rhannu gydag e. Aeth i newid mas o'i dillad gwaith i bâr o jîns tynn a blows sidan. Clymodd ei gwallt hir, tywyll yn gynffon lac ar ei phen a rhoi mymryn o finlliw sgleiniog ar ei gwefusau. Edrychodd arni'i hun yn y drych hir yn yr ystafell wely gan deimlo'n fodlon ar yr hyn a welai.

Mewn dim, clywodd ddrws y fflat yn agor a chamodd Gwyn i mewn i'r gegin yn llwythog, ei friffces a'i laptop yn un llaw a bag plastig yn llawn llyfrau yn y llall.

"Paid â gofyn," meddai, cyn i Sara gael cyfle i ddweud gair, "Ty'd â can i fi o'r ffrij, 'nei di, Sara. Dwi bron â tagu." A suddodd i mewn i'r soffa fechan ym mhen draw'r gegin.

Ufuddhaodd Sara... estynnodd gan o gwrw ac ymuno â Gwyn ar y soffa.

"Wel, mae newydd da gyda fi," meddai'n siriol, "Mae Carys 'di..."

"Sori, Sara," meddai Gwyn ar ei thraws ar unwaith. "Ar y funud dwi jyst ddim yn yr hwyl... Petaet ti 'di cael diwrnod fatha f'un i, bysat ti'n deall pam."

Daliodd y ddau lygaid ei gilydd. Oedd e wedi sylwi ar ei siom? Edrychodd Gwyn i ffwrdd a llyncu y rhan fwyaf o'i gwrw cyn cario ymlaen, "Mae Magi 'di penderfynu mynd i ffwr' yn sâl unwaith 'to a mae'r Proff 'di gofyn i fi gymryd ei grŵp seminar hi..." esboniodd. "Be uffar dwi'n wbod am Gyfnod y blydi Dadeni? Ffyc ôl, 'na be."

"Ti siŵr o fod yn gwbod mwy na'r myfyrwyr," meddai Sara,

y gwynt wedi ei dynnu o'i hwyliau. "Fi am agor potel o Chablis beth bynnag achos mae gyda fi rywbeth i'w ddathlu."

"Ti ddim yn meddwl ei fod o braidd yn gynnar i fod yn llowcio gwin?" gofynnodd Gwyn yn sarrug, gan wagio'i gan. "O'n i'n meddwl bod ni 'di cytuno bod ti'n torri i lawr yn ystod yr wsnos."

Anwybyddodd Sara hyn a thynnu'r botel o'r rhewgell. "Wel, Gwyn bach, mae'n amlwg dy fod ti 'di cael diwrnod caled. Nawr, wyt ti eisie gwydraid neu beth?"

"Wel, os wyt ti'n agor y botal," meddai Gwyn gydag ochenaid, "'Swn i'm yn licio dy weld di'n yfed ar dy ben dy hun... Ti'n mynd allan?"

"Nagw, pam?"

"Dy weld di 'di gwisgo fel'na."

"Jyst eisie edrych yn neis, 'na i gyd," atebodd Sara'n sionc. "Sdim byd yn bod ar hynny, oes e?" Estynnodd wydraid o'r Chablis oer i Gwyn a chlosio ato ar y soffa. Arhosodd Sara nes iddo gymryd llwnc o'i win cyn mentro rhannu ei newyddion am y podlediad.

"O'n i'n meddwl ella fod y Bîb 'di penderfynu rhoi dyrchafiad i ti o'r diwadd. Ti'n gweithio'n ddigon blydi caled iddyn nhw... Sdim syniad gen i ble'r wyt ti hannar yr amsar na pryd fyddi di adra."

Sylwodd Gwyn fod golwg siomedig ar Sara.

"Be 'di'r podlediad 'ma, 'ta?" gofynnodd, yn meddalu ychydig.

"Wel," meddai Sara'n araf, "ymchwiliad i hanes merch ddiflannodd o Ryd-dderwen blynydde'n ôl. Achos 'mod i'n dod o'r ardal, roedd Carys yn meddwl y bydden i'n berffaith ar gyfer y gwaith."

"Mae hynny'n golygu y byddi di nôl a mlaen i Ryd-dderwen

fatha blydi io-io o hyn ymlaen felly," meddai Gwyn yn bigog.

"Na… wel, fi ddim yn siŵr faint o amser gymerith y gwaith ymchwil," meddai Sara'n dawel. "O'n i'n meddwl aros ym Maesyderi gyda Jac a Hannah am ychydig… Byddai hynny'n arbed gorfod dreifio'n ôl a mlân o Gaerdydd bob dydd."

"A pryd ti'n bwriadu mynd off a 'ngadael i ar fy mhen fy hun, 'ta?" gofynnodd Gwyn yn swta.

"Fi'n gweld Carys bore fory i drafod y manylion, ond yn yr wythnose nesa mae'n debyg."

Ochneidiodd Gwyn yn hir a thywallt gwydraid arall o win iddo'i hun heb yngan gair.

"O'n i'n meddwl falle y byddet ti'n falch drosto i," meddai Sara ar ôl ennyd o ddistawrwydd. "Bydd hyn yn gyfle da i fi brofi fy hunan – gwneud gwaith newyddiadura o ddifri yn lle rhoi trefen ar y newyddion mae pobol eraill wedi'u casglu. Mae e jyst y math o beth fi wedi bod eisie'i wneud ers ache," dywedodd yn frwdfrydig.

"O ia, da iawn ti, llongyfarchiadau, Sara. Wel, paid â phoeni amdana i," meddai Gwyn yn chwyrn. "Dwi'n mynd am gawod. Gei di orffan y gwin." A dringodd y grisiau i'r ystafell ymolchi.

Anadlodd Sara'n drwm a thywallt gweddill y botel Chablis i'w gwydr. Eisteddodd ar y soffa'n gwglo *cold cases* am ryw ddeng munud cyn i Gwyn ddychwelyd a suddo i'r glustog wrth ei hymyl. Roedd ei wallt tywyll yn damp ac roedd ei gorff yn arogleuo o'r hylif cawod drud roedd Sara wedi ei brynu iddo'n anrheg Nadolig. Ni thynnodd Sara ei llygaid oddi ar y sgrin nes i Gwyn roi ei fraich o gwmpas ei hysgwydd a'i thynnu ato. Edrychodd i'w llygaid a dweud yn dyner. "Paid â bod yn flin efo fi, Sara. Dwi 'di cael diwrnod caled, 'na i gyd. A ti'n gwbod sut dwi'n gallu bod. Gawn ni noson gynnar… ar ôl i ni gael swper." Cusanodd hi'n dyner cyn anelu am y gegin i estyn pryd parod o'r oergell.

+

Roedd Sara'n methu'n lân â chysgu'r noson honno. Roedd hi'n teimlo'n gyffrous wrth edrych ymlaen at wneud y podlediad ond, yn nghefn ei meddwl, roedd yr hen amheuon am ei pherthynas gyda Gwyn yn ei phoeni unwaith eto.

Cofiodd y tro cyntaf iddi gyfarfod ag ef ym Mhrifysgol Bangor, y ddau ohonyn nhw yn yr un grŵp yn astudio Hanes. Roedd yn anodd ganddi gredu'n awr mor ddistaw a dihyder oedd hi pan ddechreuodd yn y coleg yn ddeunaw oed. Wedi ei magu mewn tref fechan o fewn teulu agos, roedd gadael ei chartref yn y de i fynd i Fangor yn gam a gymerodd yn llawn pryder. Roedd Gwyn, ar y llaw arall, wedi cymryd dwy flynedd mas i deithio cyn mynd i'r brifysgol ac i Sara roedd yn ymddangos yn llawer mwy aeddfed na gweddill y grŵp. Roedd i'w weld yn hollol hyderus yn academaidd ac yn gymdeithasol ac yn rhagori ar bob mathau o chwaraeon. Roedd y merched i gyd yn ei ystyried yn dipyn o bishyn a bu ganddo sawl cariad yn ystod ei amser yn y brifysgol, yn wahanol iddi hi. Er bod Gwyn yn un o'i chylch o gyfeillion, doedd Sara erioed wedi meddwl amdano fel mwy na ffrind tra oedd yn y coleg. Adeg honno, fe fyddai ymhell y tu hwnt i'w chyrraedd fel cariad, yn ei thyb hi.

Ni welodd Sara a Gwyn ryw lawer ar ei gilydd am rai blynyddoedd wedyn. Gadawodd Sara Fangor ar ôl graddio a mynd i wneud cwrs Newyddiaduraeth yng Nghaerdydd, tra'r arhosodd Gwyn ymlaen ym Mangor i wneud doethuriaeth. Pan darodd Sara arno yng Nghlwb Ifor Bach ryw flwyddyn ynghynt, roedd yn synnu i weld ei fod yn dal i'w chofio, o ystyried ei bod hi wedi newid cymaint ers dyddiau coleg. Hoffai feddwl fod y ferch swil roedd e'n ei hadnabod ddeng mlynedd ynghynt wedi diflannu a bod rhywun tipyn mwy hyderus, allblyg a deniadol wedi cymryd ei lle.

Roedd Gwyn wedi derbyn swydd fel Darlithydd Hanes ym Mhrifysgol Caerdydd ac roedd yn rhannu tŷ aml-breswylydd digon blêr gyda phump o bobl eraill yn Grangetown. Trefniant dros dro oedd hyn, meddai, tra'r oedd yn disgwyl gwerthu ei dŷ teras yn Rachub. Roedd Sara'n methu â chredu ei lwc pan ddechreuodd gymryd diddordeb ynddi, gan ei bod hi wedi meddwl llawer amdano yn y blynyddoedd ers iddi ymadael â'r brifysgol. Datblygodd pethau rhyngddyn nhw'n gyflym a dechreuodd Gwyn a Sara weld ei gilydd yn aml. Dyma oedd perthynas ddifrifol gyntaf Sara ac roedd yn dyheu am gael rhywun arbennig yn ei bywyd i rannu popeth gydag e ac i fod yn gefn iddi. Gan fod Gwyn yn cynnig yr holl bethau roedd hi'n chwilio amdanynt yn ei phartner delfrydol, roedd yn benderfynol o wneud i'r berthynas weithio. Ymhen rhyw dri mis roedd Gwyn wedi symud mas o'i dŷ di-raen ac wedi ymgartrefu yn fflat smart Sara ym Mhontcanna.

Chwe mis yn ddiweddarach, roedd Sara wedi dysgu nad oedd cyd-fyw gyda Gwyn yn fêl i gyd a doedd ei ymddygiad y noson honno ddim ond yn cadarnhau mor anwadal roedd e'n gallu bod. Allai hi ddim peidio â meddwl y byddai cyfnod ar wahân, tra ei bod hi'n ymchwilio i'r podlediad, yn gwneud lles i'r ddau ohonyn nhw.

2

Roedd hi'n arllwys y glaw wrth i Sara droi trwyn yr Audi drwy giât Fferm Maesyderi a'i lywio ar hyd y lôn gul. Roedd y weipars wedi bod yn mynd yn ddi-stop yr holl ffordd ar hyd yr M4 o Gaerdydd wrth iddi deithio i'r gorllewin ac roedd hi wedi rhoi ochenaid o ryddhad wrth weld yr arwydd cyfarwydd am dref Rhyd-dderwen. Er nad oedd hi eto'n chwech yr hwyr, roedd yr awyr yn ddu, heb leuad na seren i oleuo'r ffordd. Roedd Sara'n falch iawn, felly, o weld y goleuadau diogelwch ar glos y fferm yn synhwyro presenoldeb y car gyda'u lampau llachar. Er bod y gaeaf ar ei anterth a'r tywydd yn oer ac yn ddiflas, teimlodd don o gynhesrwydd yn dod drosti wrth weld yr hen ffermdy o'i blaen.

Wrth gamu o'r car yn syth i bwll o ddŵr mwdlyd, difarodd Sara iddi wisgo esgidiau sodlau uchel a chot wlân ffasiynol. Fe fyddai pâr o welis a siaced law wedi bod yn llawer mwy defnyddiol, ond roedd hi wedi rhuthro o'r swyddfa yn ei dillad gwaith er mwyn cychwyn ar ei siwrnai cyn iddi dywyllu gormod.

Rhedodd Sara drwy'r pyllau dŵr at ddrws y ffermdy, lle y safai Hannah'n barod i'w chroesawu. Menyw fyr, solet oedd ei modryb, gyda gwallt byr llwyd-ddu ac wyneb crwn oedd â gwên barhaus yn hofran ar ei gwefusau.

"Dere mewn yn glou o'r glaw, Sara fach, neu fyddi di'n wlyb stecs. Tynna dy got… a'r hen sgidie dwl 'na." Un am siarad plaen fuodd Hannah erioed.

"Wel, ti'n edrych yn smart iawn rhaid i fi weud," meddai, wrth hongian y got ddrud ar fachyn y tu ôl i'r drws. "Rhaid bod bywyd yng Nghaerdydd yn dal i dy dretio di'n iawn."

Gafaelodd yn nwy law Sara, rhoi cusan sydyn iddi a'i thynnu dan olau'r cyntedd.

"Wel, ti'n mynd yn debycach i dy fam bob tro fi'n dy weld ti... Roedd hi mor bert yn d'oedran di, gyda'i gwallt hir, tywyll a'i llygaid glas. Mae'n dal yn anodd credu ei bod hi a dy dad wedi ein gadel ni fel gwnaethon nhw. Dyna ni," ochneidiodd. "Nawr, dere i'r rŵm ffrynt i weud helô wrth Jac."

Dilynodd Sara ei modryb i'r lolfa lle'r eisteddai ei hewythr yn pendwmpian wrth y tân. Doedd yr ystafell wedi newid fawr ddim ers pan oedd hi'n blentyn. Hannah fyddai'n ei gwarchod hi a'i brawd hŷn, Dewi, pan fyddai eu rhieni'n gorfod gweithio yn ystod y gwyliau ysgol ac oherwydd hynny roedd hi wedi dod i feddwl am Hannah fel ail fam iddi. Yn blentyn, byddai Sara bob amser yn edrych ymlaen at helpu mas ar y fferm ac at chwarae gydag Ioan a Ffion, ei chefnder a'i chyfnither, er eu bod nhw dipyn yn hŷn na Dewi a hithau. Wedi hynny, yn ei harddegau, byddai Hannah'n glust i wrando os oedd gan Sara unrhyw broblemau a theimlai ei bod yn gallu rhannu rhai pethau gyda hi na fyddai hi byth yn mentro dweud wrth ei rhieni.

Roedd y ddresel fawr dderw yn dal yn yr un lle, yn gwegian dan y rhesi o lestri glas a gwyn a'r jygiau *lustre* yn hongian ar fachau oddi tanynt. Roedd tanllwyth o dân, yn ôl yr arfer, yn llosgi yn y simdde fawr a theimlai Sara'n hollol gartrefol wrth glywed aroglau cyfarwydd yr hen adeilad yn gymysg â gwynt y coed tân.

Wrth iddi gamu drwy'r drws, trodd Jac ei ben i edrych ar Sara drwy ei sbectol drwchus. "Wel, Sara fach, croeso'n ôl i

Faesyderi," meddai. "So ni 'di dy weld ti ers sbel, y'n ni? Mae'n rhaid bod y BBC 'na'n dy gadw di'n fisi. Nawr, stedda lawr i dwymo wrth y tân. Fi'n siŵr bod hi'n ddigon ôr mas heno."

Rhoddodd Sara gusan fach ar foch Jac cyn suddo i'r gadair esmwyth gyferbyn ag e. Roedd ei wallt cringoch yn gorwedd yn gudynnau tenau ar draws ei gorun ac roedd ei wyneb cochlyd yn dyst o flynyddoedd o weithio yn yr awyr agored. Roedd e wedi colli ambell fotwm ar ei grys ac roedd ei fola helaeth yn ymledu dros felt ei drowsus.

"Cyn i fi weud dim byd arall," meddai Sara, gan droi i edrych ar Hannah, "diolch i'r ddou 'noch chi am roi lle i fi aros tra 'mod i yma yn Rhyd-dderwen. Chi wastad mor garedig ond so i eisie bod yn drafferth i chi o gwbwl."

"Jiw, ferch, beth sy arnat ti? Fyddi di ddim yn drafferth yn y byd. Ni'n falch o dy gael di yma, on'd y'n ni, Jac?" meddai Hannah'n bendant.

Nodiodd Jac ei ben.

"Mae digon o le i ti yma ym Maesyderi ac mae'r bythynnod yn wag adeg yma o'r flwyddyn ta beth – neb eisie dod i hen le gwlyb fel hyn ganol gaea. O'n i'n meddwl y bydde un o'r rheina'n fwy preifat i ti achos bod ti yma i weithio," meddai Hannah.

"Diolch, mae mor neis bod nôl ym Maesyderi," meddai Sara, gan edrych o'i chwmpas. "Mae'r lle 'ma fel ail gartre i fi, chi'n gwbod. O'n i wastad yn edrych 'mlân at ddod 'ma pan o'n i'n fach."

"Ac o'n i'n edrych mlân at dy gael di a Dewi yma hefyd," meddai Hannah gyda gwên. "Felly bydd e'n neis iawn cael wyneb ifanc o gwmpas y lle i godi'n calonne ni. Fi'n ffaelu credu bod dros ddeuddeg mlynedd wedi mynd heibio ers i Ioan symud i Seland Newydd, ond mae Ffion a Gareth a'r plant yn galw i'n gweld ni'n eitha amal, whare teg. O leia dydyn nhw ddim wedi mynd i ben draw byd. A so i'n gwbod pryd y daw Ioan yn ôl, os daw e byth..."

Cododd Jac ei ben. "Fi 'di gweud 'thot ti sawl gwaith, Hannah... mae Ioan yn gwbod taw Maesyderi yw ei gartre ac yn ei ôl y daw e," meddai'n chwyrn. "Mae'n ddigon call i sylweddoli bod fi'n mynd dim ifancach a bydd y fferm 'ma ddim yn rhedeg ei hunan os oes rhwbeth yn digwydd i fi... felly paid â mynd o flaen gofid, fenyw."

Bu distawrwydd chwithig am eiliad neu ddau cyn i Hannah droi at ei nith a dweud, "Wel, Sara, dwyt ti ddim wedi dod yma i wrando arnon ni'n brygowthan, wyt ti? Mae 'da ti waith pwysig i wneud gyda dy bod... pod... beth yw e?"

"Podlediad," atebodd Sara, "Podcast, fel rhyw fath o..."

"Fi'n gwbod beth yw e, diolch," meddai Hannah ar ei thraws. "O'n i jyst ddim yn gwbod y gair Cymraeg, 'na i gyd. Ond byddwn ni'n falch iawn o dy helpu di mewn unrhyw ffordd, on'd byddwn ni, Jac?"

"So i'n gwbod am 'na," meddai Jac yn amheus, "*Let bygones be bygones*, weda i."

"Paid â gwrando arno fe," meddai Hannah. "Nawr 'te, Sara, gwed 'tho ni shwt mae pethe'n mynd yng Nghaerdydd. Nawr rwyt ti wedi prynu'r fflat fi'n cymeryd bod ti'n bwriadu aros 'na?"

"Wel, fi'n credu 'mod i wedi hen setlo 'na erbyn hyn," dywedodd, "ac wedi cael trefen ar y fflat o'r diwedd. O'n i mor lwcus. Dim lot o bobol f'oed i sy'n gallu fforddio'r *deposit* dyddie 'ma."

"Na, galla i ddychmygu," meddai Hannah. "Ti'n lwcus fod Gwynfan wedi'i werthu am bris mor dda. A fi'n gwbod bod ti'n joio yng Nghaerdydd ond cofia bod croeso i ti'n ôl yn

Rhyd-dderwen unrhyw adeg. Mae lot o bobol yn gweithio o gartre dyddie 'ma, on'd y'n nhw? A mae digon yn mynd ymlân yn Rhyd-dderwen o hyd cofia... os ti'n penderfynu symud yn ôl 'ma, hynny yw."

Ac wrth i Hannah ddechrau adrodd hanes holl weithgareddau'r dref dros gyfnod y Nadolig, daeth pwl o hiraeth dros Sara. Ond na, meddyliai, Caerdydd oedd ei chartref erbyn hyn.

"Wel, well i ti, Sara, fynd i wneud dy hunan yn gyfforddus yn y bwthyn," meddai Hannah ar ôl iddi gwpla'i straeon. "Dyma ti'r allweddi a dere'n ôl pan ti'n barod i gael tamed i fyta. Ti siŵr o fod bwyti starfo ar ôl dreifio'r holl ffordd o Gaerdydd."

"O'n i'n meddwl bod rhywbeth yn gwynto'n ffein," gwenodd Sara, "ond doedd dim eisie i ti, Hannah. Fi'n ferch fawr nawr a fi'n gallu edrych ar ôl fy hunan."

"Wel paid â disgwyl hyn bob nos, 'te. Tamed bach o swper i dy groesawu di'n ôl i Ryd-dderwen yw e, 'na i gyd."

"Gofala fel ti'n dreifio lan at y bwthyn," meddai Jac, "Mae'r holl law 'ma wedi whare'r diawl â'r lôn fach. Bydd eisie i fi lenwi'r hen dylle 'na cyn daw'r *visitors* nesa, ond caiff hynny aros tan y gwanwyn nawr... mae digon o waith i gael gyda'r wyna ar hyn o bryd."

Dychwelodd Sara at y car a'i yrru i lawr at y ffordd fawr cyn troi i'r chwith bron yn syth yn ôl i gyfeiriad y fferm ar hyd lôn fach garegog a arweiniai at y bythynnod gwyliau rhyw hanner can llath o'r ffermdy. Roedd Jac wedi creu'r lôn er mwyn gwneud mynedfa breifat i'r bythynnod rhag i'r ymwelwyr darfu'n ormodol ar ei breifatrwydd ef a Hannah. Parciodd Sara'r car o flaen y bwthyn cyntaf ac estynnodd ei chês a'i bag nwyddau. Roedd yr hen feudai wedi eu haddasu'n ddau fwthyn gwyliau am nad oedd eu hangen ers i Jac godi sied wartheg anferth yr ochr arall i'r ffermdy. Ac roedd Hannah wrth ei bodd gyda'i phrosiect bach ei hunan – Llety Gwyliau Maesyderi. Roedd hi'n falch iawn o'r bythynnod ac yn hoffi atgoffa pawb bod Twristiaeth Cymru wedi rhoi pedair seren iddyn nhw ar eu hymweliad diweddaraf.

Agorodd Sara ddrws y bwthyn cyntaf gyda'r enw gwreiddiol 'Bwthyn 1'. O leiaf doedd Hannah ddim wedi rhoi rhyw enwau twp fel 'Bluebell' neu 'Foxglove' ar y tai er mwyn eu gwneud yn ddeniadol i dwristiaid o dros y ffin. Roedd y bwthyn yn dwym braf, wedi ei gynhesu ers oriau yn barod ar gyfer ei hymweliad. Ac roedd y lle'n arogleuo'n hyfryd – cymysgedd o lafant sych a phetalau rhosod o'r ardd flodau o flaen y ffermdy. Roedd y bwthyn unllawr yn cynnwys lolfa fawr agored gyda soffa siâp L a chegin fodern gydag ynys fechan yn ei chanol. Roedd ffenestri *bifold* yn wal flaen y lolfa ac, er bod llenni trwm yn cuddio'r olygfa, gwyddai Sara fod y cwm yn ymestyn yn braf o'u blaen. Roedd y gwely'n anferth a'r *ensuite* yn cynnwys cawod gyda'r teclynnau diweddaraf. Roedd y lle wedi ei addurno'n chwaethus mewn lliwiau niwtral ac roedd y celfi newydd wedi cymryd eu lle yn dda. Da iawn ti, Hannah – roedd hi wedi gwneud jobyn ardderchog, ac ystyried taw hen feudy oedd e.

Wrth edrych o'i chwmpas, roedd Sara'n meddwl y byddai'n ddigon hapus yn y bwthyn. Er ei bod hi yma i weithio, roedd hi'n teimlo fel petai hi ar ei gwyliau. Ond gwyddai fod ganddi dalcen caled o'i blaen os oedd hi am lwyddo i ddod o hyd i ffeithiau newydd ar gyfer ei phodlediad. Roedd hi'n edrych ymlaen at ddechrau ar y gwaith gan fod hwn yn rhywbeth hollol newydd iddi, ond o dan yr wyneb roedd rhyw deimladau o nerfusrwydd yn ei phoeni a'r hen ddiffyg hyder a brofai'n achlysurol yn ystod ei gyrfa'n dechrau dychwelyd.

Cyn iddi adael ei gwaith y prynhawn hwnnw, roedd Carys wedi ei hatgoffa i gasglu cymaint â phosib o straeon personol a ffeithiau a fyddai'n rhoi blas y cyfnod i'r gwrandawyr. Dywedodd wrthi am fynd o dan groen y cymeriadau oedd wedi bod yn rhan o'r achos gwreiddiol a cheisio dod â'r hanes yn fyw. Nid ffeithiau moel y byddai'r gwrandawyr eu heisiau, meddai, ond straeon dynol. Dim pwysau, felly, meddyliodd Sara.

Dadbaciodd Sara yr ychydig ddillad oedd yn y cês a gwagio'r hanfodion bwyd o'r bag Waitrose. Doedd hi ddim yn bwriadu gwneud llawer o goginio yn y dyddiau nesaf ond tybiai y byddai angen gwydraid neu ddau o win arni ar ôl diwrnod caled o waith. Roedd hi'n teimlo'n eithaf blinedig ar ôl gyrru am awr a hanner drwy'r glaw, felly agorodd un o'r poteli coch a thywallt gwydraid iddi ei hun cyn cadw'r poteli gwyn yn yr oergell.

Ar ôl cwpla'r gwin, newidiodd Sara i'w jîns mwyaf cyfforddus a siwmper gynnes, gwthio ei thraed i bâr o sgidie cerdded ac estyn ei siaced drwchus. Roedd y glaw wedi peidio o'r diwedd a theimlai'r awel yn oer ac yn ffres wrth iddi gerdded ar hyd y llwybr cul yn ôl at y ffermdy.

+

"Nawr fi'n gwbod bod ti wedi sôn dros y ffôn, ond gwêd yn iawn, Sara... beth yw'r podlediad 'ma?" meddai Hannah wrth estyn plât Sara ar gyfer ail lwyaid o gaserol cyw iâr. "Ti 'di gweud bod ti'n gorfod treial ffeindio mas beth ddigwyddodd i Elen Puw druan, ond shwt ti'n golygu gwneud 'ny ar ôl dros hanner can mlynedd, dwed?"

"Blydi amhosib os ti'n gofyn i fi," meddai Jac wrth grafu ei blât, "O'dd neb ni'n nabod yn gallu dirnad beth ddigwyddodd i'r ferch. O'dd rhai'n ddigon twp i feddwl taw *alien abduction* oedd e. Glywoch chi shwt ddwli eriôd?"

"Wel, dyna'r math o bethe mae'n gwrandawyr ni'n lico'u clywed," gwenodd Sara. "Fi'n gwbod y bydd e'n anodd cael hyd i ffeithie newydd, ond fi'n bwriadu gwneud fy ngore. Hyd yn oed os na ffeindia i mas unrhyw beth sy'n gallu towlu goleuni ar yr achos, o leia fydd Elen Puw ddim yn cael ei hanghofio, ac os oes unrhyw negeseuon alla i eu rhoi i ferched ifanc am beryglon cerdded gartre ar benne'u hunain yn hwyr y nos – wel, mi fydd e'n werth yr ymdrech."

"Mae hynny'n wir," meddai Jac yn araf, gan wyro'i ben.

"Fi 'di gwneud lot o waith ymchwil yn barod, felly bydda i ond yma am ychydig o ddyddie," dywedodd, "yn ffeindio mas beth galla i am yr achos, cyfweld â hwn a'r llall i weld beth mae'n nhw'n cofio a wedyn 'nôl i Gaerdydd i weithio gyda'r tîm cynhyrchu i roi trefen ar y cyfweliade, sgrifennu'r sgript cefndir ac ati."

Roedd Sara'n dechrau ymlacio ar ôl llond plât o fwyd cartref Hannah.

"Wel, shwt wyt ti'n teimlo am fod yn rhan o'r podlediad, Hannah?" gofynnodd i'w modryb. "Wyt ti am wneud cyfweliad i fi?"

"O na, na," atebodd honno'n syth, "Smo 'Nghymraeg i'n ddigon da, ti'n gwbod 'na. Mae'n ocê siarad yn fan hyn, ond paid â disgwyl i fi siarad ar y radio. Fi'n siŵr gelli di ffeindio pobol gwell na fi ar gyfer dy bodlediad."

"Ond, Hannah, sdim lot o bobol ar ôl sy'n cofio llawer iawn

am yr achos. O't ti'n nabod Elen Puw – o't ti yn yr un dosbarth â hi yn yr Ysgol Ramadeg. Bydd dy gyfraniad di'n llawer mwy diddorol… yn stori bersonol a dyna beth mae'r gwrandawyr eisie'i glywed. A beth bynnag, sdim byd o gwbl yn bod ar dy *Gymraeg* di! Gwranda, os oes rhywbeth ar y recordiad ti ddim yn licio, gallwn ni ei ddileu e wedyn. Ocê?"

"Oréit, 'te, os ti'n mynnu," meddai Hannah gan ysgwyd ei phen. "Nawr, pwdin?"

Edrychodd Sara'n awchus ar y crymbl afal yr oedd Hannah'n ei dynnu o'r ffwrn. Ond roedd hi am wneud ei gorau i ymwrthod gan ei bod yn gwybod cymaint roedd Gwyn yn hoffi iddi gadw'n fain. "Dim diolch," meddai mewn llais siomedig, "Fi'n llawn."

"O dere mlân, Sara fach," meddai Jac yn chwyrn, "'Bwytewch a byddwch lawen canys fory byddwch farw fel llygoden,' meddai'r hen ddywediad. Hwde," estynnodd bowlenaid o grymbl a chwstard ati.

Wrth helpu Hannah i glirio'r platiau, holodd Sara am ei hewythr arall, brawd iau ei mam, er y gwyddai fod dim da rhwng Dai a Hannah ers blynyddoedd.

"I lawr yn Y Felin mae Dai heno, ife?"

"Wel, ti'n gwbod shwt un yw Dai," atebodd Hannah gan ysgwyd ei phen, "Cadw iddo fe'i hunan yn ôl ei arfer. A so i'n gwbod beth mae e'n gwneud gyda'i amser ond dyw e fawr o help i ni ar y fferm dyddie hyn, odi fe, Jac?" gan droi at ei gŵr. "Mae e'n pallu agor y drws os ydw i'n galw – gormod o gwilydd siŵr o fod achos bod Y Felin mewn cymaint o gawdel. Tro dwetha welais i e roedd e'n dene fel rhaca. So i'n gwbod os oes rhywbeth yn bod arno fe, neu os yw e wedi hitio'r botel…"

"Hannah!" cyfarthodd Jac. "Dangosa dipyn o barch wnei di, fenyw!"

"Dim ond gweud o'n i…" meddai hithau.

"Wel paid â gweud, 'te," atebodd Jac ar ei thraws.

Ar ôl saib o ddistawrwydd dywedodd Sara, "Wel, bydd rhaid i fi fynd i'w weld e tra 'mod i yma, yn enwedig os yw e ddim yn dda. Mae bron i flwyddyn wedi pasio ers y tro dwetha i fi fod yn Rhyd-dderwen."

"Wel, gobeithio cei di well lwc na fi yw'r cwbwl weda i," atebodd Hannah'n swta, gan droi yn ôl at y llestri.

Eisteddodd y tri ohonyn nhw yn ôl wrth y ford gyda'u mygiau te ar ôl cwpla clirio a throdd Sara at Jac, oedd yn tywallt tair llwyaid o siwgr i mewn i'w gwpan.

"Fi'n cofio Mam yn gweud bod Dai wedi cael ei holi gyda'r heddlu pan ddiflannodd Elen Puw," meddai'n ofalus.

"Do, do," atebodd Jac yn siarp. "Fe a lot o fechgyn eraill. Nos Wener aeth hi ar goll ac o'dd e'n digwydd bod mas yn yfed yn y Llew Du y noson honno… dim mwy na hynny. Newydd gael ei ddeunaw oed o'dd e, ac roedd mynd i dafarn yn beth anghyffredin i Dai. Ddaeth dim byd o'r peth, cofia. Esboniodd e i'r heddlu ei fod e gartre ym Maesyderi erbyn hanner awr wedi hanner nos… a hynny cyn i'r ferch ddiflannu. Rhoion nhw lonydd iddo fe ar ôl hynny."

"O'ch chi ddim mas gyda fe'r noson honno, 'te?" gofynnodd Sara.

"Na, na. O'n i newydd ddechrau gweld Hannah 'ma," meddai, gan afael yn llaw ei wraig ar draws y bwrdd, "A nos Sadwrn oedd ein noson ni, 'te, bach?"

Newidiodd hwyliau Jac yn llwyr wrth iddo ddechrau hel atgofion.

"Fi'n gwpwl o flynydde'n henach na Dai ac o'n i ddim yn meddwl bod tai tafarn fel y Llew Du yn llefydd addas i fynd â'n wejen newydd i. Roedd sawl *Country Club* i gael yn yr ardal bryd hynny, ti'n gweld, a dyna ble y bydden ni'n mynd ar nos Sadwrn. *Chicken in the baske*t a disgotec. Fodca a leim iddi hi a peint o Felinfôl i fi," chwarddodd wrth ystumio codi peint yn ei law.

"O'n i'n edrych ymlân drwy'r wthnos at wisgo lan i fynd mas ar nos Sadwrn gyda Jac," meddai Hannah â golwg bell yn ei llygaid. "Rhoi 'ngwallt mewn *Carmen Rollers* a gwisgo *eyeliner* du am y tro cynta. Fi'n cofio meddwl 'mod i mor ffasiynol yn fy *maxi* piws a platfforms gwyn. Ac roedd y dyn yma'n ddigon o bishyn bryd hynny, cred ti fi."

Troiodd Hannah i edrych ar Jac, "Y tro cynta es i mas gyda Jac i'r Bryngwyn roedd llond pen o wallt coch 'da fe, seidars a mwstásh Frank Zappa… trowsus fflêrs, crys coler mawr a ciper tei," chwarddodd. "Pwy fyddai'n credu?"

Pwniodd Jac ei braich a dechrau twt-twtian.

Wrth edrych ar ben moel a chanol boliog Jac, ceisiodd Sara ddychmygu'r peth ond methu.

"Jiw, dyw pobol ddim yn gwisgo lan dyddie 'ma fel o'n nhw ers lawer dydd," meddai Hannah. "Mae eu hanner nhw'n mynd mas gyda tylle yn eu trwseri – wedi eu rhwygo nhw ar bwrpas. Mae golwg y diawl arnyn nhw."

Ar ôl saib, gofynnodd Sara, "Gwed, Hannah, shwt le oedd Rhyd-dderwen nôl yn y saithdege?" Roedd hi'n gobeithio cael tipyn o wybodaeth cefndir i'w phodlediad, felly rhoes ei ffôn ar y bwrdd a phwyso'r botwm recordio.

Oedodd Hannah am rai eiliadau cyn ateb. "Wel, roedd hi'n hen dre fach ddigon bywiog," meddai. "Roedd siope di-ri yma – ddim jyst siope bwyd o bob math ond siope dillad, sgidie, llestri, *ironmongers,* chwaraeon, celfi – popeth. Bydde'r lle'n byrlymu ar ddydd Sadwrn – pawb yn dod i lawr o'r cwm ar y bysus am ddiwrnod o siopa yn Rhyd-dderwen.

Dyw rhywun ddim yn gwerthfawrogi... Beth wedodd Joni Mitchell? *'You dont know what you've got 'til it's gone',"* canodd.

"A beth am y bywyd cymdeithasol?" holodd Sara,

"Wel, roedd digon i wneud 'ma," atebodd Hannah, "roedd clybie o bob math... ffotograffiaeth, drama, arlunio, WI, Merched y Wawr, dou gôr, Cymdeithas Operatig, band pres..."

"Roedd lot yn mynd ymlân, mae'n amlwg."

"O, oedd," meddai Hannah, "Ac roedd dwy sinema. Bydden i'n cael mynd i'r clwb plant ar fore Sadwrn yn y Palace ambell dro... A cofio mynd i weld ffilm *The Sound of Music.* O'n i a'm hwâr, Mair, wedi dwlu arni – ethon ni i'w gweld hi dair gwaith, cofia. Ceson ni'r LP yn bresant Nadolig wedyn a dysgon ni eiriau pob un gân... fi'n gallu'u cofio nhw i gyd hyd heddi."

Erbyn hyn roedd Jac wedi mynd i eistedd yn y gadair freichiau ac roedd ei lygaid ar gau a'i geg ar agor. Trodd Sara yn ôl at Hannah a gofyn, "A beth oedd pobol ifanc fel Elen Puw yn neud ar benwthnose?"

"Wel, o'n ni'n cael lot o sbort. Bydde'r Urdd yn trefnu Twmpathe Dawns mewn Neuadde Pentre drwy'r ardal bob noson Sadwrn am flynydde. Pan o'n i tua un-ar-bymtheg, bydden i a'n ffrindie'n dala un o'r bysus a bant â ni i neuadd bentre yn rhywle neu'i gilydd. Fydden ni byth yn gwbod ble o'n ni'n mynd nes bod ni 'di cyrraedd. Dawnsio drwy'r nos wedyn nes bod ni'n whys diferu a cysgu'r holl ffordd gartre ar y bŷs. Dyddie da oedd rheiny," ochneidiodd Hannah.

"A wedyn pan o'n i'n hŷn," aeth yn ei blaen, "O'n ni'n cael mynd i'r ddawns yn neuadd y dre ar nos Sadwrn. Roedd lot o fandie da yn dod i'r dre pryd 'ny. Ar ddiwedd y noson bydde'r merched i gyd yn sefyll yn erbyn y wal yn dishgwl i un o'r bechgyn ddod i ofyn iddyn nhw am *smooch* i'r ddawns ola. Dyna shwt gwrddes i â Jac," gwenodd.

"Wel, o'i gymharu â'r pethe mae pobol ifanc yn gwneud â'u hamser y dyddie hyn, mae'n swnio'n dipyn o hwyl," ochneidiodd Sara. "Er, diolch byth bod merched ddim yn gorfod sefyll yn erbyn y wal yn dishgwl i ddyn gymryd sylw ohonyn nhw."

Roedd Sara'n teimlo ei bod hi wedi cael tipyn o wybodaeth gefndir gan Hannah, felly stopiodd y recordiad. Ar hynny canodd ei ffôn yn syth. "Sori, Gwyn sy 'na," dywedodd ac aeth draw at y ffenest i gymryd yr alwad.

Dychwelodd Sara at y bwrdd mewn ychydig o funudau gyda wyneb hir. "Roedd e jyst yn siecio 'mod i wedi cyrraedd yn saff drwy'r glaw," meddai'n siriol, mewn ymgais i gelu'r celwydd.

"Wel, da iawn fe," meddai Hannah, ychydig yn amheus o weld yr olwg ar wyneb Sara. "Chi gyda'ch gilydd ers tipyn nawr, on'd y'ch chi?... Ym, os posib bydd eisie het newydd arna i cyn bo hir, ti'n meddwl?"

Ochneidiodd Sara'n drwm a rholio ei llygaid.

"Fi'n cymeryd taw 'na' yw hwnna," dywedodd Hannah. "Faint 'nei di nawr, Sara? Ti 'di cael dy dri deg, on'd do fe?"

"Tri deg un i fod yn gywir," atebodd.

"Wel, paid â dishgwl am byth i'r hen Gwyn 'na broposio. Mae digon o bysgod eraill yn y môr i ferch bert, glyfar fel ti, ti'n gwbod."

"O, Hannah, ti'n ofnadw. Mae merched yn cymeryd eu hamser cyn priodi'r dyddie 'ma," chwarddodd Sara. Doedd hi ddim am ddilyn trywydd y sgwrs honno ddim pellach. "Wel, diolch am y swper – roedd e'n lyfli. Gwell i fi eich gadel chi.

Mae 'di bod yn ddiwrnod hir a fi eisie codi'n gynnar i ddechre ar y gwaith."

"Nos da, Jac," galwodd Sara ar ei hewythr, ond roedd hwnnw'n dal i rochian yn ei gadair.

"Heb gael llawer o gwsg neithiwr gyda'r wyna," meddai Hannah, wrth i Sara anelu am y drws. "Cysga'n sownd a gwelwn ni ti yn y bore."

3

Roedd hi wedi pasio wyth o'r gloch pan ddeffrodd Sara y bore canlynol. Bu'n troi a throsi am oriau cyn mynd i gysgu, gan geisio rhoi trefn ar ei meddyliau… penderfynu pwy yn union y byddai hi angen eu cyfweld ar gyfer y podlediad a pha gwestiynau i ofyn iddyn nhw. Yn y diwedd syrthiodd i drwmgwsg gan freuddwydio bod mewn *Country Club* gyda Jac a Hannah, yn yfed fodca a leim ac yn gwisgo platfforms gwyn.

Cyn codi, sieciodd Sara ei ffôn am negeseuon e-bost, Facebook a Whatsapp, ond doedd dim byd diddorol i'w weld, dim ond y rwdlan arferol gan rai o'i ffrindiau a neges gan Carys yn dymuno'n dda, chwarae teg iddi. Dim byd gan Gwyn, ond doedd hynny ddim yn ei synnu. Roedd e wedi bod yn ddigon swta ar y ffôn y noson gynt… eisiau gwybod pryd yn union roedd hi'n dod yn ôl i Gaerdydd, a hynny pan oedd hi ond newydd gyrraedd Rhyd-dderwen. Doedd e ddim yn swnio'n hapus pan ddywedodd hi na allai hi roi ateb pendant iddo.

"Mae hynny'n gwneud petha braidd yn anodd i fi, on'd ydy o? Bydd rhaid i fi wneud trefniadau eraill ar gyfer y penwythnos, dwi'n cymeryd. Gwela i di pan wela i di, ta," oedd ei eiriau wrth iddo ddiffodd yr alwad yn ddisymwth.

Cododd Sara, gwnaeth gwpaned o de a dychwelyd i'r gwely gyda'r iPad er mwyn dechrau ar ei gwaith. Y peth cyntaf roedd hi eisiau'i wneud oedd atgoffa ei hun am rai o'r straeon oedd yn y papurau lleol am yr achos yn ôl ym mis Mai 1973. Ar ôl cael hyd i bapurau newydd o'r cyfnod, roedd hi wedi sganio nifer o'r erthyglau. Agorodd yr erthygl gyntaf i ymddangos yn y papur lleol ar y sgrin fach.

The South Wales Guardian Thursday, May 19th, 1973
Missing Schoolgirl

It has now been almost a week since the disappearance of 18 year old Elen Puw, a sixth former at Rhyd-dderwen Grammar School, and her distraught parents have put out a frantic call for help in trying to trace her whereabouts.

We understand that Miss Puw went missing following an aborted attempt at removing English language road signs, accompanied by her schoolfriend, Meinir Davies, also 18. Both girls are ardent members of the Welsh Language Society and, according to sources close to the families, they had sneaked out of their homes shortly after midnight. It is understood that they had driven to the Pont Isaac area in a red Mini belonging to Miss Davies' mother but, due to high police presence out on patrol that night on a drink/drive initiative, the girls apparently gave up their attempts at sign removal and returned to Rhyd-dderwen.

According to police reports, Miss Davies dropped her friend off shortly after 12.30 a.m. close to the town park gates, where she understood that Miss Puw would scale the railings, cross the park and sneak back into her home via the back door. Worryingly, it appears that she never arrived and has not been seen since.

Mr Eric Puw, the girl's father, raised the alarm at approximately 10.15 a.m. on the morning of Saturday, May 14th when he and his wife realised that their daughter was nowhere to be found at their home, in the surrounding streets or in the nearby park. Since then, police with tracker dogs have been combing the area and hundreds of local residents have joined in a search. Local councillor, Howard Griffiths stated that the whole community has rallied together to help the police in their endeavours to find this young girl.

Miss Puw is 5'2" in height, of slim build with long, brown hair and blue eyes. She was last seen wearing dark green needlecord trousers, a white T-shirt bearing the Welsh Language Society logo, the dragon's tongue, and a blue denim jacket. If anyone has any information regarding Miss Puw's whereabouts, please contact Dyfed Powys Police as a matter of urgency.

Gallai Sara gydymdeimlo gyda'r heddlu. Yn 1973, doedd dim DNA, dim CCTV a dim tystiolaeth ffonau symudol i'w helpu. Dim ond yr hen ddulliau traddodiadol, llafurus oedd ar gael iddyn nhw.

Edrychodd Sara ar y llun du a gwyn o Elen Puw wrth ymyl yr erthygl. Roedd ei gwallt hir, tywyll wedi ei rannu yn y canol, rhyw sbarc direidus yn ei llygaid a chanddi drwyn bach smwt. Roedd hi'n gwisgo gwisg ysgol ac yn edrych mor ifanc fel y daeth lwmp i wddf Sara wrth feddwl am dynged y ferch ddiniwed hon.

Yr wythnos ganlynol roedd erthygl fwy cryno yn y papur. Aeth ati i'w darllen ar y sgrin.

The South Wales Guardian Thursday, May 26th, 1973
Still no sign of missing teenager

The hunt continues for missing Rhyd-dderwen schoolgirl, Elen Puw, aged 18. Despite the extensive searches being carried out in the surrounding area, undertaken both by the police and hundreds of local residents, they have revealed no clues as to her whereabouts. The police, therefore, do not appear to be any closer to solving the mystery of the girl's disappearance in the early hours of May 14th.

It is understood that police based at Rhyd-dderwen Station took in for questioning a number of local residents who were known to be in the town centre area at, or around, the time of the girl's last sighting. However, all were released without charge once the authorities were satisfied that none had any involvement in the schoolgirl's disappearance. They have also interviewed a number of known criminals in the area, but apparently to no avail.

It is a well-known fact that Rhyd-dderwen Park has, in the past, been linked to illegal drug-dealing and the police have also been questioning a number of local individuals who are known to have drug-related convictions. None, so far, appear to have any connection to the girl's disappearance.

In light of the fact that there have been no local leads, we understand that Dyfed Powys Police are now working on the theory that Miss Puw may have decided to run off with a member of the Welsh Language Society based at Aberystwyth University. They will be following up on this line of enquiry in due course.

Ymddangosodd yr erthygl nesaf yn *Y Cymro* rai dyddiau wedyn.

Y CYMRO Dydd Sadwrn, Mai 28ain 1973
Cymdeithas yr Iaith yn gwadu ymwneud â diflaniad merch ysgol

Yn dilyn diflaniad y ferch ysgol, Elen Puw, o'i chartref yn Rhyd-dderwen ar Fai'r 14eg, codwyd amheuon fod yr eneth 18 oed wedi rhedeg i ffwrdd gydag un o'i chyd-aelodau o Gymdeithas yr Iaith sy'n astudio ym Mhrifysgol Aberystwyth.

Er hynny, dywed llefarydd ar ran y Gymdeithas, "Mae unrhyw honiad bod gan Gymdeithas yr Iaith rywbeth i'w wneud â diflaniad Elen Puw yn hollol ffals a di-sail. Nid oes yr un aelod o gell Aberystwyth wedi gweld Elen ers diwrnod olaf Ysgol Basg y Gymdeithas yn Llandysul ar Ebrill 25ain.

"Mae swyddogion y Gymdeithas ac aelodau'r gell wedi eu siomi a'u syfrdanu o glywed bod y fath sïon ar led. Hoffwn sicrhau'r cyhoedd fod aelodau Cymdeithas yr Iaith yng nghell Aberystwyth wedi cydweithio'n llawn gyda'r heddlu sy'n ymchwilio i'r mater. Mae ein meddyliau gyda Mr a Mrs Puw, rhieni Elen, a bydd aelodau'r Gymdeithas yn gwneud unrhyw beth posibl i helpu i geisio dod o hyd i'w merch."

Yn ôl yr hyn a ddeellir mae'r heddlu'n awr o'r farn bod y ferch wedi cael ei chipio ac yn cael ei dal gan rywun neu rywrai yn groes i'w hewyllys. Mae rhieni Elen Puw wedi gwneud apêl ar y teledu yn erfyn ar y cyhoedd i fynd at yr heddlu os ydynt yn gwybod unrhyw beth am ddiflaniad eu merch.

Erthygl a argraffwyd ar bumed dudalen y *South Wales Guardian* oedd yr olaf i adrodd am ddiflaniad Elen Puw yn y papur hwnnw.

The South Wales Guardian Thursday, June 2nd, 1973
Hope of finding missing teenager fades

Dyfed Powys Police are still no further forward in discovering the whereabouts of missing schoolgirl, Elen Puw, who vanished from her home town, Rhyd-dderwen in the early hours of May 14th. We have been informed that suggestions that Miss Puw may have run away to join a member of the Welsh Language Society in Aberystwyth were deemed to be unfounded and police are no longer following that line of enquiry.

Despite extensive searches throughout the Carmarthenshire area, there have been no sightings whatsoever of the schoolgirl and no clues as to her whereabouts have been uncovered. Police divers have also been deployed to drag the river in the Rhyd-dderwen area, but to no avail.

Dyfed Powys Police believe that something untoward may have

befallen Miss Puw and their inquiry now focuses on the possibility that she may have been abducted or harmed in some way. It is possible that the schoolgirl could, perhaps, have been snatched and is now being held against her will. Her parents, Mr and Mrs Eric Puw insist that it is totally out of character for their daughter to leave home without informing them. They have, bravely, sent out a new televised appeal to the public to come forward if they have any information which could help the police track down their daughter's abductor.

A reward of £500 has kindly been donated by Rhyd-dderwen Town and District Council for information which could lead to the girl's discovery. We urge our readers to contact Rhyd-dderwen Police Station if they know of anything which could help the police with their enquiries.

Roedd Sara wedi darllen nifer o adroddiadau eraill yn y wasg am lofruddiaethau tair o ferched yn eu harddegau yn ardal Abertawe rai misoedd ar ôl diflaniad Elen Puw. Bu chwilio mawr yn yr ardal am berson oedd yn cael ei ystyried gan yr heddlu yn llofrudd cyfresol, ond er gwaethaf eu holl ymdrechion, ni chafwyd hyd iddo. Flynyddoedd yn ddiweddarach, llwyddwyd i gysylltu DNA teuluol perthynas i'r llofrudd â'r merched, ond erbyn hynny roedd e wedi hen farw. Ar ôl i'r heddlu godi'r corff yn 2002, llwyddwyd i gael tystiolaeth bendant i brofi o'r diwedd mai fe laddodd y merched. Ond yn ôl yn 1973 doedd gan dditectifs yr ardal ddim syniad pwy oedd y llofrudd. Roedden nhw wedi ceisio cysylltu diflaniad Elen Puw gyda'r llofruddiaethau hyn, ond methodd eu hymchwiliadau â dod o hyd i unrhyw gliwiau ynglŷn â'i diflaniad. Roedd yr amgylchiadau hefyd yn hollol wahanol ac am na chafwyd hyd i Elen, doedd dim tystiolaeth bendant ei bod wedi ei lladd.

+

Dychwelodd Sara i'r lolfa ac agor llenni'r drysau *bifold*. Er bod haen o wlith yn gorwedd ar y caeau, gallai weld golygfa braf o'r cwm drwy'r ffenestri. Roedd tir y fferm yn ymestyn o'r bwthyn i lawr at y ffordd fawr ac i'r chwith roedd Y Felin, cartref Dai, yn sefyll ychydig oddi ar y ffordd. Wrth gofio'r hyn a ddywedodd Hannah amdano'r noson gynt, ni allai Elen ond teimlo rhywfaint o bryder.

Roedd Dai yn byw ar ei ben ei hun yn Y Felin ers i Sara gofio, ond byddai hi'n ei weld yn aml o gwmpas y fferm ar ei hymweliadau â Maesyderi am ei fod yn gweithio'r tir ar y cyd gyda Jac. Un mewnblyg, reit ddiniwed ei ffordd oedd Dai ac roedd tynnu sgwrs gydag e weithiau fel tynnu dannedd. Roedd hi'n cofio ei mam yn dweud ei fod e wedi cael ei fwlio yn ei ieuenctid am ei fod e'n hoyw. Roedd dynion hoyw yn tueddu i gadw eu rhywioldeb yn gyfrinach yr adeg honno, meddai, gan fod pobl yn llawer llai goddefgar y dyddiau hynny. Efallai fod y bwlio a'r ffordd y byddai'n cael ei drin yn gyfrifol am ei bersonoliaeth swil a distaw, meddyliai Sara. Er hynny roedd ei mam a Dai wastad wedi bod yn agos iawn ac roedd hi bob amser yn ofalus iawn ohono pan oedd hi'n byw. Ond, ar ôl clywed beth ddywedodd Hannah, roedd yn swnio i Sara fel petai ei iechyd – neu ei iechyd meddwl efallai – wedi dirywio tipyn ers y tro diwethaf iddi ymweld ag e. Byddai'n rhaid iddi daro i mewn i'w weld rhag ofn fod rhywbeth y gallai hi ei wneud i'w helpu... ac, am iddo gael ei holi gan yr heddlu adeg diflaniad Elen Puw, efallai y byddai ganddo ryw gyfraniad i'w wneud i'w phodlediad.

Cymerodd Sara gawod, gwisgo amdani a gwneud darn o dost a phaned o goffi cyn troi'n ôl at yr iPad i ddechrau gwneud rhestr o'r bobl y byddai hi eisiau'u cyfweld. Roedd ganddi ambell enw ond yr un cyfeiriad na rhif ffôn. Roedd hi'n mawr obeithio y byddai Hannah'n gallu helpu i lenwi rhai o'r bylchau gan ei bod hi'n adnabod bron pawb yn yr ardal. Roedd y rhestr gychwynnol yn edrych fel hyn:

- **Hannah Jones:** Ffrind ysgol. Gofyn am wybodaeth am bersonoliaeth Elen/yr hyn oedd yn mynd ymlaen yn ei bywyd adeg ei diflaniad/ei hymwneud â Chymdeithas yr Iaith.
- **Meinir Davies:** Y person diwethaf i weld Elen yn fyw. Ei holi i gael ei fersiwn hi o'r hyn ddigwyddodd noson ei diflaniad.
- **Perthynas i Elen Puw???:** Ceisio cael ymateb un o'r teulu i'w cholled ac effaith ei diflaniad ar y rhai agosaf ati.
- **Aelod o'r heddlu:** Ditectif oedd yn rhan o achos Elen?? Casglu gwybodaeth am ymchwiliad yr heddlu. Ceisio canfod a oedd unrhyw un dan amheuaeth am ei chipio.
- **Howard Griffiths:** Arweinydd y chwilio lleol. Cymeriad diddorol ar gyfer stori ddynol. Casglu cymaint â phosib am ei gefndir.
- **Rhywun yn y byd cyffuriau:** Holi i weld a oedd rhywun yn cofio pwy oedd yn delio cyffuriau 'nôl yn y saithdegau.
- **Newyddiadurwr y *South Wales Guardian*:** Oedd aelodau o'r wasg wedi llwyddo i gael hyd i fwy o wybodaeth?

Doedd Sara ddim yn siŵr a fyddai'r rhain yn fodlon gwneud cyfweliad, ond roedd yn fan cychwyn beth bynnag. Roedd hi'n bwriadu dechrau gyda Hannah er mwyn arbrofi gyda'r offer a chael mwy o wybodaeth i'w rhestr cyfweliadau, felly paratôdd nifer o gwestiynau iddi. Wedyn gwisgodd ei chot ac aeth i'r car i gasglu'r bag offer oedd wedi ei ddarparu gan y tîm technegol ar gyfer recordio'r podlediad cyn gwneud ei ffordd draw at y ffermdy.

4

"Mae'r tegyl newydd ferwi," meddai Hannah wrth agor y drws. "Te neu goffi, bach?"

"Coffi plis. A cyn i ti ofyn, do, cysges i fel babi yn y gwely mawr cyfforddus 'na, diolch yn fawr. Ti 'di cael hwyl ar addurno'r bythynnod whare teg i ti, Hannah – mae'r lle'n edrych yn lyfli. Ydy e'n iawn i fi osod yr offer lan ar ford y gegin?" gofynnodd Sara.

"Dim problem, gwna di beth bynnag ti eisie," meddai Hannah, wrth brysuro i wneud y coffi.

Roedd cegin y ffermdy'n glyd ac yn gynnes a sylwodd Sara fod Moli'r gath yn cysgu'n sownd ar ei hoff glustog ar y gadair freichiau yng nghornel yr ystafell.

Chwarae teg i Marc, y technegydd, roedd e wedi gadael cyfarwyddiadau clir i Sara ar sut i osod yr offer – y stand a'r meic a lle i blygio popeth, felly roedd hi'n barod mewn dim o flaen y meic gyda'r clustffonau ar ei chlustiau.

"Wel, ti'n edrych yn gwmws fel DJ, ferch," chwarddodd Hannah, wrth eistedd wrth y bwrdd gyda'r mygiau coffi. "Ti eisie i fi siarad i mewn i'r meic?"

"Na, na," atebodd Sara, "Mae jyst angen i ti siarad yn naturiol o'r gadair 'na. Bydda i'n siecio'r sain cyn i ni ddechre i wneud yn siŵr fod popeth yn gweithio'n iawn. A, Hannah, cofia bod hwn yn gyfweliad proffesiynol a byddwn ni'n galw 'chi' ar ein gilydd."

"Wel 'na beth od ar y diawl," atebodd gan godi ei haeliau.

"Jyst dychmyga bod fi'n rhywun arall, 'te. Beti George falle."

"Iawn, Beti," meddai Hannah gyda gwên.

Cyfweliad gyda Mrs Hannah Jones, cyfaill ysgol i Elen Puw

SARA: Mrs Hannah Jones, diolch am gytuno i wneud y cyfweliad heddiw.

HANNAH: Dim problem. Fi ddim ond yn rhy hapus i helpu.

SARA: Dwedwch, Mrs Jones, shwt y daethoch chi i nabod Elen Puw? Roeddech chi'n gyfeillion eitha agos rwy'n deall – yn ffrindiau ysgol?

HANNAH: Wel... o'n. Dechreuon ni yr un pryd yn yr Ysgol Ramadeg... 'nôl yn un naw chwech chwech, os fi'n cofio'n iawn. Ceson ni ein rhoi i ishte gyferbyn â'n gilydd yn Nosbarth Un, felly dethon ni'n ffrindie o'r diwrnod cynta – hitio hi off, fel maen nhw'n gweud. Cofiwch, o'n ni o hyd yn cael stŵr gan yr athrawon am siarad gormod yn y gwersi – yn enwedig fi.

SARA: A shwt ferch oedd Elen? Allwch chi ei disgrifio hi?

HANNAH: Roedd Elen yn lot o sbort... yn llawn hwyl. Roedd hi'n ferch glyfar – *top of the class* bob amser, ond roedd hi'n gallu bod yn ferch ddrwg hefyd, yn hoff o whare tricie ar yr athrawon.

SARA: Mae hi'n swnio'n dipyn o gês. Un ddireidus oedd hi felly?

HANNAH: Wel, weithie roedd e'n dipyn mwy na direidi... gweud y gwir o'n i'n meddwl bod rhywfaint o ddiawlineb yn perthyn iddi.

SARA: Allwch chi roi enghraifft o hynny i ni?

HANNAH: Gadewch i fi feddwl nawr... O, ie. Roedd llais canu pert gyda hi... a fi'n cofio pan oedd hi yn Chwech Un, daeth hi a dwy ferch arall yn ail ar y Triawd Cerdd Dant yn Eisteddfod yr Urdd. Felly gofynnodd y Prifathro iddyn nhw berfformio yn nghyngerdd diwedd blwyddyn yr ysgol. Ond yn lle gwisgo'u ffrogie Laura Ashley, daeth y tair mas ar y llwyfan yn cario gitârs, wedi eu gwisgo fel y

Tebot Piws a dechre canu 'Godro'r Fuwch'. Doedd y Prifathro *ddim* yn hapus. Fi'n ei gofio'n fe'n awr yn ishte yn y rhes flaen – roedd ei wyneb e'n bictiwr.

SARA: Galla i ddychmygu. Ydych chi'n gwybod pryd y gwnaeth diddordeb Elen yng Nghymdeithas yr Iaith ddechrau?

HANNAH: O, ddim tan y chweched dosbarth. Dechreuodd hi golli ambell i ddiwrnod o'r ysgol i fynd i gefnogi aelode o'r Gymdeithas oedd o flân eu gwell am wahanol bethe, fel tynnu *signs* a peidio talu *fines*. Weithie bydde hi'n rhoi jîns a siwmper yn ei *duffle* bag a mynd i'r siop gornel ar bwys yr ysgol i newid o'i dillad ysgol. Roedd Mrs Williams Siop yn dipyn o 'nashi' ac felly'n roedd hi'n ddigon parod i helpu Elen. Wedyn bydde hi'n dala bŷs i ble bynnag roedd yr achos llys – Caerfyrddin, Llanelli, Castell-nedd, a newid nôl i mewn i'w dillad ysgol cyn mynd gartre.

SARA: O'ch chi yn yr un dosbarth Cymraeg ag Elen, rwy'n deall. Oedd y colli ysgol ddim wedi effeithio ar ei gwaith ysgol ryw lawer, oedd e?

HANNAH: Nac oedd wir. Roedd hi'n seren yn y dosbarth Cymraeg ac ymhell ar y blân i'r gweddill ohonon ni. Pan fydde'r lleill o'n ni'n mynd gartre ar ôl ysgol i wrando ar *records* a darllen *magazines*, bydde Elen yn mynd i Lyfrgell y Dre i ddarllen adolygiade *Barn* ac *Ysgrifau Beirniadol*. Ac os bydde Dic Welsh yn gofyn i ni ysgrifennu traethawd ar un o dri pwnc fel gwaith cartre, bydde Elen yn gwneud y tri – 'Jyst i fi gael gweld shwt fi'n gwneud', bydde hi'n gweud. Ond roedd y lleill o'n ni yn y dosbarth yn gwneud cyn lleied o waith cartre â phosib.

SARA: Roedd hi'n eitha academaidd felly? Ac roedd hi ar fin mynd i Brifysgol Aberystwyth, rwy'n deall.

HANNAH: Oedd. Dyna oedd y peth mwya od pan aeth hi ar goll. Roedd hi 'di ennill ysgoloriaeth i fynd i Aber ac roedd hi wrth ei bodd... yn ffaelu aros i fynd. Pam diflannu cyn sefyll ei harholiadau Lefel A?

Pam rhoi'r cwbwl lan oni bai bod rhwbeth ofnadw 'di digwydd? A dyna beth mae pawb yn ame, mae arna i ofon.

SARA: A shwt oedd pethau yn Rhyd-dderwen ar ôl iddi ddiflannu?

HANNAH: Aeth pawb mas i whilo amdani ar ôl i Howard Griffiths drefnu pethe. Roedd yr heddlu eisoes mas yn whilo gyda'u cŵn, wrth gwrs, ond fel Cynghorydd oedd e eisie i'r dre i gyd dynnu at ei gilydd i helpu. Clywes i ei fod e wedi trefnu'r partïon whilo fel rhyw *military operation*, whare teg. Roedd lot o ganmol iddo fe am beth wnaeth e.

SARA: Ond chawson nhw ddim hyd i unrhyw beth a allai esbonio beth oedd wedi digwydd i Elen?

HANNAH: Naddo, yn ôl beth glywes i. Ac ar ôl tipyn, roedd yr heddlu'n dechre meddwl bod rhywun wedi ei chymeryd hi. Roedd hynny'n beth ofnadw i glywed, cofiwch – a ninne'n gymaint o ffrindie. O'n i'n ffaelu stopio llefen am sbel wedyn, bob tro o'n i'n meddwl amdani. O'n ni ferched – fi a'm hwâr, Mair, yn gorfod aros yn y tŷ gyda'r nos am wthnose achos bod Mami'n pallu gadel i ni fynd mas rhag ofon bod llofrudd ar hyd y lle.

SARA: A doedd gan Elen ddim rheswm i redeg i ffwrdd?

HANNAH: Dim rheswm yn y byd i fi wbod. Na... roedd rhywun wedi gwneud niwed iddi, yn fy marn i. Does dim esboniad arall.

SARA: Diolch yn fawr iawn, Hannah. Chi wedi bod yn agored iawn.

+

"O Jiw, fi'n whys stecs nawr," meddai Hannah ar ôl i Sara ddiffodd y meic a thynnu'r clustffonau.

"Fi'n teimlo fel 'sen i 'di bod nôl yn yr Ysgol Ramadeg gydag Elen Puw a Dic Welsh," meddai, gan sychu ei thalcen gyda'i hances a chwythu ei thrwyn.

Roedd Sara'n ymwybodol bod Hannah dan deimlad ar ôl

hel atgofion am ei ffrind, felly penderfynodd newid cyfeiriad y sgwrs.

"Doedd dim awydd arnat ti i fynd i'r coleg ar ôl cwpla yn yr ysgol, 'te, Hannah?"

"Paid â bod yn hurt, ferch… O'n i wedi cael llond bola ar studio ar ôl gwneud cawlach o fy Lefel A ac es i weithio i'r banc yn y dre yn syth ar ôl yr arholiade. Priodes i Jac gwpwl o flynydde wedyn a symud i Faesyderi. Gwaith fferm oedd hi o hynny ymlân. Cofia di, roedd hi'n ddigon tynn yma'r adeg honno, gyda dy fam-gu a dy dad-cu, Jac a minne, Dai a dy fam, Catherine, i gyd dan yr un to."

"Doedd Dai ddim yn byw yn Y Felin pryd 'ny, 'te?" holodd Sara.

"Na, hen Wncwl Ifan oedd fanna… brawd hŷn dy dad-cu," meddai Hannah. "Symudodd Dai i mewn gydag e ar ôl i Ffion a Ioan gyrraedd, achos doedd dim lle i bawb ym Maesyderi. Hen lanc oedd Wncwl Ifan, felly roedd e'n ddigon balch o'r cwmni. Dyna pryd ddechreuodd Dai ei fusnes contractio, achos doedd y fferm ddim yn gwneud digon o incwm i gynnal pawb… dy dad-cu, Jac, Ifan a Dai. Ond buodd Wncwl Ifan farw ddim sbel wedyn ac mae Dai wedi byw yn Y Felin ar ei ben ei hunan byth ers hynny."

Roedd Sara'n cofio ei mam yn sôn am Wncwl Ifan ond roedd e wedi marw sbel cyn iddi hi gael ei geni. Gallai ddychmygu bod yr hen ffermdy'n fwrlwm pan oedd ei mam yn ei harddegau a doedd hi ddim yn gweld bai ar Dai am symud mas cyn gynted ag y gallai.

"Wel, beth bynnag, roedd dy gyfweliad di'n grêt, Hannah – jyst beth fydd ein gwrandawyr eisie'i glywed, gobeithio – darlun o Elen ei hunan – ei phersonoliaeth, ddim jyst y ferch aeth ar goll."

"O diar," meddai Hannah, gyda'r dagrau'n dechrau cronni yn ei llygaid eto. "Roedd y cwbwl yn dod nôl fel o'n i'n siarad. Elen, druan... roedd hi'n gymaint o gymeriad. Beth yn y byd ddigwyddodd iddi, gweda? Gobeithio'n wir y gelli di ffeindio rhywbeth mas, Sara fach. Mae'n llawer rhy hwyr i'w helpu hi na'i rhieni, ond mi fydde'n braf gallu cael *closure,* fel maen nhw'n gweud, i bobol fel Meinir, y ferch aeth mas gyda hi i dynnu arwyddion y noson honno."

Cododd Sara o'i chadair i fynd i olchi'r cwpanau coffi yn y sinc er mwyn rhoi cyfle i Hannah ddod ati ei hun. Pan ddychwelodd at y bwrdd, gofynnodd i'w modryb, "Ond, gwed, Hannah, pam oedd pobol ifanc fel Elen a Meinir yn fodlon torri'r gyfraith er mwyn cael tipyn o arwyddion Cymraeg? Allen i ddim dychmygu peryglu 'nyfodol drwy gael record droseddol pan o'n i eu hoed nhw."

"Dyna'r broblem, ti'n gweld," atebodd Hannah'n bendant, "dyw pobol dy genhedlaeth di ddim yn deall shwt oedd hi'n ôl yn y saithdege. Doedd dim parch at y Gymraeg o gwbwl gan yr awdurdode. Ddim jyst arwyddion Saesneg ymhob man ond roedd pob ffurflen a dogfen yn uniaith Saesneg. A prin iawn oedd yr addysg Gymraeg. Roedd bron pob un o'n hathrawon ni yn yr Ysgol Ramadeg yn gallu siarad Cymraeg, ond Saesneg oedd iaith y dosbarth bob tro. Glywaist ti gân Dafydd Iwan – 'Lessons Geography, lessons History o hyd ac o hyd'?"

"Naddo," atebodd Sara gan ysgwyd ei phen.

"Na, o'n i'n meddwl," ochneidiodd Hannah'n drwm. Roedd yn amlwg i Sara ei bod hi wedi dechrau mynd i hwyliau.

"A doedd dim sianel Gymraeg i gael, fel sy gyda ni nawr," aeth yn ei blaen. "Ychydig iawn o raglenni Cymraeg fi'n gallu cofio pan o'n i'n ifanc – dim ond pethe fel y Newyddion a *Siôn a Siân* – ac o, ie, roedd pawb yn edrych 'mlân at wylio *Disc a Dawn*, yr unig raglen Gymraeg i bobol ifanc."

"Wel, diolch byth fod pethe wedi newid cymaint, 'te," meddai Sara dan wenu. Doedd hi ddim wedi sylweddoli bod Hannah mor daer dros yr iaith.

"Wel, diolch i bobol ifanc fel Elen oedd hynny," meddai Hannah, "pobol oedd yn fodlon gwneud rhywbeth ynglŷn â'r sefyllfa, neu bydden ni'n dal yn yr un twll... neu'n waeth. A dyw'r genhedlaeth ifanc heddi ddim yn gwerthfawrogi beth mae 'nghenhedlaeth i 'di brwydro drosto iddyn nhw ei gael e ar blât. Maen nhw'n cymryd popeth yn ganiataol dyddie hyn a ddim hyd yn oed yn defnyddio'r Gymraeg hanner yr amser. Pryd oedd y tro dwetha i ti ofyn am ffurflen Gymraeg, Sara?"

"Ym... wel, fi ddim yn siŵr," mwmblodd, gan deimlo braidd yn euog, "ond mae'n swnio i fi fod tithe hefyd yn dipyn o rebel. Fuest ti'n protestio eriôd?"

"Naddo," atebodd Hannah gydag ochenaid, "er mawr cywilydd i fi. O'n i ddim yn ddigon dewr. Ond o'n i gant y cant tu ôl i Gymdeithas yr Iaith a beth oedd pobol fel Elen yn neud."

"Wel, mae hynny'n egluro rhywfaint ar bethe..."

Oedodd Sara am ychydig cyn gofyn, "Jyst o ddiddordeb, beth ddigwyddodd i rieni Elen Puw? Ydyn nhw 'di marw erbyn hyn?"

"Torrodd ei mam, Gwen, ei chalon," atebodd Hannah. "Unig blentyn oedd Elen, ti'n gweld. Alzheimer's aeth â hi... *early onset*... wedi ei achosi gan y galar, medden nhw."

"Ac Eric?"

"Buodd e fyw dipyn yn hirach, ond clywes ei fod e 'di marw ar ôl symud bant i Gaerfyrddin i fyw gyda'i whâr."

"Wel, does dim posib cael cyfweliad gyda nhw, mae'n amlwg," ochneidiodd Sara. "A doedd dim brodyr na chwiorydd 'da Elen. Ti ddim yn gwbod am unrhyw berthnase eraill?"

"Na, sori, bach," atebodd Hannah, "neb yn Rhyd-dderwen ta beth…"

Suddodd calon Sara. Roedd hi wedi gobeithio cael ymateb un o'r teulu i ddangos yr effaith y cafodd diflaniad Elen arnyn nhw, gan gofio bod Carys eisiau digon o "straeon dynol". Ond mae'n amlwg nad oedd hynny i fod.

Cododd Hannah o'i chadair i ail-lenwi'r tecell tra cliriodd Sara'r offer recordio oddi ar y ford.

"Nawr, wyt ti eisie fy help i i roi trefen ar y cyfweliade eraill?" gofynnodd yn garedig, yn amlwg wedi dod dros ei hemosiwn.

Tra oedd Hannah'n paratoi ail ddysgled o goffi, agorodd Sara yr iPad i edrych ar ei rhestr enwau. Roedd hi'n teimlo'n ychydig yn ddigalon wrth sylweddoli nad oedd llawer o bosibiliadau i ddarganfod unrhyw beth newydd am achos Elen Puw ganddynt. Ond roedd hi'n eithaf ffyddiog y gallai Hannah ei helpu i roi cig ar esgyrn rhai o'i hawgrymiadau.

"Reit, 'te," meddai Sara, "y gynta ar y rhestr oedd Mrs Hannah Jones. Tic. Gwych. Diolch i ti, Hannah."

"O gad dy ddwli. Pwy sy nesa 'da ti?" gofynnodd.

"Ddim cweit mor hawdd arna i ofon – Meinir Davies. Ti'n meddwl y bydd hi'n fodlon gwneud cyfweliad?"

"Meinir Roberts yw hi erbyn hyn, wrth gwrs. Rho fe fel hyn," meddai Hannah, "Doedd Meinir byth yr un peth ar ôl i Elen ddiflannu. Fi'n credu ei bod hi'n beio'i hunan am adel Elen wrth y parc yn lle mynd â hi gartre'n saff yn y car. Ddaeth hi byth yn ôl i'r ysgol ar ôl cael ei holi gan yr heddlu am y noson honno. Safodd hi ddim mo'i harholiade Lefel A a ffaelodd hi fynd i'r Drindod i wneud Ymarfer Dysgu fel roedd hi wedi bwriadu.

"Buodd hi'n mynd mas gydag Alan Roberts – ti'n gwbod – Garej Roberts Motors – a whare teg, roedd Alan yn ofalus iawn ohoni wedyn. Priodon nhw bwyti blwyddyn neu ddwy ar ôl 'ny ac aeth Meinir i weithio yn y garej yn gwneud yr *accounts* a'r gwaith *admin*. O'n i byth yn ei gweld hi mas yn unman a so i'n credu bod fi 'di sgwrsio rhyw lawer gyda hi ers dyddie ysgol."

"Ti'n meddwl bydd hi'n fodlon siarad gyda fi?" holodd Sara, gan swnio braidd yn amheus.

"Pwy a ŵyr?" atebodd Hannah. "Ti ddim waeth o dreial. Sdim rhif ffôn 'da fi iddi, ond fi'n gwbod bod hi'n byw yn y tŷ drws nesa i'r garej – yr ochr chwith fel ti'n mynd mewn i'r dre. Gelli di fentro rhoi cnoc ar y drws i weld beth ddigwyddith. 'Sda ti ddim byd i golli. Pwy arall sy 'da ti?"

"Wel… o'n i'n gobeithio cael gair gydag aelod o'r heddlu oedd yn rhan o'r ymchwiliad gwreiddiol. Ond fi ddim yn ffyddiog iawn bydd unrhyw un dal yn fyw, neu os ydyn nhw, fe fyddan nhw mewn tipyn o oed erbyn hyn."

"Na, ti'n iawn yn fanna… mae hanner can mlynedd yn amser hir iawn. Mae'r cof yn bownd o ballu ar ôl cymaint o flynydde… A fi eriôd wedi cael achos i ymwneud llawer gyda'r heddlu, diolch byth."

Yna oedodd Hannah i gymryd llymaid o'i choffi cyn edrych i'r nenfwd fel petai hi'n chwilio am ysbrydoliaeth.

"… Ond dal sownd," meddai, â golwg feddylgar. "Beth am Richard Owen? Roedd e'n arfer bod yn dditectif gyda Heddlu Dyfed Powys. Wedi ymddeol ers blynydde mawr nawr, wrth gwrs. Ond dyn ifanc oedd e pryd 'ny… a fi bron yn siŵr bod e 'di cael rhwbeth i wneud â'r achos."

"Ti'n meddwl?" gofynnodd Sara, gan swnio braidd yn amheus. "Fi ddim eisie edrych fel real ffŵl os fi'n troi lan i holi fe ac ynte'n gwbod dim byd am yr achos."

"Os taw edrych fel ffŵl yw'r peth gwaetha sy'n mynd i ddigwydd, bydden i'n mentro 'sen i yn dy le di," atebodd Hannah.

Estynnodd Sara'r iPad a theipio enw Richard Owen ar y sgrin.

"Ti'n gwbod ble mae e'n byw?" gofynnodd yn obeithiol.

"Odw, digwydd bod," atebodd Hannah. "Roedd ei wraig Beti'n arfer dod i Ferched y Wawr ond buodd hi farw bwyti tair blynedd yn ôl. 'Tegfan' fi'n credu yw enw'r tŷ – un o'r byngalos 'na ar Hewl y Wern… Os wyt ti'n mentro mynd yno i whilo amdano fe, ti'n siŵr o gael gwell hwyl gyda Richard Owen na gyda'r Meinir Roberts 'na."

Bu distawrwydd rhyngddynt am sbel wrth i Sara edrych trwy ei nodiadau. Yr unig sŵn i'w glywed oedd ffrwtian y tecell oedd yn dal i fudferwi ar yr Aga. Neidiodd Moli i lawr o'i chlustog yn y gornel i nadreddu o gwmpas eu coesau dan y ford cyn i Hannah ei gwthio'n ôl i'w gwely.

"Beth am y newyddiadurwr oedd yn gweithio ar yr achos i'r *Guardian*? Ti'n gwbod rhywbeth amdano fe?" gofynnodd Sara o'r diwedd.

"Na, dim syniad," atebodd Hannah, "ond mae'n eitha tebyg ei fod e 'di'n gadel ni erbyn hyn."

"Ti siŵr o fod yn iawn. Wel," meddai Sara, wrth edrych yn obeithiol ar ei iPad, "beth yw hanes Howard Griffiths erbyn hyn? Mae e'n swnio'n ddiddorol."

"Y Cynghorydd Howard Griffiths, plis. Buodd e farw bwyti pymtheg mlynedd yn ôl."

Er bod Sara'n teimlo siom wrth glywed y geiriau hyn, doedd

hi ddim yn synnu nad oedd y dyn ar dir y byw ac yntau'n ŵr canol oed yn ôl yn y saithdegau.

"Ti'n cofio fe, on'd wyt ti?" gofynnodd Hannah. "Roedd e'n ddyn mawr yn lleol… arweinydd y cyngor a wedyn Maer y dre."

"O ie, fi'n cofio'r enw'n iawn. Doedd e ddim yn arwain y Rotari yn y dre yn ogystal â bod yn gynghorydd?"

"Oedd, oedd. Ymysg pethe eraill. Roedd e'n helpu mas gyda'r clwb Ieuenctid pan o'n i'n ifanc, cyn iddo fe gael ei ethol i'r cyngor. Roedd lot mwy o barch at gynghorwyr y dyddie hynny, cofia, ac roedd pawb yn nabod ei gynghorydd lleol. Howard Griffiths oedd ein cynghorydd ni, pan o'n i'n byw gartre yn Nhyn-y-Coed. Bydde fe'n dod i'r tŷ bob hyn a hyn, yn enwedig os oedd etholiad ar y gorwel."

Daeth gwên dros wyneb Hannah wrth iddi fynd yn ei blaen. "Bydde Mami'n hala Mair a fi i'r gegin i wneud coffi i'r Cynghorydd Howard Griffiths pan fydde fe'n galw – a mynnu ein bod ni'n iwsio'r llestri Denby brown gore. Ond am ryw reswm, roedd y ddwy o'n ni wedi cymeryd yn ei erbyn e. Sdim syniad 'da fi pam… falle am ei fod e braidd yn sebonllyd, bob amser â gwên deg. Ond roedd Mam wedi ei swyno gyda'i addewidion am y gwelliannau mawr oedd yn mynd i ddod i Ryd-dderwen. Ta beth, fi'n cofio taw fy nhro i oedd gwneud y coffi un bore Sadwrn pan alwodd e, a berwes i'r llaeth yn y sosban nes bod crôn tew ar ei wyneb e. Wedyn codes i'r crôn a'i roi yng nghwpan Howard Griffiths. O'n i'n gallu bod yn ferch ddrwg, cofia," meddai gan chwerthin.

"Rhag dy gwilydd di, Hannah," chwarddodd Sara, gan wneud nodyn o hyn ar ei iPad. "Oes teulu gyda fe ar ôl yn Rhyd-dderwen, 'te?" holodd yn obeithiol.

"Mae mab Howard Griffiths, Malcolm, wedi symud bant

ers blynydde ond mae ei ferch, Elaine yn dal i fyw yn y dre. Ti'n cofio Elaine Harries?"

"Ym… ydw… cofio Mam yn sôn amdani," atebodd Sara'n araf.

"Wel, ie, roedd dy fam yn ei nabod hi. Meddyg oedd ei gŵr, Simon, cyn iddo fe ymddeol a hithe'n ffisiotherapydd yn yr Ysbyty yng Nghaerfyrddin. Menyw 'bwysig' os ti'n deall be s'da fi. Ynad heddwch ac un o'r bobol 'ma sy ar bob bwrdd a phwyllgor."

"Fi'n cofio mynd i'w chartre hi gyda Mam unwaith pan o'n i'n iau…" meddai Sara, "i arddwest ryw haf. Ddim Ael-y-bryn yw enw'r tŷ?"

"Dyna ti. Bydde hi'n caniatáu i ambell elusen ddefnyddio Ael-y-Bryn ar gyfer achlysuron codi arian. Ond fi'n credu taw ei hawydd i ddangos ei thŷ a'i gerddi crand i bobol Rhyd-dderwen oedd tu ôl i hynny'n fwy na dim."

"Ti'n meddwl y bydd hi'n cofio rhywfaint am Elen Puw?" gofynnodd Sara.

"Bydde Elaine wedi bod tua deg… un ar ddeg oed nôl yn saith deg tri," atebodd Hannah. "Ond fi'n siŵr gallith hi roi rhywfaint o gefndir y chwilio i ti. A bydd hi wrth ei bodd yn hel atgofion am Howard Griffiths. Roedd hi'n falch iawn o'i thad."

"Oes gyda ti rif ffôn iddi?" gofynnodd Sara.

"Digwydd bod, mae ei chyfeiriad a'i rhif ffôn gyda fi yn y llyfr bach. Ocê, oes rhywun arall 'da ti mewn golwg?"

"Wel, fi'n credu bod hynny'n ddigon am nawr." Caeodd Sara yr iPad.

"A gyda llaw, ble mae Jac?"

"Yn ei wely," meddai Hannah, "… mae'n gweud bod ei glun e'n ei boeni fe'n wâth nag erioed. Mae angen un newydd arno fe, medde'r doctor. A mae e 'di bod lan drwy'r nos yn wyna."

"Wel, ie, gweles i'r ŵyn bach yn y caeau bore 'ma. Maen nhw'n edrych mor giwt."

"Ciwt, myn brain i... lot o waith weda i."

"O diar. Mae'n gyfnod prysur iddo fe, siŵr o fod," meddai Sara'n llawn cydymdeimlad.

"Ydy, ydy," meddai Hannah, "mae Jac yn cael help llaw wrth fab y fferm drws nesa, ond mae e'n colli cael Ioan wrth law ar adege fel hyn. Buodd rhaid iddo fe a Dai roi'r gore i odro pan aeth Ioan bant. Ffaelu cael neb dibynadwy i helpu mas yn y boreau. Dim ond gwartheg stoc sy gyda ni'n awr... a'r ŵyn wrth gwrs. O, co fe ar y gair," dywedodd, wrth i Jac gerdded i mewn i'r gegin. Roedd yn amlwg ei fod newydd godi o'i wely a golwg ddigon blinedig arno, meddyliai Sara.

"Gobeithio bod y glun yn well, Jac," meddai Sara'n siriol.

"Ddim yn rhy ffôl, bach," atebodd Jac, "Yn barod am ddiwrnod arall o waith nawr. Ydy Hannah 'ma 'di bod yn llenwi dy ben â rhyw hen ddwli am y gorffennol? Mae dychymyg byw 'da'r fenyw 'ma, cofia, felly paid â chymeryd beth mae hi'n gweud fel efengyl, beth bynnag wnei di."

Roliodd Hannah ei llygaid.

Gwthiodd Jac y gath oddi ar y gadair freichiau a suddo'n ôl ar y glustog.

"Mae hi wedi bod yn lot o help," atebodd Sara, "ac o'n i eisie gofyn rhywbeth i tithe hefyd, Jac."

"Wel, mae cof fel gogor gyda fi, ond gei di dreial," atebodd.

"Roedd sôn yn yr hen adroddiade'r papure newydd am ddelio cyffurie ym mharc Rhyd-dderwen. Glywest ti rywbeth am hynny... yr adeg aeth Elen Puw ar goll?"

"O, do," atebodd Jac. "O'dd gyda Rhyd-dderwen enw eitha

drwg am gyffurie ar un adeg. Daeth criw o bobol ifanc o Lunden i godi pentre tipis yng Nghwm Ifor dechre'r saithdege a dyna pryd y dechreuodd pethe gael eu gwerthu yn nhafarne'r dre. Fi ddim yn gwbod lot am y peth achos o'dd dim math o ddiddordeb 'da fi mewn cyffurie."

"Diolch byth. Ti'n ddigon dwl ar ôl cwpwl o beints," chwarddodd Hannah.

"Ie, wel, sori, Sara, ond alla i ddim â dy di helpu fanna," meddai Jac gan ysgwyd ei ben.

"Fi'n deall fod ambell un 'di cael eu harestio am ddelio cyffurie yn lleol. O't ti'n gwbod pwy o'n nhw?" gofynnodd Sara.

Oedodd Jac i feddwl am eiliad. "Wel... o'n, un o leia," atebodd. "Mike Hash o'n nhw'n ei alw fe pryd 'ny. So i'n gwbod beth yw ei enw iawn e. Ond fi'n gwbod ei fod e 'di bod yn y carchar yn y saithdege am ddelio cyffuriau. Fi'n dal i weld e ambwyti'r dre weithie. Credu ei fod e'n treulio'r rhan fwya o'i amser yn y Crown. Rhaid bod Pete, y landlord wedi cymryd piti drosto fe achos so i'n credu bydde'r un tafarnwr arall yn gadel e mewn trwy'r drws. Pob lwc i ti os wyt ti'n bwriadu cael gair gyda hwnnw," gwenodd.

"Reit, wel, well i fi ddechre arni, 'te," meddai Sara gan godi ar ei thraed a gwisgo ei chot.

"Pob lwc i ti," meddai Hannah, "a fi'n edrych mlân i glywed shwt hwyl gei di arni."

Cododd Sara ei llaw arni wrth iddi gychwyn am y llwybr yn ôl tua'r bwthyn.

5

Wrth i Sara lwytho'r offer ar gyfer y podlediad i mewn i'r car, meddyliodd iddi gael cip ar rywun yn cerdded ar draws y llwybr ar ben draw'r cae ac aeth at y ffens i gael gwell golwg. Roedd gan y dyn wallt hir llwydaidd at ei ysgwyddau oedd heb weld crib ers wythnosau, os nad misoedd, a barf flêr. Roedd ei ddillad yn rhy fawr ac yn hongian am ei gorff esgyrnaidd. Doedd posib taw Dai oedd hwn, ond wrth iddo droi ei ben, fe adnabu Sara ef ar unwaith. Roedd e wedi crymu rhywfaint ers iddi ei weld y Pasg blaenorol ac roedd ei gerddediad yn arafach, ond doedd dim amheuaeth gan Sara. Cafodd dipyn o sioc wrth feddwl ei fod e wedi gadael ei hun i fynd i'r fath gyflwr ac roedd hi ar fin gweiddi arno pan ddiflannodd yn sydyn i lawr y llwybr tuag at Y Felin gyda'i sbaniel bach du, Ianto, yn ei ddilyn. Gwyddai Sara y byddai'n rhy bell i ffwrdd i'w chlywed ond roedd hi wedi synhwyro ei fod e wedi ei gweld hi. Roedd yn biti bod Hannah heb ddangos mwy o gydymdeimlad tuag at Dai ac yntau yn amlwg ddim yn dda ei iechyd. Gwyddai fod y ddau heb weld lygad yn llygad ers blynyddoedd. Doedd gan Sara ddim syniad beth oedd y rheswm am hynny ond roedd yn gyndyn i holi Hannah.

Roedd y glaw wedi cilio erbyn hyn ac roedd hi wedi codi'n braf, er bod y gwynt yn dal yn fain. Gyrrodd Sara'r car yn ofalus ar hyd y ffordd droellog i lawr tuag at Ryd-dderwen a chyrraedd y dref mewn llai na phum munud. Roedd hi'n gwybod yn iawn ble'r oedd garej Roberts Motors, felly chymerodd hi fawr o amser iddi gael hyd i dŷ Meinir Roberts. Parciodd y car gyferbyn â'r garej a chroesi'r ffordd. Roedd y dref wedi dechrau prysuro ac roedd digon o bobl o gwmpas. Teimlai Sara'n falch iawn nad oedd Rhyd-dderwen wedi marw ar ei thraed eto, fel ambell i dref fach arall.

Roedd Roberts Motors yn hen fusnes yn y dref ac roedd Sara'n cofio mynd yno gyda'i thad pan oedd yn blentyn os oedd angen MOT neu wasanaeth ar y car. John Roberts oedd wedi sefydlu'r busnes ar ôl y rhyfel a'i fab, Alan, oedd yn rhedeg y garej pan oedd Sara'n tyfu lan. Erbyn hyn roedd golwg eithaf llewyrchus ar Roberts Motors ac, yn ogystal â gwerthu petrol a thrwsio cerbydau, roedd y cae y tu ôl i'r garej yn llawn o faniau gwyliau o bob maint ac oed ac o flaen y cae yr oedd yr arwydd 'CARTREFI SYMUDOL AR WERTH AC I'W LLOGI'. Doedd Sara ddim yn cofio bod y busnes faniau gwyliau yno y tro diwethaf iddi ymweld â'r garej.

Roedd cartref Meinir ac Alan Roberts yn edrych yn smart iawn. Roedd y welydd a'r ffenestri wedi eu paentio'n ddiweddar, y drws ffrynt yn un newydd yr olwg a bleinds *plantation* ffasiynol yn y ffenestri.

Cerddodd drwy giât fechan at y drws ffrynt a chanu'r gloch. Doedd dim ateb, felly canodd y gloch drachefn. Y tro yma, agorwyd cil y drws gan fenyw fach, bryderus yr olwg, ei gwallt wedi llwydo a'i hwyneb rhychlyd yn wyn fel y galchen. Roedd ei dillad yn gonfensiynol ond o wneuthuriad drud… sgert frethyn, blows wedi'i chau at ei gwddf a chardigan hir. Mae'n amlwg mai Meinir Roberts oedd hi, ond roedd yn edrych yn dipyn hŷn na menyw yn ei chwedegau hwyr. Roedd yn anodd ei dychmygu fel merch ifanc yn sleifio mas o'r tŷ yn oriau mân y bore i dynnu arwyddion.

"Mae'n ddrwg iawn 'da fi eich styrbio chi, Mrs Roberts,"

meddai Sara, "ond Sara Price ydw i. Falle'ch bod chi'n cofio fy rhieni, Tom a Catherine Price?"

"Tom Price y cyfreithiwr, chi'n meddwl?"

"Ie, dyna ni… Fydden i'n lico cael gair 'da chi, os yw hynny'n iawn." Roedd Sara ychydig yn bryderus o weld yr olwg amheus ar wyneb Meinir Roberts.

"Pam?" gofynnodd yn syth. "Prin o'n i'n nabod eich mam a'ch tad."

"Sori… ond dyw hyn ddim byd i wneud â Mam a Dad. Mae e i wneud ag Elen Puw."

Daeth cwmwl dros wyneb Meinir a chulhaodd ei llygaid. "Beth sy 'da Elen Puw i wneud â *chi*?" gofynnodd. "O'ch chi ddim wedi'ch geni pan aeth hi ar goll."

"Na, na, fi'n gwbod," meddai Sara'n ymddiheurgar. Doedd hyn ddim yn mynd yn dda. Byddai'n well iddi stopio gwamalu a dweud ei dweud.

"Chi'n gweld, fi'n gweithio i'r BBC ac yn gwneud rhaglen ar achos Elen Puw, yn y gobaith y gallwn ni ffeindio mas rhywbeth newydd am ei diflaniad hi." Llifodd y geiriau mas o'i cheg.

Syllodd Meinir Roberts yn sarrug ar Sara am eiliad neu ddwy, "A beth yn y byd y'ch chi'n disgwyl ei ffeindio mas ar ôl hanner can mlynedd, 'te? Chi ddim yn meddwl bod pob carreg wedi ei throi yn barod i dreial dod o hyd i Elen?"

Disgynnodd wyneb Sara wrth iddi sylweddoli nad oedd hi'n debyg o gael llawer o lwc wrth holi Meinir Roberts ymhellach.

"Pwy les fydd e i neb os y'ch chi'n codi hen grachen ac yn ypsetio pawb unwaith 'to? Mae rhai o'n ni wedi treulio'r hanner can mlynedd dwetha yn gwneud ein gore glas i anghofio am Elen Puw. Fi'n awgrymu eich bod chi'n gwneud yr un peth." A chaeodd hi'r drws yn glep yn wyneb Sara.

Trodd Sara ar ei sawdl a chafodd sioc yr eiliad wedyn o weld dyn ifanc yn sefyll wrth y giât y tu ôl iddi. Roedd tua'r un oed â hi, yn dal gyda gwallt byr, golau a llygaid glas. Edrychodd y ddau ar ei gilydd am eiliad cyn i'r gŵr ifanc ddweud, "Sori... Mae Mam yn gallu bod yn eitha siarp ei thafod, mae arna i ofon. Carwyn ydw i... Carwyn Roberts," ac estynnodd ei law.

"Fi'n cofio gweld ti o gwmpas y garej pan o'n i'n byw yn Rhyd-dderwen... Sara," dywedodd, "Sara Price."

"Ie, fi'n cofio ti hefyd. A clywes i beth wedest ti wrth Mam gynne. Gweithio i'r BBC nawr... *impressive* iawn. Pwy fath o raglen ti'n neud?"

"Wel, podlediad yw e, gweud y gwir. Edrych i mewn i hen achosion sydd heb eu datrys i weld allwn ni ddod o hyd i wybodaeth newydd."

"Achos Elen Puw, wedest ti? Bydd talcen caled 'da ti fanna, ond mae'n swnio'n ddiddorol," meddai Carwyn gyda gwên.

"Doedd dy fam ddim yn meddwl 'ny." Cododd Sara ei haeliau. "O'n i wedi gobeithio recordio cyfweliad gyda hi ar gyfer y podlediad, ond dyw e ddim yn edrych yn debyg iawn fod hynny'n mynd i ddigwydd, ydyw e?"

"Na, ti'n iawn, dim *hopes*. Ond... falle galla i fod o help," awgrymodd Carwyn. "Os wyt ti eisie, fi'n fodlon rhoi tipyn o gefndir iti fydd, falle, o ddefnydd i'r podlediad."

"Bydde hynny'n grêt," atebodd Sara, â'i chalon yn codi rywfaint.

"Fi sy'n edrych ar ôl y garej dyddie 'ma," meddai Carwyn, wrth droi i edrych dros ei ysgwydd, "a fi'n digwydd bod ar f'awr ginio. Mynd mas i gael rhwbeth i fyta o'n i pan weles i ti wrth y drws. Wyt ti 'di cael cinio?" gofynnodd.

"Naddo," meddai Sara, "Ond…"

"Wel, 'te, wyt ti awydd mynd i'r Dderwen Arms am damed o fwyd a gallwn ni gario ymlân gyda'n sgwrs yn fanna?"

Doedd Sara ddim yn siŵr sut i ymateb am eiliad ond gwaith oedd hyn, meddyliai, ac roedd Carwyn yn edrych yn ddigon diniwed. Ac os gallai hi gael mwy o wybodaeth am ei fam, fyddai'r daith i'r dre ddim wedi bod yn siwrnai seithug.

"Pam lai?" dywedodd, gan godi ei hysgwyddau a chychwynnodd y ddau ar eu ffordd i'r dafarn.

"Rhaid i fi weud, Carwyn," meddai Sara, "ti ddim yn edrych fel mecanig i fi."

Gwisgai Carwyn drowsus *chinos* trwsiadus a chrys a siaced smart.

"O na," atebodd gyda gwên, "rheoli'r lle ydw i erbyn hyn a rhedeg y busnes gwerthu faniau gwylie yn benna, er taw fel mecanig y dechreues i… dilyn ôl trâd Dad. Mae e'n ddigon balch o hynny'n awr achos mae e'n gallu ishte'n ôl a gadel i fi gymryd y cyfrifoldeb i gyd."

Parhaodd Carwyn i sgwrsio am y garej wrth i'r ddau gydgerdded tuag at y dafarn. Roedd yn amlwg ei fod wedi llwyddo i weddnewid y busnes wrth ddechrau'r fenter gwerthu a llogi faniau gwyliau.

"Gweles i fwlch yn y farchnad," meddai Carwyn yn frwdfrydig, "Yn ystod Covid, stopiodd pobol fynd dramor ar eu gwylie ac, ar ben hynny, ceson ni gwpwl o hafe braf iawn. Felly daeth y *staycation* yn boblogaidd a dyna shwt ces i'r syniad o logi'r fanie, gan fod neb yn gwneud hynny'n lleol. Wedyn dechreuodd pobol holi oedd y fanie ar werth, felly ehangodd y busnes i werthu a llogi.

"Wel, mae'n edrych fel petaet ti 'di gwneud y penderfyniad iawn," meddai Sara. "Bydden i wrth fy modd yn benthyg un o dy fanie a dilyn fy nhrwyn o gwmpas Cymru."

"Wel, fi'n fodlon rhoi pris da i ti, cofia," chwarddodd Carwyn.

Gwenodd Sara yn ôl.

"Roedd e'n dipyn o fuddsoddiad yn y lle cynta, cofia,' aeth Carwyn yn ei flaen. "Er... llwyddes i dalu'n ôl y benthyciad ar y fanie mewn dim o dro. Ac mae pethe'n mynd yn dda iawn erbyn hyn, rhaid i fi weud. Mae cael y busnes yn ôl ar ei drâd yn meddwl y byd i fi achos bod fi'n gallu helpu Mam a Dad mas nawr. Wedi'r cyfan, maen nhw wedi rhoi cymaint i fi yn y gorffennol... Dere."

Agorodd Carwyn ddrws y dafarn yn fonheddig a dechreuodd Sara deimlo'n obeithiol y byddai gan y gŵr ifanc siaradus hwn fwy i ddweud.

+

Roedd tafarn y Dderwen Arms yn eithaf prysur, o ystyried ei bod hi'n brynhawn dydd Iau ar ganol mis Chwefror, ond llwyddodd Carwyn i gael hyd i fwrdd i ddau yng nghanol yr ystafell. Tynnodd Sara ei chot ac astudio'r fwydlen. Roedd digon o ddewis ond penderfynodd y dylai gael rhywbeth reit iach o ystyried y byddai Hannah'n gwneud ei gorau glas i'w bwydo tra'r oedd hi ym Maesyderi.

"Wyt ti 'di penderfynu?" holodd Carwyn, gan barhau i syllu ar y fwydlen.

"Y Salad Tiwna, fi'n meddwl."

"Ocê, af fi at y bar i ordro. Ym... fi am gael y *lasagne*, fi'n credu. A glasiad o win?" gofynnodd.

"O na, dŵr ffisi plis. Gwaith yw hyn, nid joio cofia," dywedodd Sara'n ffug-ddifrifol.

"Wel, gobeithio cei di joio rhywfaint, a fydd fy nghwmni i ddim yn rhy ddiflas i ti," meddai Carwyn gyda gwên yn ei lygaid.

Edrychodd Sara ar Carwyn yn sefyll yn dalsyth wrth y bar, yn chwerthin ac yn sgwrsio gyda hwn a'r llall, yn amlwg yn gyfforddus ymysg y cwmni yn ei gynefin. Synnai hi daten pe byddai hwn wedi gwerthu fan neu ddwy tra ei fod yn ordro'r bwyd, gan fod Carwyn yn ei tharo fel dyn busnes craff. Roedd hi'n cofio ei weld yn y garej ac o gwmpas y dref pan oedd hi'n iau, er bod tua deng mlynedd wedi mynd heibio ers iddi ddod ar ei draws diwethaf. Ond roedd hi'n sicr nad oedd wedi mynychu Ysgol Uwchradd Rhyd-dderwen yr un pryd â hi.

Dychwelodd Carwyn o'r bar gyda'u diodydd. "Gad i fi dalu i ti," dywedodd Sara, gan estyn ei phwrs.

"Na, fi sy'n talu am hwn," meddai Carwyn yn benderfynol. "Anaml iawn fi'n cael cwmni *podcaster* o'r BBC i rannu pryd o fwyd. Jyst y peth i godi calon dyn ar brynhawn ôr yng nghanol gaeaf. Nawr, wyt ti eisie clywed hanes Mam?" gofynnodd.

"Dim ond os wyt ti'n hapus i rannu," atebodd Sara. "Ydy hi wedi sôn 'thot ti am beth ddigwyddodd y noson yr aeth Elen Puw ar goll?" gofynnodd yn obeithiol.

"O… cê," meddai Carwyn yn araf, "mae ychydig o bethe y dylet ti wbod am Mam cyn i fi fynd dim pellach."

Llyncodd ddiferyn o'i win cyn cario ymlaen.

"Dyw Mam ddim yn fenyw iach," meddai'n difrifol, "Mae hi wedi bod yn diodde o iselder ers i fi gofio. Mae hi'n gallu bod yn iawn am wthnose… misoedd weithie, ac wedyn mae fel 'se hi'n cwmpo i ryw bwll du mae hi'n ffaelu dod mas ohono fe. Bryd hynny, bydd hi'n ishte yn y conserfatri trwy'r dydd, jyst yn edrych mas trwy'r ffenest. Does dim posib tynnu sgwrs gyda hi a mae Dad a fi'n gwbod erbyn hyn taw'r peth gore yw gadel llonydd iddi."

Dechreuodd Sara'n deimlo'n anghyfforddus iawn am y ffordd roedd hi wedi ymddangos yn hollol ddirybudd ar garreg drws Meinir Roberts heb wybod am ei chyflwr. Dim rhyfedd nad oedd hi wedi cael llawer o groeso ganddi felly.

"Mae'n ddrwg iawn 'da fi," meddai Sara, gan ysgwyd ei phen. "Os bydden i'n gwbod bydden i byth wedi…"

"Na, na, paid ymddiheuro," dywedodd Carwyn. "Ddim dy fai di oedd e."

"Mae byw gyda Mam, yn y cyflwr mae hi, wedi effeithio ar Dad hefyd," aeth yn ei flaen, "ac, er na fydde'r un ohonyn nhw'n cyfadde' 'ny, fi bron yn siŵr bod nhw ddim 'di bwriadu cael plant a taw tipyn o ddamwain o'n i," dywedodd, gan godi ei aeliau. "Wedi'r cyfan, o'n nhw 'di bod yn briod ers tipyn o flynydde cyn i fi gyrraedd. Fi'n cofio y bydde Mam-gu yn edrych ar fy ôl i lot pan o'n i'n blentyn bach, ond buodd hi farw pan o'n i'n ddeg oed. Wedyn penderfynodd fy rhieni hala fi bant i Goleg Llanymddyfri yn hytrach nag i Ysgol Uwchradd Rhyd-dderwen."

Erbyn hyn, roedd y bwyd wedi cyrraedd felly oedodd Carwyn cyn cario ymlaen gyda'r sgwrs.

"O'n i'n meddwl am flynydde eu bod nhw jyst eisie rhoi addysg dda i fi drwy dalu am ysgol breswyl, ond erbyn hyn, fi'n gwbod bod Mam yn ffaelu ymdopi gydag edrych ar f'ôl i pan fydde hi'n cael un o'i phyliau ar ôl i Mam-gu farw."

"Mae hynny'n egluro pam est ti ddim i Ysgol Rhyd-dderwen," meddai Sara.

"Ydy, ond so i'n cwyno, cofia. Enjoies i'n amser yn Llanymddyfri, ond o'n i'n colli Mam a Dad lot, yn enwedig ar y dechre." Dechreuodd chwerthin, "Roedd Dad yn meddwl y bydden i'n troi mas i fod yn chwaraewr rygbi proffesiynol neu'n athro chwaraeon am fod yr ysgol mor enwog am ei rygbi ac o'n i'n chwaraewr eitha da pryd 'ny. Ond mae gwâd yn dewach na dŵr, fel maen nhw'n gweud, ac eisie gweithio gyda 'nwylo o'n i, 'run peth â Dad. Felly, 'nôl i'r garej des i, ar ôl cwpla yn yr ysgol, a gwneud prentisiaeth fel mecanig... Hei, sori, fi jyst yn siarad amdano'n hunan."

Sylwodd Sara fod y dafarn wedi dechrau llenwi gyda pharti mawr swnllyd oedd newydd gyrraedd yn chwilio am fwrdd. Roedd hi'n awyddus nad oedd neb yn gallu clustfeinio ar ei sgwrs gyda Carwyn, felly penderfynodd beidio â'i holi ymhellach am ei fam a throdd y sgwrs yn ôl at y busnes faniau. Ar ôl i'r weinyddes gasglu'r platiau awgrymodd Sara eu bod yn symud i fwrdd i ddau oedd newydd ddod yn wag yn nghornel bella'r ystafell er mwyn cael mwy o breifatrwydd.

"Mae'n amlwg fod ti yma i glywed hanes Mam ar y noson y diflannodd Elen Puw, on'd wyt ti?" meddai Carwyn, gan osod gwydrau'r ddau ohonynt ar y bwrdd.

"Dim ond os yw hynny'n iawn 'da ti," dywedodd Sara, yn syllu'n ddisgwylgar ar Carwyn cyn cymryd ei sêt wrth ei ymyl.

"Fi jyst eisie gwneud yn siŵr bod dy fam yn cael ei phortreadu yn y modd mwya sensitif posib yn y podlediad. I fod yn onest, fi'n gwbod fawr ddim am beth ddigwyddodd ar y noson a meddwl o'n i falle y gallet ti lenwi rhai o'r bylche... o berspectif dy deulu di, wrth gwrs."

Llyncodd Carwyn ei boer ac edrychodd i'r nenfwd cyn ymateb i Sara.

"Wel, o'n i ddim yn gwbod lot am beth ddigwyddodd pan o'n i'n tyfu lan. Dim ond bod Mam wedi gollwng ei ffrind wrth y parc a'i bod hi 'di mynd ar goll a neb wedi dod o hyd iddi byth wedyn. O'n i ddim yn sylweddoli am sbel taw dyna oedd tu ôl i'r iselder.

"Ar ôl i fi adel yr ysgol a symud 'nôl gartre, sylwes i fod Dad 'di mynd i yfed yn eitha trwm. Dyna'i ffordd e o ddelio gyda salwch Mam siŵr o fod. Doedd e eriôd 'di agor ei galon i fi o'r blân, ond nawr o'n i'n hŷn, o'n i'n cael yr argraff ei fod e angen rhywun i siarad gydag e... i rannu ei boen. Wedyn, sawl noson ar ôl agor y botel whisgi, bydde'r straeon yn dechrau llifo... a ces i'r hanes i gyd wrtho fe."

"A beth wedodd e 'thot ti?" gofynnodd Sara'n eiddgar.

"Roedd Dad wedi dechre mynd mas gyda Mam pan oedd hi yn y chweched dosbarth, ond doedd dim byd *serious* rhyngddyn nhw bryd 'ny achos bod Mam ar fin mynd bant i'r coleg ar ôl y gwylie haf. Ond, ar ôl y noson honno, pan ddiflannodd Elen Puw, newidiodd hi ei meddwl a gadael yr ysgol heb sefyll ei haroliade. Roedd Dad erbyn hynny yn meddwl y byd o Mam ac, ar ôl beth ddigwyddodd, roedd e eisie edrych ar ei hôl hi. Doedd hi ond yn rhy hapus i droi ato fe achos roedd ei rhieni mor grac gyda hi am ddwgyd y car a mynd mas i dynnu arwyddion. Roedd y ddou o'n nhw'n athrawon parchus, ti'n gweld, ac o'n nhw'n meddwl bod yr holl gyhoeddusrwydd am achos Elen Puw 'di dod â gwarth ar enw da'r teulu."

"Galla i ddychmygu eu bod nhw 'di gwylltio gyda hi," dywedodd Sara.

"Yn ôl Dad, roedd Mam yn lwcus iawn i beidio â chael ei harestio ar ôl dweud y cwbwl wrth yr heddlu. Wedi'r cyfan, roedd hi wedi cyfadde iddi fynd mas gyda'r bwriad o dorri'r gyfraith a 'di dreifio car heb basio'i phrawf gyrru. Ond llwyddodd Dad-cu i ddwyn perswâd ar yr heddlu i ollwng y cyhuddiade. *Who you know* oedd hi adeg hynny, drwy lwc."

"Fi'n siŵr fydde hi ddim mor lwcus dyddie hyn," meddai Sara.

"Ti'n iawn… dwedodd Dad fod Mam yn ffaelu stopio meddwl am y noson aeth Elen Puw ar goll – yn troi pethe drosodd a throsodd yn ei meddwl. *Survivor's guilt* maen nhw'n galw'r peth, mae'n debyg… Beth petaen nhw ddim 'di mynd mas i dynnu arwyddion?… Beth petai hi wedi gwrthod dwgyd car ei mam fel roedd Elen wedi gofyn iddi?"

"Ie, a beth petai hi 'di dreifio Elen yn ôl i'w thŷ yn lle ei gadel hi wrth y parc?" meddai Sara.

"Yn union," cytunodd Carwyn. "Dyna pryd y dechreuodd y probleme, ac aethon nhw'n waeth ac yn waeth ar ôl hynny. Roedd Mam yn meddwl bod pawb yn siarad amdani tu ôl i'w chefen… yn ei beio hi bod Elen Puw ar goll. Stopiodd hi fynd mas, a prin ei bod hi'n gadel y tŷ erbyn hyn."

"Mae'n rhaid bod y peth 'di ca'l effeth ofnadw arni," meddai Sara'n llawn cydymdeimlad. "Siaradodd hi gyda ti am y noson honno eriôd?" gofynnodd, gan obeithio bod gan Carwyn fwy na hyn o wybodaeth i'w rannu gyda hi.

"Naddo," atebodd Carwyn, gan ysgwyd ei ben yn araf. "Roedd hyn i gyd 'di digwydd sbel cyn i fi gael fy ngeni ac mae'n amlwg ei bod hi eisie'i gadw fe yn y gorffennol. Sonies i eriôd am y peth gyda hi chwaith, ond gwnes i 'ngore i ddangos 'mod i'n ei charu hi fel mam, dim ots beth oedd 'di digwydd."

"Mae'n ddrwg 'da fi…" meddai Sara, wrth sylwi bod llygaid Carwyn wedi dechrau dyfrio. "Fi'n siŵr fod pethe 'di bod yn anodd iawn i chi fel teulu. Ond diolch am rannu hynny gyda fi."

"Petai Mam yn fodlon siarad gyda ti am ddiflaniad Elen Puw, so i'n credu y bydde hi wedi gweud llawer mwy na beth wedes i. Doedd gyda hi ddim syniad beth ddigwyddodd iddi," meddai Carwyn yn benderfynol.

Roedd Sara'n gwerthfawrogi'r ffaith fod Carwyn mor agored â hi, ond doedd hi ddim yn siŵr sut i gynnwys yr hanes yn ei phodlediad heb deimlo ei bod yn bradychu Meinir Roberts ac yn torri cyfrinachedd. Ond problem at ddiwrnod arall oedd honno.

Bu distawrwydd rhwng y ddau am rai eiliadau, wedyn ysgafnhaodd hwyliau Carwyn a gofynnodd, "Shwt oedd y salad?"

"Salad yw salad," atebodd Sara, gan ffug-wenu. "Ond diolch i ti am fy nhretio i. Doedd dim eisie i ti, cofia."

"Gei di dalu'r tro nesa, 'te," dywedodd Carwyn.

"So i'n credu," atebodd Sara. "Fi ond yma am ychydig o ddyddie, ti'n gwbod."

"Wel, ti'n gwbod ble i ffeindio fi os ti'n newid dy feddwl," meddai Carwyn gan godi ei aeliau.

6

Ffarweliodd Sara â Carwyn wrth ddrws y Dderwen Arms a dechrau cerdded tuag at ganol y dref. Wrth ymweld â Rhyd-dderwen byddai Sara bob amser yn mynd am dro i'r fynwent lle'r roedd llwch ei rhieni wedi'i gladdu, felly trodd i mewn i'r archfarchnad ar y Stryd Fawr i brynu bwnsaid o flodau i'w roi ar eu bedd. Doedd dim llawer o ddewis yn y siop, felly prynodd rosod gwyn, achos eu bod nhw'n edrych yn ffres ac yn arogleuo'n dda.

Trodd Sara oddi ar y Stryd Fawr a cherdded tuag at Eglwys Sant Luc, gan wybod y byddai hi'n pasio ei hen gartref ar y ffordd. Treuliasai blentyndod hapus iawn yng Ngwynfan ac roedd ganddi lawer o atgofion da am farbeciws yn yr haf, pan gâi aros lan yn hwyr yn eistedd mas yn yr ardd yn gwrando ar ffrindiau ei rhieni yn adrodd straeon doniol ac yn chwerthin llond eu boliau. Roedd Gwynfan fel magned i deulu a ffrindiau a chofiai Sara'r adegau pan fyddai ei mam wrth y piano yn chwarae caneuon y Beatles a phawb yn bloeddio canu *'Penny Lane'* a *'Hey Jude'*. A Nadoligau llawn hwyl wedi i'w mam ymlafnio am oriau'n paratoi pob math o ddanteithion (gyda help llyfrau coginio Delia Smith wrth gwrs.) A byddai ei thad yn mynnu eu bod nhw'n chwarae *charades* ar ôl cinio Nadolig… pawb yn gwneud ffyliaid ohonyn nhw'u hunain nes eu bod nhw'n rowlio chwerthin.

Mor wahanol oedd yr adegau hyn i'r Nadolig diflas yr oedd hi newydd ei dreulio yng nghartref rhieni Gwyn ym Mlaenau

Ffestiniog… capel am ddeg y bore, cinio Nadolig am hanner dydd, mam Gwyn a hithau'n golchi llestri a phawb yn gwylio'r teledu am weddill y diwrnod.

Cerddodd Sara'n ara deg ar hyd y palmant cyfarwydd yn meddwl dros ddigwyddiadau'r Nadolig. Roedd Gwyn wastad wedi bod braidd yn ddilornus o'r ffaith ei bod hi'n dod o gefndir dosbarth canol… ei thad yn gyfreithiwr a'i mam yn Weithiwr Cymdeithasol. Roedd e, ar y llaw arall, yn ystyried ei hun yn 'un o'r werin' am ei fod, meddai ef, yn dod o linach hir o chwarelwyr diwylliedig – er, ei hen daid mae'n debyg, oedd yr aelod diweddaraf o'r teulu i weithio yn y chwareli llechi. Roedd tad Gwyn yn yrrwr bysus a'i fam yn gweithio yn y Co-op lleol.

Doedd hi ddim yn syndod i Sara felly, pan gyrhaeddodd y cartref ym Mlaenau Ffestiniog, i weld ei fod wedi ei fagu mewn tŷ bach teras digon tlodaidd yr olwg â'i ddrws ffrynt yn agor yn syth i'r stryd. Roedd Janice, mam Gwyn, yn sefyll yn y drws yn eu disgwyl yn eiddgar pan gyrhaeddodd y ddau. Roedd hi'n fenyw denau, flinedig yr olwg, gyda wyneb main a fu unwaith yn dlws.

Gwnaeth ffys fawr o Gwyn yn syth ac roedd yn amlwg ei bod hi wrth ei bodd bod ei mab a'i gariad wedi cytuno i dreulio'r Nadolig gyda'i rieni. Arweiniodd Janice nhw i hen ystafell wely Gwyn lle y bu'n rhaid iddynt dreulio dwy noson anghyfforddus yn ei hen wely tri-chwarter ar fatres oedd wedi gweld dyddiau gwell. Roedd yr ystafell, fel gweddill y tŷ, fel pin mewn papur ond synnodd Sara wrth weld bod mam Gwyn wedi cadw'r lle fel ystafell rhywun yn ei arddegau. Roedd rhesiad o dlysau plastig ar y silff lyfrau yn dyst i ragoriaeth y Gwyn ifanc ar y cae pêl-droed, yn y pwll nofio ac ar y trac athletau. Ar y wal y tu ôl i'r gwely roedd tystysgrifau di-ri wedi eu fframio i nodi llwyddiannau academaidd ei mab, gan gynnwys taflen werdd yn cyhoeddi ei ganlyniadau TGAU gyda rhes o raddau A ac A Seren y tu ôl iddyn nhw. *"Weird,"* meddyliai Sara iddi ei hun.

Pan gyrhaeddodd John, tad Gwyn, gartre o'i shifft ar y bysus, mynnodd Janice ei fod yn mynd â Gwyn am beint i'r dafarn leol tra'r arhosai hi yn y tŷ gyda Sara yn yfed te. Byddai Sara wedi bod llawer hapusach yn mynd gyda'r dynion i'r dafarn, ond roedd yn tybio bod Janice eisiau amser ar ei phen gyda hi i benderfynu a oedd y dieithryn yma o'r De yn haeddu bod yn bartner i'w hannwyl fab. Yn fuan daeth yn eglur i Sara bod mam Gwyn yn dotio arno... yn amlwg yn methu credu ei lwc ei bod hi wedi esgor ar blentyn mor ddeniadol a galluog. Doedd hi ddim yn ymddiheuro am y ffaith ei bod hi wedi ei ddifetha'n lân – i'r gwrthwyneb, roedd yn ymhyfrydu yn hynny. Ac roedd yn amlwg wrth ei sgwrs fod ei mab wedi arfer cael ei ffordd ei hun drwy gydol ei fagwraeth ac wedi dysgu sut yn union i droi ei fam o gwmpas ei fys bach.

Ni fu'n rhaid i Gwyn symud modfedd i helpu o gwmpas y tŷ yn ystod y deuddydd diflas y buont yng nghartref ei rieni a chafodd Sara'r argraff ei fod yn mwynhau gwylio ei fam yn rhedeg i dendio arno pob munud. Doedd Sara ond yn rhy falch o ffarwelio â rhieni Gwyn ar ddiwedd yr ymweliad a gobeithiai na fyddai'n rhaid iddi ddychwelyd i'r Blaenau am sbel hir eto. Wrth i'r ddau deithio mwn distawrwydd yn ôl i'r de, ni allai Sara ddim peidio â theimlo cnoad o bryder yn ei bol ac roedd yn fwy penderfynol nag erioed na fyddai'n gadael i Gwyn ddechrau ei thrin hi fel yr oedd yn trin ei fam.

+

Erbyn hyn roedd Sara wedi cyrraedd Gwynfan ac roedd yn falch o weld nad oedd wedi newid llawer ers i'w brawd hŷn, Dewi, a hithau ei roi ar y farchnad rhyw dair blynedd ynghynt, ar ôl iddyn nhw golli eu tad. Yr unig newid oedd bod y perchnogion newydd wedi paentio'r welydd gwyn yn felyn afiach. Pobl o bant brynodd y tŷ ac mae'n amlwg nad oedden nhw'n deall ystyr yr enw a roddwyd ar y lle. Ond roedd hi'n llawenhau o weld eu bod yn edrych ar ôl y borderi rhosod a blannwyd sawl blwyddyn ynghynt gan ei mam. Er nad oedd unrhyw flodau i'w gweld yr adeg yma o'r flwyddyn, roedd ôl tocio da ar y llwyni, felly fe fydden nhw'n siŵr o wneud sioe dda yn yr haf. Ond doedd dim pwrpas iddi hiraethu ar ôl yr hen le... roedd gwerthu Gwynfan wedi ei galluogi i roi blaendal sylweddol ar ei fflat ym Mhontcanna ac i Dewi dalu lwmp o'i forgais i ffwrdd ar ei dŷ yn Abertawe.

Cerddodd Sara yn ei blaen a throi i mewn i fynwent Sant Luc drwy giât yr eglwys. Pasiodd y beddi hynafol bob ochr i'r llwybr ac anelu am ardal y beddi mwy diweddar wrth ymyl y wal gefn. Yma roedd beddfaen ei rhieni ac yma y claddwyd eu llwch. Edrychodd Sara ar yr enwau – Catherine Ann Price a Thomas John Price, y naill wedi marw yn 2018 yn 59 oed a'r llall yn 2021 yn 62 oed. Roedd colli'r ddau mor fuan ar ôl ei gilydd wedi bod yn ergyd drom i Sara a Dewi. Pan drawyd eu mam gyda chancr y fron chwe blynedd ynghynt, gwnaeth eu tad bopeth yn ei allu i sicrhau ei bod hi'n cael y gofal gorau posib er mwyn ceisio achub ei bywyd. Ond roedd hi wedi ei gadael hi'n rhy hwyr cyn dod o hyd i'r lwmp ac fe'i collwyd hi chwe mis wedyn. Sioc fawr i Dewi a Sara oedd colli eu tad mor ifanc hefyd. Doedd neb yn disgwyl i ddyn ffit a heini fel ef gael y trawiad anferth a'i lladdodd. Ond wedi iddyn nhw ddeall, roedd ganddo wendid erioed nad oedd neb yn ymwybodol ohono.

Roedd Dewi a Sara wedi cytuno y byddent yn mynd i'r fynwent i osod blodau ar y bedd bob Pasg ac ar unrhyw adeg arall y bydden nhw'n digwydd ymweld â Rhyd-dderwen. Ond doedd yr un ohonyn nhw wedi bod yn y fynwent ers y Pasg blaenorol, felly roedd y blodau yn y fas gwydr wedi sychu a chrino. Tynnodd Sara'r hen flodau a gosod y rhosod ffres yn eu lle'n ofalus. Byddai Mam yn licio'r rhain, meddyliai, wrth arogleuo'r petalau. Ar ôl iddi aros wrth y beddfaen yn hel atgofion am ychydig, trodd Sara i ymadael, gan daflu cusan ar ei llaw i'r ddau ohonyn nhw. Ro'n nhw wedi bod yn rhieni gofalgar a chariadus iddi hi a Dewi a gobeithiai Sara y gallai hi wneud cystal rhiant pe byddai'n ddigon ffodus i gael plant ei hun.

Wrth iddi gerdded drwy'r fynwent sylwodd Sara ar fedd Gwen ac Eric Puw, y ddau wedi eu claddu gyda'i gilydd. Yn sydyn, teimlodd dristwch mawr yn dod drosti wrth feddwl eu bod wedi mynd i'r bedd heb ddarganfod beth yn y byd ddigwyddodd i'w hunig blentyn.

+

Ar y ffordd yn ôl i'r car, trodd Sara i lawr stryd ochr oedd yn arwain at dafarn y Crown, gan obeithio y byddai Mike Hash yno'n cael peint bach cynnar. Roedd y lle'n edrych yn ddigon di-lun a thlodaidd a dim ond pump o ddynion oedd yn yfed yn y bar. Roedd set deledu anferth ar un o'r welydd ac roedd y cwsmeriaid fel petaen nhw wedi eu llesmeirio gan y sgrin oedd yn dangos gêm bêl-droed swnllyd. Ar ochr arall yr ystafell roedd rhes o beiriannau hapchwarae yn fflachio'u goleuadau ac yn bipio'n aflafar bob hyn a hyn.

Aeth Sara at y bar a sefyll yno am rai eiliadau cyn i fenyw fawr, foliog benderfynu ymlwybro'n ara deg tuag ati o'r ochr arall i'r bar. Roedd ganddi wallt piws a rhesi o fodrwyau aur yn ei thrwyn a'i haeliau.

"Ie?" meddai mewn llais cyhuddgar. "Beth chi moyn?"

"Dim byd i yfed, diolch," atebodd Sara. Gwelodd y barmêd yn rhowlio'i llygaid.

"Ydy Mike Hash yn digwydd bod yma?" meddai mewn llais distaw.

"Pwy sy eisie gwbod?" gofynnodd y barmêd yn chwyrn.

"Sara," meddai'n siriol, "o'n i'n meddwl prynu peint iddo fe."

"O'ch chi nawr? Chi ddim yn Salvation blydi Army, y'ch chi?" gofynnodd, gan syllu'n amheus arni.

"Na, jyst eisie gair gyda Mike, 'na i gyd," atebodd Sara'n sionc.

Dechreuodd y barmed dynnu peint o gwrw, "Pedair punt... a co fe, Mike... yr un pert, pen moel 'na yn y gornel," meddai, gan anelu'r peiriant talu ati.

Cerddodd Sara draw at y bwrdd lle'r eisteddai Mike ar ei ben ei hun yn magu gweddillion ei wydraid cwrw. Roedd yn hollol foel ac roedd ei ben a'i wddf wedi eu gorchuddio â thatŵs lliwgar. Roedd e wedi colli'r rhan fwyaf o'i ddannedd ac roedd gwyn ei lygaid wedi troi'n hollol felyn.

Rhoes Sara'r peint ar y bwrdd o'i flaen. "Iechyd da. Mike, ife?"

Trodd Mike ati ac edrych drwy gil ei lygaid arni cyn cymryd tracht o'r cwrw.

"Ie, ti'n gwbod pwy ydw i yn amlwg, ond pwy ffwc wyt ti?" gofynnodd yn bigog. "Dim copar wyt ti, ife?"

"Na, na. Sara Price yw'r enw," atebodd yn gyflym, "Fi'n

dod o'r dre a fi'n edrych mewn i hanes y lle nôl yn y saithdege. Meddwl o'n i y gallet ti'n helpu i."

"Wel," atebodd Mike, gan ysgwyd ei ben. "Ti'n siarad gyda'r person rong, 'te. O'n i off 'y mhen y rhan fwya o'r amser yn y *seventies*," chwarddodd. "Y *good old days* yn y twll lle 'ma. Cofia di, tales i'n ddigon drud am enjoio'n hunan."

Oedodd Sara am ychydig. "Ym… Wyt ti'n cofio'r ferch ysgol 'na aeth ar goll o'r parc? Elen Puw oedd ei henw hi…" mentrodd.

"Paid ti â meiddio gweud bod 'da fi ddim byd i wneud â honno," meddai Mike yn sarrug, "O'n i yn y jêl yn Abertawe – y *stretch* cynta o lawer fel mae'n digwydd bod."

"O'n i ddim yn awgrymu dim byd fel'na," meddai Sara'n gymodlon. "Jyst eisie syniad o beth oedd yn mynd ymlân yn Rhyd-dderwen ar y pryd. Oedd pobol yn delio cyffurie yn y parc, ti'n gwbod?"

"Siŵr o fod," atebodd Mike, gan godi ei ysgwyddau, "O'n i'n delio yn y tai tafarn pan ddechreues i werthu gynta. Ond wedyn canodd rhyw gwcw a halodd y moch y *drug squad* i gadw golwg arna i *undercover*. Dyna pryd ces i f'arestio'r tro cynta. Pan o'n i tu fewn, daeth cwpwl o fois o Lanelli lan i Ryd-dderwen i ddwgyd fy nghwsmeriaid i, a fel fi'n deall, yn y parc o'n nhw'n delio." Oedodd i gymryd dracht o'i gwrw. "Ond ethon nhw byth nôl yna ar ôl i'r ferch ddiflannu – copars ar hyd y lle dydd a nos. Ac erbyn i fi ddod mas, o'n nhw wedi symud ymlân i Gaerfyrddin."

"Wyt ti'n meddwl bod gyda nhw rywbeth i wneud ag achos Elen Puw?" holodd Sara'n ofalus.

"Pwy a wŷr?" ysgydwodd Mike ei ben. "Falle'i bod hi 'di gweld rhwbeth na ddyle hi a'u bod nhw eisie cau ei cheg hi. Ond os taw nhw wnaeth rhywbeth iddi, mae'n rhaid eu bod nhw'n delio mewn rhywbeth lot mwy caled na tipyn o *ganja*. Dyw hwnnw ddim gwerth lladd neb drosto fe."

"Oedd cyffurie mwy caled o gwmpas Rhyd-dderwen, 'te?" gofynnodd Sara.

"Roedd lot o stwff caled ar gael yn Abertawe ond gwair ac asid oedd y *drugs of choice* yn y lle 'ma ac roedd rheiny'n ddigon da i gadw fi a fy mêts yn hapus. Ta beth, doedd neb o'n i'n nabod yn ddigon twp i jaco lan ar H," chwarddodd.

"Wel, mae hynny'n rhywfaint o gysur," meddai Sara'n goeglyd, gan nodio ei phen.

"Rhywbeth arall ti moyn gwbod?" Llowciodd Mike weddillion ei gwrw. "Costith hi beint i ti, cofia."

"Na. Diolch, Mike," dywedodd Sara, gan estyn ei llaw. "Gwell i fi fynd. Ti 'di bod yn lot o help."

Aeth Sara yn ôl at y bar ac ordro peint arall i Mike cyn ymadael.

7

Roedd yr haul wedi pylu erbyn i Sara adael y dafarn a'r gwynt wedi codi eto. Tynnodd ei sgarff yn dynnach o gwmpas ei gwddf a throi yn ôl tuag at y car. Roedd hi'n gwybod bod nifer o bethau'n dal angen eu gwneud cyn y medrai ymlacio am y noson.

Roedd hi wedi dechrau bwrw glaw unwaith eto a'r awyr wedi troi'n dywyll wrth i Sara yrru'r car mas o dref Rhyddderwen tuag at Faesyderi. Fel yr oedd yn nesáu at giât y fferm sylwodd ar olau gwan yn goleuo'r ystafell gefn yn Y Felin, felly pasiodd Sara'r ffordd gul oedd yn arwain at y bythynnod, mynd yn ei blaen am ychydig a pharcio'r car wrth ddrws y tŷ. Roedd hi'n bwrw'n drwm erbyn hyn, felly ceisiodd gysgodi yn y portsh wrth iddi guro ar y drws ffrynt. Arhosodd am ryw funud neu ddwy cyn curo eto. Clywodd Ianto'n cyfarth ac roedd hi'n meddwl iddi glywed sŵn rhywun yn symud y tu mewn i'r tŷ, ond ddaeth neb i ateb y drws. Doedd posib fod Dai mas yn y tywydd mawr yma. Roedd ei fan wedi ei pharcio wrth ymyl y tŷ ond am ryw reswm mae'n amlwg nad oedd e'n bwriadu ateb y drws iddi.

Dychwelodd Sara at y car ac estyn pad ysgrifennu a beiro o'i bag. Eisteddodd yna am beth amser yn meddwl beth i'w ysgrifennu cyn sgriblan y nodyn canlynol:

Annwyl Dai,

Rwy'n aros yn un o fythynnod Maesyderi am ychydig o ddyddiau yn

gwneud gwaith ymchwil ar hanes Elen Puw, y ferch aeth ar goll o
barc Rhyd-dderwen. Byddai'n braf cael dy weld di tra dw i yma, gan
nad ydw i wedi bod yn Rhyd-dderwen ers peth amser.

Dywedodd Hannah nad wyt ti'n cadw cystal y dyddiau yma, ac os
oes rhywbeth y galla i ei wneud i roi help llaw, bydda i ond yn rhy
falch o wneud hynny. Roeddet ti wastad yn annwyl iawn i Mam ac
rwy'n siŵr y byddai hi eisiau i fi fod yn gefn i ti os galla i.

Galwa yn y bwthyn pan gei di gyfle.

Cariad mawr,

Sara

Plygodd Sara'r nodyn a'i roi drwy flwch llythyrau'r Felin.
Yna rhedodd yn ôl at y car a gyrru'n gyflym trwy'r glaw ar
hyd y lôn garegog at y bwthyn. Roedd Jac yn iawn – roedd
gwir angen llenwi'r tyllau yn y ffordd cyn i'r gwesteion nesaf
gyrraedd.

Yn ôl yn y bwthyn, paratôdd Sara ddysgled o de ac agorodd
yr iPad. Roedd hi wedi nodi rhif ffôn Elaine Harries, merch
Howard Griffiths, a phenderfynodd ei ffonio i ofyn a fyddai
hi'n fodlon gwneud cyfweliad ar gyfer y podlediad. Atebodd
Elaine ymhen hir a hwyr a phan ddywedodd Sara ei bod yn
awyddus i glywed hanes ei thad, cytunodd hithau y byddai'n
fodlon helpu gyda'r ymchwiliad gan fod ei thad wedi gwneud
cymaint o ymdrech i gael hyd i'r ferch. Eglurodd Elaine nad
oedd ar gael y bore canlynol oherwydd ei bod yn cadeirio
pwyllgor o'r *Neighbourhood Watch*, ond mi fyddai hi'n gallu
gwneud amser i'w gweld hi yn y prynhawn. Felly cytunodd i
Sara alw draw yn ei thŷ am ddau o'r gloch y diwrnod wedyn.
Roedd hynny'n gadael Richard Owen a'r newyddiadurwr, ac
efallai fod y ditectif yn gwybod rhywfaint am hanes hwnnw.
Doedd gan Sara ddim rhif ffôn ar gyfer Richard Owen, felly

byddai'n rhaid iddi fynd draw i Heol y Wern yn y bore a thrio'i lwc.

Agorodd Sara ei negeseuon e-bost a gweld bod nifer o fanion gwaith angen eu hateb, yn ogystal â neges gan Carys yn holi sut roedd y gwaith yn mynd. Ar ôl delio gyda'r rhain, aeth ati i ddechrau llunio cwestiynau ar gyfer y cyfweliadau nesaf, gyda'r gobaith y byddai Richard Owen, yn ogystal ag Elaine Harries, yn fodlon cael eu holi.

Caeodd Sara yr iPad ac aeth i nôl potyn o gawl cennin a thato o'r oergell a'i gynhesu yn y meicrodon. Ar ôl bwyta, penderfynodd ffonio Gwyn, gan obeithio y byddai gwell hwyliau arno ar ôl iddo fod mor swta gyda hi y noson flaenorol. Ar ôl canu am ychydig, aeth yr alwad i'r peiriant ateb a chofiodd Sara ei fod weithiau'n chwarae sboncen ar nos Iau os câi hyd i bartner, felly gadawodd neges:

"Haia Gwyn, fi sy 'ma. Gobeithio bod popeth yn iawn. Jyst ffonio i weld shwt ti'n copio hebddo fi. Fi wedi bod yn fisi – mas trwy'r dydd yn casglu gwybodaeth ar gyfer y podlediad. Mae pethe'n mynd yn ocê hyd yn hyn ond heb ffeindio dim byd diddorol iawn. Eniwê, ffonia pan gei di gyfle. Caru ti."

Roedd Sara'n teimlo'n ddigon blinedig, ar ôl gwrando ar Hannah'n hiraethu am ei hen ffrind ysgol, Carwyn yn adrodd hanes trist ei fam, yr ymweliad â'r fynwent a'r sgwrs gyda Mike Hash, felly penderfynodd switsio i ffwrdd a gwylio sothach *Reality TV* cyn mynd i'r gwely. Ffoniodd Gwyn yn ôl tua hanner awr wedi naw, fel yr oedd y rhaglen yn cwpla. Roedd e ynghanol marcio aseiniadau pan ffoniodd Sara, meddai. Doedd e ddim wedi ateb y ffôn am ei fod e eisiau canolbwyntio ar y gwaith heb neb yn tarfu arno. Rowliodd Sara ei llygaid pan glywodd hynny – mae'n amlwg ei fod e'n dal i bwdu.

"Gwranda," meddai hi'n frwdfrydig, i geisio codi ei hwyliau, "pam na ddoi di draw yma i Ryd-dderwen dros y penwythnos? Mae'n gyfforddus ac yn glyd yn y bwthyn ac mae Maesyderi mewn ardal braf iawn. Bydde'n grêt dy weld di a gallen ni fynd mas am bryd bach o fwyd neis i rywle nos Sadwrn... a tro yn y wlad wedyn dydd Sul. Be ti'n meddwl?"

"Na, fyddai hynny ddim yn gweithio, Sara," atebodd Gwyn yn awdurdodol, fel petai'n siarad gydag un o'i fyfyrwyr. "Dwi 'di trefnu mynd am beint gyda'r hogia nos fory rŵan achos bod chdi i ffwrdd a ti'n gwbod bod gen i gêm saith bob ochor dydd Sul."

"Allet ti ganslo, fydde fe ddim yn ddiwedd y byd," meddai Sara'n ymbilgar.

"Na," dywedodd Gwyn yn bendant, "Mae'r trefniadau wedi'u gneud rŵan a fel ti'n gwbod, dwi ddim yn un sy'n licio gadael pobol i lawr. Os oeddat ti am i fi ddod draw penwsnos 'ma, dylsat ti 'di gofyn i fi ynghynt."

"Dim problem," meddai Sara'n ffug-hwyliog... roedd hi wedi gwneud ei gorau. "Bydda i siŵr o fod yn fisi ta beth. Gwnawn ni rywbeth neis 'da'n gilydd ar ôl i fi ddod nôl i Gaerdydd. Ta-ra." Dim 'caru ti' tro 'ma i'r diawl penstiff.

Estynnodd Sara'r botel gwin coch a thywallt gwydraid iddi'i hun. Roedd Gwyn yn amlwg yn ceisio ei chosbi am fynd i ffwrdd. A dyna ble oedd e'n awr... yn eistedd ar ei soffa hi, yn gwylio ei theledu ac, yn fwy na thebyg, yn yfed ei gwin hi o'r *Wine Society* er mwyn ymlacio ar ôl marcio'i aseiniadau hollbwysig, cyn syrthio i gysgu'n braf yn ei gwely *King Size* ar ei dillad gwely *Egyptian Cotton*! Ddim eisiau i *neb* darfu arno fe, myn diawl i. Doedd e ddim hyd yn oed wedi holi shwt roedd hi'n dod ymlaen, gan wybod bod y podlediad yn bwysig iddi. Os na fyddai Gwyn ffycin Gruffudd-Jones yn ofalus, fyddai e'n ffeindio ei hun yn ôl yn y twll cwningen 'na yn Grangetown!

8

Deffrodd Sara am chwarter i naw gydag anferth o ben tost a'i cheg yn sych grimp. Roedd Gwyn wedi ei gwylltio hi gymaint y noson gynt nes iddi gwpla'r botel gwin coch a thri-chwarter un arall. Cyn agor y llenni, yfodd ddau wydraid mawr o ddŵr a rhoi'r peiriant coffi i fynd. Ar ôl dwy ddysgled o goffi cryf, roedd hi'n dechrau teimlo fel bod dynol eto, felly camodd i'r cawod a sefyll dan y dŵr poeth am bum munud gan wylio'r swigod yn troi o gwmpas ei thraed. Doedd hi ddim yn siŵr a oedd hi'n ffit i yrru eto, ond yn sicr doedd hi ddim yn ffit i gyfweld â neb. Gwisgodd ei dillad cynhesaf ac aeth mas i'r oerni i gael awyr iach. Gwelodd fod Jac yn siecio'r defaid yn y cae o flaen y bwthyn a gwaeddodd "Bore Da," arno.

"Bore pawb pan godo," atebodd Jac, gan bwyntio at ei wats. "Wyt ti 'di dala'r llofrudd 'na 'to?"

"Rho siawns i fi, w," gwaeddodd Sara yn ôl arno.

"Wel, 'nei di ddim, waeth pa mor hir ti'n whilo," meddai Jac, cyn troi i gerdded i lawr y cae.

Diolch yn fawr am gael cymaint o blydi ffydd ynof i, Jac. Safodd Sara yno'n ei wylio am rai eiliadau cyn troi tuag at y llwybr a cherdded i ffwrdd i'r cyfeiriad arall. Ar ôl ymlwybro o gwmpas y caeau yn yr oerni am hanner awr, roedd Sara'n teimlo tipyn yn well ac yn meddwl ei fod yn saff iddi fynd i chwilio am Richard Owen.

Wrth yrru ar hyd Heol y Wern, sylweddolodd Sara ei bod hi wedi pasio tŷ Richard Owen sawl gwaith o'r blaen. Roedd ynghanol rhes o fyngalos ar y ffordd ogleddol mas o dref Rhyd-dderwen. Dyma'r ffordd y byddai hi a llu o ffrindiau'n cerdded yn eu harddegau ar eu heic blynyddol bob Llungwyn i Gastell Carreg Cennen. Roedd hi'n cofio bod y tai hyn i gyd yn drwsiadus iawn a'r gerddi'n cael eu tendio'n ofalus. Diwedd mis Mai byddai'r borderi'n llawn blodau o bob lliw fel petai'r trigolion yn paratoi ar gyfer cystadleuaeth sioe flodau, ond roedden nhw'n edrych yn ddigon llwm ar fore o aeaf.

Cofiai Sara y byddai hi wastad yn braf ar gyfer y daith i'r castell a byddai hi a'i ffrindiau'n edrych ymlaen at dorri eu syched gyda hanner o seidr slei dan oed yng ngardd y dafarn ar ddiwedd eu taith. Roedd rhai'n cael mwy na hanner ac yn methu â'i gwneud hi lan y llwybr serth tua'r castell ei hun. Ond seidr oedd y peth diwethaf ar feddwl Sara nawr. Roedd ond yn gobeithio y byddai Richard Owen gartre ac y byddai'n cofio rhywfaint am achos Elen Puw.

Cafodd hyd i Tegfan, tŷ'r cyn-arolygydd yn ddidrafferth, a pharciodd y car wrth y pafin o'i flaen. Gafaelodd yn y bag offer, anadlu'n ddwfn a chamu'n bwrpasol tuag at y byngalo. Canodd gloch y drws ffrynt ac ni fu'n rhaid iddi ddisgwyl yn hir cyn i Richard Owen agor y drws. Roedd yn ddyn tal, ymhell dros ei chwe throedfedd, er ei fod wedi dechrau crymu rhywfaint a thybiai Sara iddo fod yn ŵr golygus pan oedd yn iau. Mae'n rhaid ei fod e dros ei bedwar ugain, meddyliai, ond roedd yn edrych yn dda o'i oed. Roedd yn gwisgo crys siec a chardigan, jîns oedd yn rhy fawr iddo a slipers ar ei draed. Edrychodd yn amheus ar Sara:

"Os chi'n casglu at rywbeth, fi wedi rhoi yn barod."

"Na fi ddim," ysgydwodd Sara ei phen.

"Wel, chi'n gwerthu rhywbeth, 'te?" gofynnodd, gan syllu ar y bag offer yn ei llaw.

"Na, na, Mr Owen… Ga i egluro?"

"Wel, dewch ymlân, 'te. Beth chi moyn?"

"Wel, gair gyda chi i weud y gwir," meddai Sara, braidd yn wylaidd.

"Dim ond un?" gofynnodd Richard Owen gyda gwên ddireidus.

"Na, na… mwy nag un," meddai Sara, gan deimlo fel tipyn o ffŵl. "Fi'n gweithio i'r BBC ac yn gwneud rhaglen… wel, hynny yw, podlediad… am achos Elen Puw, y ferch aeth ar goll yn Rhyd-dderwen flynydde'n ôl… ac yn meddwl y gallech chi fy helpu i… os buoch chi'n rhan o'r ymchwiliad, hynny yw." Byrlymodd y geiriau mas o'i cheg.

"Wel," meddai'r cyn-arolygydd yn araf, gan rwbio'i ên, "mae sbel fawr wedi mynd heibio ers i'r ferch fach 'na ddiflannu, druan… ond gwell i chi ddod mewn i weud 'tho i shwt galla i helpu."

Camodd Sara i mewn trwy'r drws a dilyn Richard Owen i'r lolfa yng nghefn y tŷ. Roedd yr ystafell wedi ei dodrefnu mewn steil braidd yn ffyslyd a hen ffasiwn – y celfi a'r addurniadau wedi eu dewis gan ei ddiweddar wraig, siŵr o fod.

"Cymerwch sêt," meddai Richard Owen. "Yn fan hyn…" gan arwain Sara at y soffa, tra'r eisteddodd ef gyferbyn â hi mewn cadair freichiau oedd wedi gweld dyddiau gwell.

"Diolch," dywedodd Sara, "Sara Price yw'r enw gyda llaw, a plis gallwch fi'n 'ti'."

"Dim ond os gwnei di'r 'run peth. A Richard ydw i, gyda llaw… sdim eisie'r 'Mr Owen' 'na. Fi'n teimlo'n ddigon hen fel mae hi."

Eglurodd Sara beth oedd natur y podlediad cyn gofyn i Richard am ganiatâd i'w gyfweld.

"Wel, fi'n ddigon hapus i fod o gymorth os galla i," meddai.

"Diflaniad Elen Puw oedd yr achos mawr cynta i fi fod yn rhan ohono fe pan o'n i'n dditectif ifanc. O'n i'n arfer meddwl bod dim shwt beth i gael â throsedd na allai'r heddlu ei datrys, dim ond bod y drosedd heb ei datrys *eto*. Fi ddim mor siŵr yn yr achos hwn. Nawr, wyt ti eisie disgled o goffi cyn i ni ddechre?"

"Na, na... fi ddim eisie gwneud gwaith i ti," meddai Sara, er ei bod hi bron â marw eisiau mwy o goffi cryf i'w helpu i ddod dros ei *hangover*.

"Pwy waith?" dywedodd Richard. "Mae peiriant 'da fi. Dim ond eisie hwpo'r *pod* mewn i'r twll a pwyso'r botwm sy. Fi'n credu galla i wneud 'na. Llâth?"

"O iawn, 'te," atebodd Sara gyda gwên. "A ie, llâth plis."

Aeth Richard Owen drwodd i'r gegin ac edrychodd Sara o gwmpas yr ystafell. Tu ôl i'r soffa roedd wal gyfan o silffoedd yn gwegian gyda llyfrau – llyfrau byd natur, teithio, coginio a nofelau di-ri, o'r clasuron i awduron mwy diweddar. Roedd hi'n falch i weld ambell awdur Cymraeg yn eu plith a chyfrol neu ddwy o farddoniaeth.

Gwelodd Sara fod papur newydd y *Times* ar agor ar y bwrdd coffi, wedi ei blygu ar dudalen y croesair cryptig, oedd ar hanner ei gwblhau. Cododd y croesair ac astudio'r cliwiau am funud neu ddwy cyn ei ail-osod ar y bwrdd wrth glywed sŵn traed Richard. Estynnodd fŷg o goffi iddi cyn eistedd yn ôl yn y gadair freichiau.

"'Na'i osod yr offer recordio ar y ford goffi 'ma os yw'n iawn 'da ti," dywedodd Sara.

"Dim problem, gwna di beth bynnag sy raid," meddai Richard, gan symud y papur o'r ffordd. "Af i hôl fy *notebooks* o'r cyfnod cyn i ni ddechre. Fi wedi'u cadw nhw i gyd, cofia – er fi'n siŵr fod hynny'n groes i reole *data protection* erbyn hyn.

Rho ryw bum munud i fi ddarllen trwy'r rhai sy'n ymwneud â'r achos, wedyn bydda i'n barod."

Dychwelodd mewn dim o amser gyda'r llyfrau bach yn ei ddwylo a gwneud ei hun yn gyfforddus yn y gadair freichiau.

"Barod?" gofynnodd Sara. "A sori, Richard – Mr Owen a 'chi' fydd hi ar y recordiad arna i ofon."

Gwenodd Richard Owen ac ysgwyd ei ben.

Cyfweliad gyda Richard Owen,
Cyn-dditectif gyda Heddlu Dyfed Powys

SARA: Diolch i chi am gytuno i wneud y cyfweliad, Mr Owen, ac am eich parodrwydd i rannu eich profiad fel ditectif yn achos Elen Puw. Os yw eich rôl fel cyn-aelod o'r heddlu yn golygu y bydd yn rhaid cadw rhai pethau'n gyfrinachol, bydda i'n deall yn iawn.

RICHARD: Dim o gwbl. Fi wedi ymddeol ers dros ugain mlynedd erbyn hyn ac mae hwn yn hen achos. Fe ranna i unrhyw beth fydd yn help i dowlu goleuni ar yr achos.

SARA: Diolch i chi am hynny. Nawr, rwy'n deall eich bod chi'n dditectif ifanc 'nôl yn saith deg tri, pan aeth Elen Puw ar goll. Allwch chi ddweud rhagor am eich rhan yn yr ymchwiliad i'w diflaniad hi?

RICHARD: Ie, ifanc a dibrofiad o'n i. Newydd ddod mas o iwnifform ar ôl cael fy nyrchafu'n dditectif, yn gweithio mas o Ryd-dderwen. O'n i ar ddyletswydd ar y bore Sadwrn hwnnw pan glywson ni fod y ferch wedi diflannu, ond doedd yr heddlu yn y stesion ddim yn poeni rhyw lawer am y peth i ddechre. Merch ifanc, ddeunaw oed heb ddod gartre ar benwthnos… roedd e'n digwydd trwy'r amser. Pawb yn meddwl ei bod hi wedi mynd bant gyda rhyw fachgen ac y bydde hi'n troi lan cyn diwedd y dydd, fel llawer un o'i blân.

SARA: Ond, yn anffodus, nid felly y bu. Pryd y dechreuoch chi ystyried efallai fod hwn yn achos mwy difrifol?

RICHARD: Ar y prynhawn Sadwrn, pan oedd hi byth wedi dod i'r fei, es i a DI Roger Powell draw i'r tŷ yn Ffordd Isgoed i siarad gyda'r rhieni, Eric a Gwen Puw.

SARA: A shwt o'n nhw erbyn hynny? Allwch chi ddisgrifio'u hymateb nhw?

RICHARD: Pan gyrhaeddon ni, roedd Gwen Puw mewn tipyn o stad… yn amlwg wedi bod yn poeni drwy'r dydd. Ond roedd Eric, ei gŵr, mas yn whilo am ei ferch gyda rhai o'i ffrindie. Penderfynodd Gwen aros yn y tŷ rhag ofon y bydde Elen yn dod gartre, ond o'n i'n cael y teimlad ei bod hi'n gwbod yn ei chalon bod rhywbeth drwg wedi digwydd i'w merch.

SARA: A beth ddigwyddodd wedyn?

RICHARD: Daeth Eric Puw yn ôl bwyti deg munud wedyn, i siecio oedd Elen wedi dychwelyd. Roedd e wedi bod i dai rhai o'i ffrindie hi i weld os o'n nhw'n gwbod unrhyw beth, ond heb gael dim lwc.

Gofynnes i Mr a Mrs Puw am y tro dwetha iddyn nhw weld eu merch. Dywedodd Eric Puw fod y tri ohonyn nhw gartre'n gwylio'r teledu'r ar y nos Wener… a bod pawb wedi mynd i'r gwely tua hanner awr wedi deg. Roedd e wedi rhoi cusan nos da i Elen a dyna'r tro dwetha iddo fe weld ei ferch.

SARA: Ac roedd ei wraig yn cytuno taw dyna ddigwyddodd?

RICHARD: Oedd, dwedodd Gwen Puw ei bod hi wedi mynd i stafell wely Elen tua chwarter i naw y bore hwnnw achos bod dim ateb pan alwodd hi i ddod lawr i gael ei brecwast. Gwelodd fod stafell Elen yn wag, er bod y dillad gwely wedi eu towlu'n ôl fel petai rhywun wedi cysgu yno'r noson gynt. Chwiliodd y ddou drwy'r tŷ gan feddwl falle bod Elen yn cwato yn rhywle i whare rhyw dric dwl arnyn nhw, ond doedd dim sôn amdani. Ar ôl i'r rhieni whilo'r strydoedd cyfagos ac o gwmpas y parc tu ôl i'r tŷ, heb sôn amdani, penderfynon nhw ffonio'r heddlu.

Gofynnes i a oedd unrhyw ddillad oedd yn perthyn i Elen ar goll a dwedodd Gwen Puw ei bod hi 'di sylwi bod hoff got ddenim Elen, yn ogystal â'r dillad yr oedd yn eu gwisgo'r noson gynt, 'di diflannu o'r tŷ. Roedd ei bag hi wedi mynd hefyd.

SARA: A dyna pryd y dechreuodd yr heddlu chwilio am y ferch?

RICHARD: Ie. Ar ôl i fi adrodd yn ôl i'r *Chief*, penderfynodd e dynnu'r *stops* i gyd mas… creu *incident room* yn y stesion a phopeth. Y bore wedyn, galwodd e nifer o'r cwnstabliaid oedd ar ddiwrnod bant i mewn a threfnu bod eu hanner nhw'n mynd i holi o dŷ i dŷ i weld os oedd rhywun 'di gweld y ferch, a'r hanner arall yn whilo'r dre amdani. Ces i ddim byd i wneud â'r *search* fel y cyfryw… fy rôl i oedd cyfweld ag unrhyw un allai fod o help i'r ymchwiliad.

SARA: Ond ydych chi'n gwbod a gafodd yr heddlu hyd i unrhyw beth o ddiddordeb o gwbl wrth chwilio… dilledyn, er enghraifft, neu fag?

RICHARD: Na, dim byd fel'na. Yr unig beth anghyffredin ffeindion nhw yn y parc, ymysg y sbwriel arferol, oedd balaclafa du… y teip gyda thyllau ar gyfer y llyged a'r trwyn. Ond penderfynon nhw y galle hwnnw fod yn perthyn i unrhyw un.

SARA: Doedd dim posib iddyn nhw wneud profion arno'r adeg honno?

RICHARD: Na, doedd dim profion DNA i gael pryd hynny. Ond cadwon nhw'r balaclafa ym mocs tystiolaeth yr achos. Mae hwnnw wedi ei gadw yn nyfnderoedd yr archife ac mae'n siŵr ei fod yn dal yno nawr.

SARA: Beth am yr holi o ddrws i ddrws? Ddaeth unrhyw beth o hynny?

RICHARD: Ychydig iawn. Dwedodd un o'r cymdogion yn Ffordd Isgoed ei bod hi wedi clywed gweiddi yn dod o gyfeiriad y parc tua chwarter i un bore Sadwrn. Ond gan fod y sŵn ond wedi para am ychydig eiliade, wnaeth hi ddim byd am y peth… gan feddwl taw rhywun wedi meddwi oedd yn cadw reiat.

SARA: Aeth yr heddlu ati i siecio'r ceir oedd mas ar yr hewl nos Wener neu'n gynnar bore Sadwrn?

RICHARD: O, do, roedd ymchwiliad trwyadl i hynny. Roedd gyda'r heddlu rifau ceir ac enwe nifer o bobol oedd mas y noson honno'n barod, achos eu bod nhw ar ymgyrch *drink/drive* digwydd bod. Aethon nhw ar ôl pob un o'r rheiny ond heb unrhyw lwc. Neb wedi gweld dim byd.

SARA: Felly, chi oedd yn gyfrifol am gyfweld unrhyw un oedd yn cael ei amau o fod ynghlwm â diflaniad Elen?

RICHARD: Ie… fi a cwpwl o dditectifs eraill.

SARA: Rwy'n gwbod, mewn achosion fel hyn, bod aelodau'r teulu weithiau'n cael eu hamau gynta. Oedd hynny'n wir yn yr achos hwn?

RICHARD: Wel, chi'n gywir. Tynnon ni Eric Puw i mewn a'i holi fe'n reit galed. O edrych 'nôl, mi oedd hynny'n beth eitha creulon, o ystyried y stad oedd ar y dyn… ond dyna oedd y drefen bryd hynny. Wrth gwrs, daeth e'n weddol amlwg i ni nad o'dd e'n gwbod dim byd.

SARA: A beth am y fam… Gwen Puw?

RICHARD: Aeth Roger Powell i gael gair gyda hi yn ei chartre, yn lle ei thynnu hi mewn i'r stesion ac aeth e â phlismones gydag e. Mae'n arferol i anfon WPC i helpu mas ar achlysuron fel hyn. Roedd hyn cyn dyddiau'r FLO… y *Family Liaison Officer*, chi'n gweld. Ond ffeindion nhw'n weddol glou fod Gwen Puw yn gwbod dim byd mwy na'i gŵr am beth oedd wedi digwydd i'w merch.

SARA: A pwy arall wnaethoch chi holi?

RICHARD: Wel, ar y bore dydd Llun aethon ni i'r Ysgol Ramadeg i holi rhyw bump neu whech o ffrindie ysgol Elen. Cheson ni ddim byd o fudd nes i ni holi Meinir Davies. Fe dorrodd hi i lawr yn syth a chyfadde'r cwbwl. Dwedodd ei bod hi ac Elen wedi codi o'u gwelye ar ôl i'w rhieini fynd i gysgu ar y nos Wener. Roedd Meinir wedi trefnu i godi Elen ar waelod y stryd am hanner nos ar ôl dwgyd car ei mam – mini coch, os fi'n cofio'n iawn – i fynd mas i dynnu arwyddion ffyrdd. Wedodd hi fod Elen 'di dod â llond bag o sbaners gyda hi i wneud y job. O'n nhw 'di gyrru lawr i Bont Isaac a 'di dechre tynnu'r arwydd *Carmarthen* pan ddaeth Panda yr heddlu heibio. Dwedodd Meinir fod y ddwy o'n nhw 'di dychryn a 'di neidio'n ôl mewn i'r car a gyrru am adre.

Ar y ffordd, pasion nhw sawl car heddlu oedd mas yn stopio ceir er mwyn rhoi profion anadl. Dwedodd Meinir ei bod hi 'di panicio y byddai'n cael ei stopio ac, yn lle gyrru Elen yn ôl i'w chartre, gollyngodd hi wrth giât y parc tua hanner awr wedi hanner nos a gyrru'n ôl i'w thŷ ei hunan. I chi gael deall, cymerodd hi sbel i ni gael y stori 'ma mas o Meinir achos doedd hi'n gwneud dim byd ond llefen... yn gweud ei bod hi'n difaru bod hi eriôd 'di cytuno i fynd mas gydag Elen y noson honno, ond bod hi 'di llwyddo i ddwyn perswâd arni.

SARA: Chi'n meddwl taw Elen oedd tu i ôl i'r busnes tynnu arwyddion felly?

RICHARD: Digon tebyg. Roedd hi'n dipyn o rebel, yn ôl y sôn.

SARA: Dywedodd Meinir ei bod hi 'di gollwng Elen wrth y gatiau... ond ydych chi'n gwbod os gwelodd hi'r ferch yn dringo'r ffens i mewn i'r parc?

RICHARD: Dyna beth ofynnon ni iddi hi... a'i hateb oedd ei bod hi 'di troi ei phen a gweld Elen yn tynnu ei hunan lan ar y relings cyn iddi barcio'r car a rhedeg at ddrws cefn ei chartre.

SARA: Ydy hi'n bosib fod Elen heb fynd i mewn i'r parc o gwbwl, chi'n meddwl?

RICHARD: Ydy – yn bosib, ond annhebygol iawn, yn fy marn i.

SARA: Ac rwy'n deall eich bod chi 'di holi nifer o fechgyn lleol oedd mas yn nhre Rhyd-dderwen ar noson diflaniad Elen.

RICHARD: Do. Gafodd ryw hanner dwsin eu tynnu i mewn i gael eu holi. O'n nhw i gyd 'di bod yn yfed yn y Llew Du, sef y dafarn agosaf at y parc, a 'di mynd i'r siop tsips ar ôl stop tap. Mae'n debyg eu bod nhw 'di hongian o gwmpas am sbel cyn mynd gartre. O'n ni'n meddwl efalle y bydde un ohonyn nhw 'di gweld rhywbeth a alle fod o help i ni.

SARA: A… gawsoch chi unrhyw wybodaeth ddefnyddiol gan yr un ohonyn nhw?

RICHARD: Dim llawer… pob un yn gwadu bod yn agos at y parc a mynnu eu bod nhw gartre erbyn hanner awr wedi hanner. Doedd dim ffordd o wirio hynny'r dyddie 'ny, cofiwch… felly fe alle un, neu fwy o'n nhw fod yn gweud celwydd… pwy a ŵyr? Ond roedd rhaid i ni dderbyn beth o'n nhw'n gweud… doedd gyda ni ddim rheswm pendant i ame'r un ohonyn nhw. Er… gwnaethon ni ein gore glas i siecio'r *alibis* i gyd. Dyddie hyn mae CCTV a tystiolaeth ffonau symudol i helpu'r heddlu ac mae'n anodd iawn cuddio unrhyw beth oddi wrth y Brawd Mawr. Ond doedd dim shwt bethe i gael yn y saithdege.

SARA: Holoch chi rywun arall?

RICHARD: Do, dechreuon ni fynd ar ôl rhai cymeriade amheus yn yr ardal… cyn-droseddwyr… rhai â record am ymosod neu am drosedde rhyw. Aeth hynny ymlân am fisoedd lawer, yn enwedig ar ôl y llofruddiaethe eraill yn ardal Abertawe, ond methon ni â chysylltu'r un ohonyn nhw ag Elen Puw. *Missing person* oedd hi'n dal i fod.

SARA: Ydych chi'n gwbod a oedd gydag Elen gariad? Mae cariadon yn amal dan amheuaeth mewn achosion fel hyn.

RICHARD: Wel, oedd a nag oedd. Dwedodd un o'r merched wrthon ni fod Elen wedi cwrdd â rhywun yn Ysgol Basg Cymdeithas yr Iaith rai wythnose ynghynt a'i bod hi'n gwneud dim byd ond siarad amdano fe. Myfyriwr yn y Brifysgol yn Aberystwyth oedd e – bachgen o Sir Fôn – a cheson ni'r enw wrth un o ffrindie Elen. Arhoswch nawr i fi gael edrych yn y llyfr… ie, Hannah Jones oedd hi a Deiniol Prys oedd enw'r bachgen.

SARA: Ac oeddech chi'n amau bod gyda fe rywbeth i wneud â'r achos?

RICHARD: Ddim ar y dechre. Roedd y ddou o'n nhw ond wedi cyfarfod ryw dair wythnos ynghynt. Wedyn derbynion ni'r neges ddienw…

SARA: Neges? Dwi ddim 'di clywed am hyn o'r blaen.

RICHARD: Na, cadwodd yr heddlu'r peth yn dawel, fel maen nhw'n tueddu i wneud os ydyn nhw'n derbyn cyhuddiade di-sail.

SARA: A beth oedd y neges yma?

RICHARD: Roedd rhywun 'di rhoi nodyn trwy flwch llythyre Swyddfa'r Heddlu yn Rhyd-dderwen tua wythnos ar ôl diflaniad Elen. Wedi ei sgrifennu mewn llythrenne bras ar bapur plaen. Fi 'di gwneud nodyn o'r cynnwys… yn Saesneg oedd e. Dyma ni: 'IF YOU WANT TO FIND ELEN PUW ASK HER EXTREMIST FRIENDS IN ABERYSTWYTH.' Dyna'r cwbwl.

SARA: Wnaethoch chi ddarganfod pwy oedd 'di anfon y neges?

RICHARD: Naddo, byth. Doedd ein systeme olion bysedd ni ddim yn ddigon soffistigedig i fedru cael unrhyw beth oddi ar y papur ac, wrth gwrs, dim DNA.

SARA: Beth wnaethoch chi wedyn?

RICHARD: Rhoi dou a dou at ei gilydd a gwneud whech. Mynd i Aberystwyth i holi Deiniol Prys.

SARA: A beth oedd ei ymateb?

RICHARD: Wel, dychrynodd y creadur am ei fywyd. Roedd rhaid tynnu'r bachgen mas o'i ddarlith a mynd ag e i'r stesion yn Aberystwyth. Roedd e'n meddwl ein bod ni 'di dod yna i'w arestio fe am dynnu arwyddion – fi'n meddwl ei fod e'n dipyn o ryddhad iddo fe pan ddechreuon ni ei holi am Elen Puw. Roedd e'n gwadu'n llwyr bod ganddo unrhyw beth i wneud â'r mater… dweud ei fod e prin yn nabod y ferch. Ac roedd gyda fe *alibi* cryf ar gyfer noson ei diflaniad. Mae'n debyg ei fod e 'di mynd 'nôl gartre i Sir Fôn am y penwythnos ac roedd e gyda'i rieni yn Rhosmeirch ar y nos Wener. Roedd ei dad yn weinidog gyda'r Annibynwyr, felly doedd gyda ni ddim rheswm i'w ame fe.

SARA: Na, rwy'n siŵr. Felly dyna oedd tu ôl i'r stori yn y papur newydd ynglŷn â'r cysylltiad â Chymdeithas yr Iaith?

RICHARD: Ie. Ond, *red herring* llwyr oedd e.

SARA: Ydych chi'n meddwl bod pwy bynnag anfonodd y neges ddienw'n gwybod rhywbeth mwy?

RICHARD: Digon posib. Falle bod rhywun eisie ymyrryd â'r ymchwiliad drwy anfon yr heddlu ar *wild goose chase* i Aberystwyth. Gawn ni fyth wybod.

SARA: A beth oedd y farn yn lleol? Beth oedd pobol y dre yn meddwl oedd wedi digwydd?

RICHARD: Doedd neb yn lico meddwl y galle un ohonyn nhw fod â dim i'w wneud â shwt beth â diflaniad merch ifanc – rhywun o Ryd-dderwen. Roedd yn llawer haws dyfalu bod rhyw ddieithryn oedd yn pasio drwy'r ardal yn gyfrifol – trempyn oedd yn cysgu yn y parc, er enghraifft.

SARA: A beth oedd eich barn chi?

RICHARD: Anghytuno'n llwyr. Yn un peth, roedd y ferch 'di diflannu, felly roedd pwy bynnag oedd 'di chipio hi 'di mynd â hi o'r parc rywsut neu'i gilydd... oni bai iddi fynd o'i gwirfodd, wrth gwrs. Roedd hynny'n awgrymu'n gryf i fi fod gyda fe gar oedd wedi ei barcio rhywle yn y cyffinie.

SARA: Ond roedd giatiau'r parc i gyd wedi'u cloi, on'd o'n nhw?

RICHARD: Chi'n iawn. Holon ni Warden y Parc ac fe fynnodd e iddo gloi'r prif giatiau am saith yr hwyr nos Wener ac yna eu hailagor am saith y bore wedyn. Roedd e'n grediniol nad oedd neb wedi ymyrryd â'r cloeon yn y cyfamser.

SARA: Ac ai dyna'r unig giatiau?

RICHARD: Nage. Mae 'na giât fach gul y tu ôl i siedie'r garddwyr sy'n agor ar Ffordd Isgoed. Y Prif Arddwr sy'n gofalu am yr allwedd honno ond fe wedodd e fod e prin yn defnyddio'r giât, er ei fod yn siŵr fod y giât wedi'i chloi y tro dwetha iddo fe siecio. Wedodd e hefyd fod yna hen allwedd sbâr yn rhywle ond roedd yn methu'n lân â chael hyd i honno.

SARA: Mae'n amlwg fod Elen wedi gadael y parc, ond shwt yn y byd aeth hi o 'na?

RICHARD: Wel, mae hynny'n dipyn o ddirgelwch, rhaid i fi weud. Roedd 'na fwlch yn y ffens y tu ôl i'r Llew Du y dyddie hynny ac roedd hwnnw'n cael ei ddefnyddio'n weddol amal pan oedd y giatiau ar gau. Ond doedd dim ond digon o le i un person wasgu drwyddo fe ar y tro. O'n ni'n meddwl i ddechre bod rhywun wedi cludo'r ferch trwy'r adwy – neu ei bod hi wedi mynd y ffordd yna o'i gwirfodd. Dyna pam o'n ni mor awyddus i holi'r bechgyn oedd mas ar bwys y dafarn y noson honno, ond welodd neb ddim byd.

SARA: Felly, beth y'ch chi'n meddwl ddigwyddodd i Elen Puw?

RICHARD: Yn onest? Fi'n credu ei bod hi yn y man anghywir ar yr amser anghywir. Fi'n meddwl bod rhywun 'di ymosod arni yn y parc a wedi ei chludo hi i rywle arall – yn fyw neu'n farw – ond Duw a ŵyr shwt aeth e â hi o 'na. Fi'n credu bod Elen 'di cael ei lladd a bod y llofrudd 'di claddu ei chorff... rhywle yn yr ardal hon o bosib. Fwy na thebyg ddaw'r cyhoedd fyth i wybod ble na phwy wnaeth shwt beth erchyll. Ond pwy bynnag wnaeth hynny i ferch ifanc, â'i bywyd i gyd o'i blaen, mae'n amlwg fod gyda nhw gymhelliad go gryf.

SARA: Ydych chi'n meddwl bod cymhelliad rhywiol wrth wraidd yr ymosodiad?

RICHARD: Pwy a ŵyr? Roedd hi'n ferch ifanc, brydferth. Ond beth bynnag ddigwyddodd iddi, mae'n dristwch mawr bod ei llofrudd 'di bod â'i draed yn rhydd yr holl amser hyn.

SARA: Diolch o galon i chi, Mr Owen.

+

"Oedd hwnna'n oréit?" gofynnodd Richard.

"Roedd e'n wych," atebodd Sara. "A rwyt ti 'di rhoi un darn o wybodaeth newydd i fi – y neges ddienw 'na. Mae'n rhaid bod gyda rhywun reswm da i hala'r heddlu oddi ar y trywydd iawn."

"Wel, biti na lwyddon ni i ffeindio mas pwy oedd e. Mae'r nodyn siŵr o fod 'di hen ddiflannu erbyn hyn," meddai Richard.

Estynnodd Richard ei lyfrau nodiadau oddi ar y bwrdd coffi a'u codi i'w gadw ar y silff tu ôl iddo cyn dychwelyd i'w gadair freichiau. Eisteddodd mewn distawrwydd am ychydig a sylwodd Sara fod golwg bell yn ei lygaid. Tybed oedd e'n gwybod mwy am yr achos nag yr oedd yn fodlon ei ddatgelu iddi?

"A buodd adolygiad o'r achos ar ôl y saithdege?" holodd Sara.

"O do, sawl gwaith gan y *Cold Case Team*," meddai Richard.

"Ac o't ti ar y tîm hwnnw?" gofynnodd Sara.

"Na, na," ysgydwodd ei ben. "O'n i ddim yn cael bod. Dydy'r ditectifs oedd ar yr achos gwreiddiol ddim fel arfer yn cael bod yn rhan o unrhyw adolygiad. Mae'r tîm *Cold Case* yn edrych ar yr achos gyda llyged newydd. Ond... ddaeth dim byd o ddiddordeb i'r golwg a hynny'n bennaf achos bod dim corff a dim *scene of crime*. Felly doedd gyda fforensics ddim byd i weithio arno fe."

"Beth am y balaclafa?" gofynnodd Sara. "Gafodd hwnnw ei brofi am DNA?"

"Do, do," atebodd Richard, "flynydde wedyn. Roedd yr adolygiad llawn dwetha 'nôl yn un naw naw saith. Ond ar ôl cymryd y samplau DNA, ffaelon nhw ffeindio unrhyw *matches*. Felly aethon nhw ddim â'r mater ymhellach. Wedi'r cyfan doedd gyda nhw ddim rheswm yn y byd i gysylltu'r balaclafa â'r achos. Mi alle fe fod yn perthyn i unrhyw un."

"Felly ddaeth dim byd newydd i'r golwg dros yr holl flynydde?"

"Na. Mae sawl person 'di cysylltu gyda'r heddlu yn y gorffennol i weud eu bod nhw 'di cael hyd i'r corff mewn bedd bas, ond ar ôl i'r heddlu ymchwilio, dim ond esgyrn anifeiliaid ffeindion nhw. Ac, wrth gwrs, ambell neges yn mynnu bod y ferch 'di cael ei gweld mewn gwahanol lefydd – un ohonyn nhw mor bell i ffwrdd ag Awstralia. Synnet ti faint o bobol sy'n cael pleser mas o wastio amser yr heddlu!" chwarddodd.

"Ie, fi'n siŵr." Dechreuodd Sara ddatgymalu'r offer recordio.

"Dyna'r cyfan fi'n cofio, gweud y gwir," meddai Richard, "Oni bai bod ti eisie gofyn rhywbeth arall i fi."

"O, ie... daeth rhywbeth i 'meddwl i fel o't ti'n siarad gynne, gyda llaw," meddai Sara. "Y ditectif a'r blismones aeth i'r tŷ i holi Gwen Puw – ydyn nhw'n dal yn fyw?"

"Mae Roger, heddwch i'w lwch, wedi hen fynd," atebodd Richard, "ond mae'r WPC yn fyw ac yn iach. Christine Evans yw ei henw hi... mae hi'n dal i fyw yn yr ardal. Aros nawr, i fi gael cofio... Ie Teras Gelli Deg, rhif dau ddeg dau. Ifanc oedd hi ar y pryd – yn ei hugeinie cynnar, siŵr o fod. Nabod Christine, fydd hi'n bownd o fod eisie helpu."

"Grêt... ti'n garedig iawn, Richard," meddai Sara. "A gyda llaw, dwyt ti ddim yn digwydd gwbod pwy oedd y newyddiadurwr oedd yn edrych i mewn i'r achos ar ran y *South Wales Guardian*, wyt ti?"

"Gwilym Davies, ti'n meddwl? Real hen drwyn oedd e. Bydde fe'n sniffian o gwmpas pryd bynnag oedd trosedd yn cael ei chyflawni yn y cwm."

"Ydy e'n dal yn fyw?" gofynnodd Sara. "*Long shot*, fi'n gwbod."

"Fi ddim yn hollol siŵr," meddai Richard yn araf. "Os yw e, yng Nghartref Parc yr Onnen fydd e... yn ei nawdege erbyn hyn, dybiwn i. Clywes ei fod e 'di cael strôc rai blynydde'n ôl ond falle ei fod e'n dal ar dir y byw... er os yw e, wn i ddim faint o sens gei di," ochneidiodd.

"O, diolch. 'Na'i ffonio Parc yr Onnen i weld," meddai Sara'n eiddgar.

Cododd Sara o'r soffa a chadw'r offer recordio yn y bag. Cyn iddi adael, aeth i ysgwyd llaw Richard Owen.

"Gyda llaw, *Autopsy*," dywedodd.

"Beth?" gofynnodd Richard gyda golwg ddryslyd ar ei wyneb.

"Deuddeg ar draws: *Analysis of gold crown by head of Scotland Yard*... saith llythyren."

"Wrth gwrs, *Autopsy*... da iawn... Wel, fi'n gweld bod ti'n arbenigwraig ar y croeseiriau."

"*Addict*," atebodd Sara.

"Wel, pwy oedd d'athro di, 'te? Nid ar chwarae bach mae rhywun yn meistroli croesair y *Times*."

"Fy nhad," eglurodd. "Pan o'n i yn f'arddege bydde fe'n ishte lawr gyda fi bron pob bore Sadwrn gyda dysgled o goffi a chroesair mawr y *Times*. Roedd e'n darllen y cliwie i gyd yn gynta cyn dechre llenwi'r atebion. Roedd e'n credu bod yr is-ymwybod yn dechre datrys y cliwie unwaith ro'n nhw yn ei ben."

"Wel, falle ei fod e'n iawn... Ym... ddim merch Tom Price wyt ti?" Craffodd Richard arni.

"Ie," atebodd Sara, "falle fod ti'n cofio 'nhad."

"Yn ei gofio fe'n iawn," atebodd Richard â gwên. "Bydden ni'n dod ar draws ein gilydd yn y llys yn aml... fi ar ochr yr erlyniad a fe'n amddiffyn. Ond tu fas i'r llys roedd y ddou o'n ni ar yr un ochor. Biti ofnadw iddo fynd fel aeth e… ddim sbel ar ôl dy fam, ontife? Ddrwg iawn am dy golled di, bach… ti 'di bod trwy'r felin. Ond, fi'n siŵr bod ti o'r un anian â Tom… yr un natur… yr un awch i fynd ar ôl y gwirionedd. Merch dy dad wyt ti, fi'n gallu gweld 'ny."

"Diolch," dywedodd Sara'n swil.

"Ym, Sara…" meddai Richard, wrth iddi wneud ei ffordd tuag at y drws ffrynt, "Wnei di addo rhwbeth i fi?"

"Beth?" Trodd hithau i'w wynebu.

"Os wyt ti'n darganfod rhwbeth newydd – rhwbeth fydde'n help i ddatrys achos Elen Puw, gwnei di adel i fi wbod, on'd gwnei di? Bydde hynny'n golygu lot i fi ar ôl yr holl flynydde."

"Wrth gwrs," atebodd Sara'n siriol, "ond paid â dal d'anadl."

"Pob lwc i ti gyda Christine gyda llaw – cofia fi ati. A fi'n edrych ymlân at glywed y podlediad."

Wrth iddi gerdded yn ôl at y car, teimlai Sara'n falch ei bod hi wedi cymryd cam mawr ymlaen gyda'i phodlediad o'r diwedd, er ei bod yn meddwl o hyd bod Richard Owen yn dal rhywbeth yn ôl. Ond yn gymysg â'i boddhad roedd y tristwch o glywed hanes Elen Puw ac awgrym clir y ditectif ei bod hi wedi cael ei llofruddio.

9

Roedd hi'n tynnu am un o'r gloch pan droes Sara'r car yn ôl tuag at ganol tref Rhyd-dderwen. Roedd ganddi awr i'w lladd cyn mynd i chwilio am Ael-y-bryn, tŷ Elaine Harries ac fe wyddai'n iawn beth oedd angen ei wneud nesaf.

Parciodd yr Audi tu fas i gyn-gartref Meinir Roberts yn rhif 7, Stryd Thomas, gyferbyn â phrif fynedfa parc y dref. Caeodd ei chot yn dynn rhag y gwynt, tynnu ei het wlân i lawr dros ei chlustiau a cherdded i lawr at y gatiau mawr haearn gyda'u gwaith metel addurnedig. Petai Elen Puw heb gymryd y penderfyniad trasig i ddychwelyd i'w chartref ar draws y parc yn oriau mân y bore Sadwrn hwnnw, byddai ganddi ddau ddewis – troi i'r chwith, neu droi i'r dde. Petai hi wedi troi i'r chwith, dyfalodd Sara, mi fyddai'n rhaid iddi gerdded tuag at ganol y dref a thrwy'r sgwâr cyn troi yn ôl i'r dde i gyfeiriad ei thŷ. Roedd hi'n llawer mwy tebygol o gael ei gweld gan rywun, plismon efallai, petai hi'n cymryd y llwybr yna ac mae'n amlwg nad oedd hi eisiau i'r heddlu ei stopio a hithau â bag yn llawn sbaners. Tybiai Sara nad oedd hwn yn opsiwn iddi felly. Y dewis arall oedd troi i'r dde a dilyn ffordd lawer distawach ond hirach mewn cylch o gwmpas y parc yn ôl at y lôn gefn tu ôl i'w chartref.

Rhoes Sara'r *stopwatch* i fynd ar ei ffôn a dechrau cerdded i'r dde ar hyd y ffordd, gan ddilyn relings y parc. Wrth fynd heibio i'r cae criced a'r maes chwarae plant, daeth llu o atgofion yn ôl iddi, o'r amser y byddai ei mam yn ei gwthio ar y siglenni yn blentyn bach, nes roedd hi yn ei harddegau, yn eistedd gyda'i ffrindiau ar y *bandstand* am oriau yn sgwrsio ac yn chwerthin. Ar ôl cerdded am rai munudau, trodd Sara i'r chwith i'r lôn gefn tu ôl i dai Ffordd Isgoed a chyn hir gwelodd giât gefn rhif deuddeg. Edrychodd ar ei ffôn... pedair munud a phump eiliad.

Rhoes Sara'r *stopwatch* i fynd drachefn wrth giât gefn y tŷ a cherdded ymlaen ychydig o lathenni nes cyrraedd mynedfa gefn y parc. Y tro hwn cerddodd yn syth yn ei blaen, ar draws y cae criced cyn dychwelyd yn ôl i'r brif fynedfa a stopio'r cyfrif... un funud a phymtheg eiliad. Er bod y ffordd o gwmpas y parc yn ddistaw, ac y byddai lampau stryd yn goleuo'r ffordd, roedd yn amlwg i Sara y byddai'n llawer iawn cynt i Elen Puw redeg adre ar draws y parc. Roedd hi'n argyhoeddedig mai dyna wnaeth hi.

Ar ôl cyrraedd y giatiau mawr, trodd Sara yn ôl i mewn i'r parc a dilyn y llwybr tarmac i'r chwith. Ar yr ochr hon roedd coed talsyth a llwyni tew ar hyd y llwybr. Byddai wedi bod yn ddigon hawdd i rywun neu rywrai guddio yn y coed yr ochr yma i'r parc. Aeth hi yn ei blaen heibio i'r cyrtiau tenis nes cyrraedd y man lle y tybiai y byddai'r adwy yn y ffens flynyddoedd yn ôl. Roedd hen dafarn y Llew Du wedi ei dymchwel ar ddiwedd y saithdegau, er mawr cywilydd, ac roedd gwesty newydd wedi ei godi ar y safle yn fuan wedyn yn arddull digymeriad y cyfnod. Roedd yn amlwg fod y ffens y tu ôl i'r dafarn wedi ei hadnewyddu ers tro byd ond gallai Sara weld, petai rhywun yn ymadael â'r parc trwy'r adwy, y byddai'n rhaid cerdded trwy faes parcio'r dafarn i ochr yr adeilad cyn cyrraedd y ffordd fawr. Roedd y dafarn wedi ei lleoli nid nepell o sgwâr y dref, y man mwyaf prysur ar benwythnosau. Roedd yn anodd credu nad oedd neb wedi gweld Elen Puw petai hi wedi gadael y parc y ffordd yma.

Trodd Sara ar ei sawdl a dilyn y llwybr yn ôl at y prif giatiau. Ychydig lathenni i'r dde roedd siediau'r garddwyr a gallai Sara weld, y tu ôl i'r siediau, fod hen giât gul yn y relings yn agor i'r ffordd fawr. Roedd y giât yn un dal, wedi ei gwneud o haearn gyr ac, heb allwedd, byddai'n amhosibl i neb ei hagor.

Cerddodd Sara yn ôl at y car gyda darlun rhywfaint yn gliriach yn ei meddwl o'r hyn oedd wedi digwydd y noson honno o Fai yn ôl yn saith deg tri. Wrth yrru yn ôl i'r dref, roedd Meinir wedi mynd i banig, yn ofn y byddai hi'n cael ei stopio gan yr heddlu a'r cwbl roedd hi eisiau'i wneud oedd cyrraedd adre a pharcio'r car cyn gynted ag y gallai hi. Felly, yn lle gyrru'r holl ffordd o gwmpas y parc i dŷ Elen, gollyngodd hi wrth y gatiau gan wybod y byddai Elen yn dringo dros y ffens a chroesi'r cae criced, gan gyrraedd adre o fewn llai na dwy funud. Roedd Sara'n siŵr fod Elen wedi mynd i mewn i'r parc, ond doedd ganddi ddim syniad yn y byd beth ddigwyddodd iddi yno.

+

Cyrhaeddodd Sara Ael-y-bryn, tŷ Simon ac Elaine Harries, am bum munud i ddau. Roedd yn dŷ mawr Fictoriaidd mewn gerddi helaeth ar ei ben ei hun ar gyrion y dref. Agorodd Elaine Harries y drws fel yr oedd Sara ar fin canu'r gloch. Roedd yn fenyw dal gyda wyneb sgwâr a gwallt byr, du oedd yn dechrau britho. Gwisgai bâr o drowsus llwyd, smart a blows fawr liwgar mewn ymgais i guddio'r ffaith ei bod hi'n cario tipyn gormod o bwysau. Cyn i Sara gael cyfle i ddweud dim byd, rhedodd cocapŵ bach euraid mas rhwng ei choesau i'w chroesawu.

"Caio, dere'n ôl, y ci drwg," gwaeddodd Elaine, wrth i'r ci bach ddechrau rhedeg yn wyllt o gwmpas sodlau Sara. "Y diawl bach... Lawr, Caio, cer i gwtsh... Sara, ontife?" Syllodd Elaine arni am eiliad neu ddwy. "Fi ddim 'di dy weld ti ers o't ti'n groten ifanc."

"Ie, Mrs Harries? Diolch am gytuno i 'ngweld i."

"Elaine plis. Awn ni drwodd i'r gegin... a tynna dy got."

Arweiniwyd Sara i mewn i gegin helaeth, foethus gydag ynys anferth yn ei chanol. Roedd popeth yn edrych yn lân ac yn sgleiniog ac roedd pob mathau o offer cegin drud ar y cownteri. Trwy'r drysau Ffrengig gallai Sara weld gardd eang yng nghefn yr adeilad, wedi ei thirlunio'n ofalus. Os cofiai hi'n iawn, dyna ble y byddai'r arddwest yn cael ei chynnal.

Erbyn hyn roedd y ci bach yn eistedd yn ei wely yng nghornel y gegin, lle'r oedd e wedi dechrau cnoi tegan meddal oedd yn edrych yn ddigon tebyg i dwrci.

"Presant Nadolig," eglurodd Elaine gyda gwên. "Mae'n ei gadw fe'n dawel ta beth."

Edrychodd Elaine i wyneb Sara.

"Ti'n debyg iawn i dy fam, ti'n gwbod... Rhaid i fi weud, mae colled ar ei hôl hi yn Rhyd-dderwen. O'n i'n clywed ei bod hi 'di gwneud lot o waith da dros yr Aelwyd ar hyd y blynydde. Ac, wrth gwrs, roedd hi'n weithiwr cymdeithasol, on'd oedd hi?"

Aeth Elaine yn ei blaen, "Mae canser yn beth creulon, on'd yw e? Dyna beth laddodd fy nhad, ti'n gwbod."

Nodiodd Sara ei phen.

"Fi'n cofio dod yma gyda Mam pan o'n i'n iau," meddai Sara, "i un o'r partïon gardd... i godi arian... at Ymchwil Canser fi'n meddwl. Ac mae'r tŷ a'r ardd yn dal i edrych yn lyfli."

"Ie, wel, mae'r lle 'ma'n llawer rhy fawr i fi a Simon erbyn hyn," meddai Elaine, gan edrych o'i chwmpas. "O'n ni'n ystyried gwerthu ar un adeg, ond fe benderfynon ni aros achos mae digon o le i Caio redeg ambwyti. A fi'n dal i ganiatáu i Macmillan ddefnyddio'r lle ar gyfer boreau coffi o dro i dro. Ar ben hynny, mae'r merched a'u teuluoedd yn licio dod yma bob Nadolig, felly mae'n handi bod digon o le i bawb rownd y ford fawr – fi a Simon, y merched a'u gwŷr a chwech o wyrion bach," gwenodd. "Nawr digon am hynny, beth wyt ti eisie i fi wneud?" gofynnodd mewn llais mwy awdurdodol.

"Wel, fi 'di paratoi ychydig o gwestiyne ond os y'ch chi eisie ategu unrhyw beth arall, croeso i chi wneud. Ydy fan hyn yn iawn i ni wneud y cyfweliad?" holodd Sara, gan bwyntio at yr ynys yng nghanol y gegin.

"Ydy, ydy. Mae Simon wedi mynd i whare golff, felly gawn ni ddigon o lonydd."

Cyfweliad gyda Mrs Elaine Harries, merch Howard Griffiths

SARA: Nawr, Mrs Harries, rwy'n deall taw eich tad, Howard Griffiths, oedd un o'r rhai fuodd yn trefnu'r partïon chwilio yn lleol pan aeth y ferch ysgol, Elen Puw ar goll. Yn anffodus, buodd e farw rai blynyddoedd yn ôl, on'd do fe?

ELAINE: Do, dyna chi. Gollon ni 'nhad yn nwy fil a naw.

SARA: Rwy'n gwbod taw plentyn oeddech chi ar y pryd, ond ydych chi'n cofio'r cyfnod… neu'n cofio eich tad yn sôn am y peth?

ELAINE: Dim ond un ar ddeg oed o'n i – yn dal yn yr ysgol gynradd – ond achos bod diflaniad y ferch wedi cael cymaint o effaith ar yr ardal, fi'n cofio'r peth fel 'se fe'n ddô. Ac roedd fy nhad 'di gweithio mor galed i dreial ei ffeindio hi.

SARA: Rwy'n siŵr. Ydych chi'n cofio pryd wnaeth eich tad ddechrau arwain y chwilio'n lleol?

ELAINE: Wel, fel fi'n deall, doedd Elen ddim 'di dod gartre ar y bore dydd Sadwrn ac roedd ei thad, Eric, 'di bod mas yn whilo amdani. Pryd 'ny, o'n ni, fel teulu, yn byw yn Ffordd Isgoed, ddim yn rhy bell o gartre Mr a Mrs Puw. Felly, dechreuodd fy nhad helpu Eric i whilo drwy'r parc a'r strydoedd cyfagos ar y prynhawn Sadwrn. Roedd e wastad yn un fydde'n helpu pobol eraill os oedd e'n gallu. Roedd yr heddlu 'di cael gwbod bod y ferch ar goll, ond doedd dim llawer o ddiddordeb 'da nhw i ddechre, mae'n debyg. Roedd pawb yn byw mewn gobaith y bydde Elen jyst yn cerdded mewn trwy'r drws ac fe fydde popeth yn iawn.

SARA: Ond, gwaetha'r modd, nid felly y bu.

ELAINE: Na. Fi'n cofio 'nhad yn gweud bod Elen un ai wedi rhedeg bant – un eitha gwyllt oedd hi, mae'n debyg – neu bod rhyw anffawd 'di dod iddi. Ond ta beth oedd wedi digwydd, roedd e'n benderfynol y dyle pobol y dre wneud eu gore glas i helpu'r heddlu i whilo amdani. Un da iawn oedd e am drefnu, chi'n gweld… wedi dysgu hynny pan oedd e'n gwirfoddoli gyda'r TA – y *Territorial Army*. Felly ar y nos Sul, galwodd e griw o'i ffrindie o'r Rotari i'r tŷ i fapio mas yr ardaloedd y bydden nhw'n dechre whilo. Roedd e lan i bob un ohonyn nhw wedyn i gasglu cymaint o bobol ag y gallen nhw i helpu whilo ar y bore dydd Llun.

SARA: Felly ardal bob un iddyn nhw?

ELAINE: Ie, dyna chi. A pan aeth y si ar led fod y whilo 'di dechre, daeth pobol mas yn eu hugeinie i ddechre ac, yna erbyn diwedd yr wythnos, yn eu cannoedd, pan aeth y posteri lan.

SARA: Y Cyngor oedd yn gyfrifol am reini?

ELAINE: Ie, ie. Cafodd Dad fenthyg llun ysgol o Elen gan Eric ac fe wnaeth y Cyngor baratoi'r posteri, cannoedd ohonyn nhw, i'w rhoi lan o gwmpas yr ardal. Fi'n cofio nhw'n nawr… llun ysgol ohoni hi a'r geiriau, 'ELEN PUW 18 YEARS OLD, MISSING SINCE MAY 14th CONTACT RHYD-DDERWEN POLICE STATION IF YOU HAVE ANY INFORMATION ABOUT HER DISAPPEARANCE'.

SARA: A ddaeth unrhyw un ymlaen gyda gwybodaeth?

ELAINE: Fel fi'n deall, dim ond ambell dwpsyn yn adrodd straeon am ei gweld hi yn y fan a'r fan, ond pan edrychodd yr heddlu i mewn i'r pethe 'ma, doedd dim sail i'r un ohonyn nhw.

SARA: Ac wrth i'r partïon chwilio gribo'r ardal, ffeindion nhw unrhyw beth?

ELAINE: Dim oll, yn ôl fy nhad. Fe fydde'r arweinwyr yn casglu yn ein tŷ ni am hanner awr 'di whech bob prynhawn i adrodd am ble o'n nhw wedi bod a beth o'n nhw 'di ffeindio. Costiodd hi ffortiwn i ni mewn te a bisgedi! Roedd map mawr o'r ardal ar wal y gegin a pob nos bydde 'nhad yn lliwio i mewn yr ardaloedd oedd 'di cael eu whilo. Aeth hyn ymlân am tua tair wythnos – pawb mas yn cribo drwy wahanol rannau o'r cwm. Ond wedyn, penderfynodd yr heddlu roi'r gore i whilo ac, er siom fawr i 'nhad, penderfynodd y lleill oedd yn arwain y partïon roi'r ffidil yn y to hefyd.

SARA: A beth am y wobr o bum can punt oedd y Cyngor yn ei chynnig – am wybodaeth a allai arwain at gael hyd i Elen Puw. Eich tad oedd tu ôl i hynny?

ELAINE: Ie. Chi'n gweld, roedd e'n gynghorydd ac roedd gyda fe dipyn o ddylanwad ar y Cyngor. Fe lwyddodd e i berswadio Maer y Dref i gefnogi ei gynnig i'r Cyngor gyfrannu'r arian pan ddaeth y peth gerbron y Pwyllgor Cyllid. Ond ddaeth neb byth ymlân gyda digon o wybodaeth i hawlio'r wobr.

SARA: Chi'n cofio eich tad yn sôn am neges ddienw oedd wedi ei derbyn gan yr heddlu ryw wythnos ar ôl i'r ferch ddiflannu?

ELAINE: Naddo… eriôd. Bydde fe byth yn cymryd sylw o unrhyw beth fel'na.

SARA: Wel, mae'n amlwg bod eich tad wedi gwneud ei ran yn yr ymdrech i gael hyd i Elen Puw felly.

ELAINE: Do… whare teg iddo fe. Roedd Eric a Gwen Puw yn ddiolchgar iawn iddo fe. Mae'n teulu ni… a'r gymuned i gyd yn falch iawn ohono fe… ac, wrth gwrs am yr holl bethe da eraill wnaeth e dros Rhyd-dderwen fel cynghorydd ac fel Maer.

SARA: Tristwch y peth yw na lwyddodd neb i ddarganfod beth ddigwyddodd i'r ferch er gwaetha'i holl ymdrechion. Diolch yn fawr i chi am rannu'ch atgofion gyda ni, Mrs Harries.

+

"Fi am wneud dishgled nawr," meddai Elaine, gan godi o'i stôl. "Ac af i hôl yr albwm llunie tra bo'r tegyl yn berwi… o'n i'n meddwl falle y licet ti weld ambell lun o 'nhad."

Dychwelodd Elaine mewn dim gyda'r albwm yn ei llaw a'i roi ar y bwrdd. Edrychodd Sara trwy'r tudalennau tra y paratôdd Elaine y te. Roedd rhai'n lluniau teuluol o Howard Griffiths, ei wraig a'i blant, fel yr un o'r pedwar ohonyn nhw'n cael picnic ar draeth Cefn Sidan, gyda char mawr Morris Oxford teuluol tu cefn iddyn nhw. Ac roedd eraill yn lluniau mwy ffurfiol o'r cynghorydd a'r Maer yn ei tsiaen a'i glogyn coch. Gallai Sara weld ei fod yn ddyn mawr, tal, gyda phen moel a mwstásh bach pensil… a golwg ddigon hunan-fodlon ar ei wyneb bob amser.

"Mae eich tad yn edrych yn dipyn o gymeriad," meddai Sara, wrth droi'r tudalennau.

"O, oedd. Ac roedd e'n ddyn egwyddorol," atebodd Elaine yn bendant. "Bob tro eisie gwneud y peth iawn a chadw safone uchel. Rhwbiodd hynny bant arnon ni fel teulu."

Oedodd Elaine am dipyn cyn cario ymlaen, "Ond mae'n syndod ei fod e wedi troi mas fel wnaeth e. Ti'n gweld, collodd ei dad yn y rhyfel pan oedd e'n blentyn a buodd rhaid iddo fe dyfu lan yn llawer rhy ifanc."

"O, mae'n ddrwg 'da fi," meddai Sara. Roedd yn cael yr

argraff fod Elaine ar fin datgelu tipyn mwy am y tad roedd hi'n meddwl y byd ohono fe, felly edrychodd arni'n ddisgwylgar.

Aeth hi yn ei blaen, "Cyn y rhyfel, roedd y teulu'n eitha cyfforddus. Ond, ar ôl i Dad-cu gael ei ladd… wel, daeth tro ar fyd ac roedd hi'n fain iawn arnyn nhw. Doedd Mam-gu ddim yn gallu fforddio cadw Dadi yn yr Ysgol Ramadeg a gadawodd e i fynd dan ddaear pan oedd e'n bedair ar ddeg oed, er mwyn helpu i gynnal y teulu," ochneidiodd Elaine.

"Anodd credu'r peth erbyn hyn, on'd yw e?" meddai Sara. Dechreuodd gadw'r offer recordio ond roedd Elaine wedi dechrau ymgolli yn yr hanes a mynnodd fynd yn ei blaen.

"Ar ôl tipyn, dechreuodd Dadi fynd i ddosbarth nos a gwneud cwrs *Accounting*," dywedodd. "Ac ar ôl dwy flynedd roedd e wedi pasio digon o *exams* i gael ei benodi'n glerc yn y Cyngor, 'run peth â'i dad. Fe lwyddodd e i wneud bywoliaeth dda, priodi, magu plant a prynu tŷ yn Ffordd Isgoed. Felly, mae 'na ddiwedd hapus i'r stori," gwenodd am eiliad cyn i'w llygaid gulhau. "Ond anghofiodd e fyth yr amser caled gafodd e'n blentyn, ac roedd ambell un yn y dre yn dal i edrych i lawr eu trwyne arno oherwydd ei gefndir tlawd. Dyna pam roedd gweithio dros y gymuned ac ennill parch mor bwysig iddo fe."

Gan gofio bod Carys yn awyddus iddi gofnodi straeon dynol ar gyfer ei phodlediad, roedd Sara'n ddigon hapus i glywed Elaine yn agor ei chalon.

"Mae'n amlwg eich bod chi'n meddwl y byd ohono fe," meddai, gan obeithio y byddai Elaine yn bachu'r abwyd.

"O'n. Roedd e'n dad gofalgar iawn ond roedd e'n gallu bod yn dipyn o *disciplinarian* os bydden i neu Malcolm yn meiddio tramgwyddo," meddai Elaine gan ysgwyd ei phen. "Fi'n cofio'r amser pan oedd Malcolm tua deuddeg oed cafodd ei ddal yn dwgyd fale o berllan y ficerdy ac aeth Dadi'n gandryll. Fi'n gallu'i glywed e'n awr yn gweud, 'Fi'n gwbod yn iawn beth yw cael eich trin fel baw isa'r domen, felly paid ti, Malcolm, â meiddio dod â gwarth ar y teulu 'ma.' O, ie, roedd enw'r da'r teulu'n golygu lot iddo fe."

"Dim rhyfedd ei fod e wedi llwyddo i wneud ei farc yn y gymuned, 'te," meddai Sara.

"Wel, fi ond yn gobeithio y bydd e'n cael y gydnabyddiaeth mae'n ei haeddu am beth wnaeth e dros Elen Puw yn dy bodlediad di," meddai Elaine.

Diolchodd Sara i Elaine Haries am ei chyfraniad, ffarweliodd ag Ael-y-Bryn a throi'r car yn ôl tuag at Faesyderi. Wrth iddi nesáu at Y Felin, gwelodd fod y lle'n dywyll ac nad oedd fan Dai i'w gweld tu fas i'r tŷ. Doedd dim pwrpas iddi geisio galw i'w weld eto, felly troes y car i'r chwith a gyrru'n gyflym ar hyd y lôn fach garegog yn ôl i fythynnod Maesyderi.

10

Yn ôl yn y bwthyn, tynnodd Sara ei dillad gwaith, newid i bâr o drowsus jogio cyfforddus a chrys chwys ac yna rhoi'r clustffonau ar ei phen. Treuliodd yr awr nesaf yn gorwedd ar y soffa'n gwrando ac yn ail-wrando ar y tri chyfweliad, gan wneud nodiadau ar gyfer sgript cefndir y podlediad. Yna daeth cnoc ar y drws a gwyddai ar unwaith mai Hannah fyddai yno'n dod i'w holi sut roedd hi wedi dod ymlaen. Pan agorodd y drws, roedd Hannah'n dal ymbarél yn un llaw a phowlen yn y llall.

"Meddwl o'n i y licet ti gael tamed o gyri cartre yn lle byta'r hen bryde parod 'na," meddai gan gamu trwy'r drws, "Maen nhw'n llawn *chemicals*, ti'n gwbod. Mae hwn yn ffres prynhawn 'ma a dim ond eisie ei dwymo fe yn y meicro am ychydig o funude."

"O, diolch yn fawr i ti, Hannah, ond doedd dim eisie i ti," atebodd Sara, gan gymryd y bowlen. Roedd y cyri'n arogleuo'n hyfryd, roedd yn rhaid iddi gyfaddef.

Suddodd Hannah i un o'r cadeiriau esmwyth. "Wel, cyn i ti weud 'tho fi shwt ddest ti mlân ddô a heddi, oes digwydd bod potel fach o win gwyn yn y ffrij 'na?"

Estynnodd Sara botel o Mâcon-Villages o'r oergell a thywallt dau wydraid mawr i'r ddwy ohonyn nhw. Roedd yr *hangover* wedi hen gilio.

"Nawr 'te," meddai Hannah'n eiddgar. "Gest ti ryw lwc gyda dy gyfweliade?"

Adroddodd Sara hanes yr ymweliad a thŷ Meinir Roberts

i ddechrau a'r wybodaeth yr oedd Carwyn wedi ei rhoi iddi dros ginio yn y Dderwen Arms.

"Wel, mae Meinir wedi llwyddo i gadw ei salwch meddwl yn dawel iawn," meddai Hannah. "Tro nesa bydda i lawr yn y garej fe alwa'i mewn i'w gweld hi rhag ofon bydd hi eisie cwmpeini."

"So i'n gwbod faint o groeso gei di cofia," meddai Sara, gan deimlo'r gwin yn dechrau gwneud iddi ymlacio ar ôl diwrnod digon anodd.

"Ac est ti mas am ginio gyda Carwyn Roberts, do fe?" aeth Hannah yn ei blaen, gan roi winc slei i Sara. "Bachan smart iawn... yn gwneud yn dda iddo fe'i hunan gyda'r busnes fanie 'na, mae'n debyg. A boi ffein iawn hefyd, medden nhw. Gallet ti wneud lot gwâth, Sara."

"Hannah," ebychodd Sara, "dim ond sgwrs dros ginio geson ni. A mae sboner i gael 'da fi, ti'n gwbod."

"Meddet ti. Wel, os ti'n newid dy feddwl, fi'n siŵr fod Carwyn ar gael dyddie hyn," meddai Hannah'n ddireidus.

"Be ti'n meddwl 'dyddie hyn'?" holodd Sara'n chwilfrydig.

"Wel, roedd e'n caru am flynydde gyda rhyw ferch o Gaerfyrddin – merch bert iawn, yn ôl y sôn – athrawes, fi'n credu. Wedi dyweddïo a phopeth a'r briodas 'di'i threfnu. Wedyn yn ôl beth glywes i, newidiodd hi ei meddwl ar y funud ola a buodd rhaid canslo'r cyfan. Carwyn 'di torri ei galon, medden nhw... ond mae e siŵr o fod dros y peth erbyn hyn," gwenodd ar Sara a nodio'i phen, cyn cymryd dracht mawr o'i gwin.

"Wel, mae'n rhaid i fi weud, roedd e'n garedig iawn... yn fodlon rhannu hanes ei fam gyda fi fel'na," dywedodd Sara.

"A beth am y Gog 'na sy 'da ti yng Nghaerdydd? Ydy e'n un caredig?" gofynnodd Hannah yn amheus. "Digon hawdd gweud wrth dy wyneb di pan ffoniodd e'r noson o'r blân fod pethau ddim yn wych rhyngthoch chi."

"Roedd e jyst 'di pwdu 'na i gyd... achos 'mod i 'di mynd â'i adael e am ychydig ddiwrnode," ochneidiodd Sara.

"Wel, pam na wnei di ofyn iddo fe ddod draw 'ma am *weekend*?" gofynnodd Hannah â gwên. "Byddai hynny'n siŵr o godi ei galon."

"Fi wedi treial 'na," atebodd Sara ac eglurodd sut yr oedd Gwyn wedi ymateb pan awgrymodd hynny. Gallai deimlo ei llygaid yn llenwi wrth iddi adrodd yr hanes.

"Felly, doedd e ddim yn fodlon newid ei drefniade i gael penwthnos fach neis yn y wlad gyda'i wejen?" gofynnodd Hannah'n anghrediniol. "Pa fath o sboner ti'n galw hwnna?"

"Wel, mae e'n gallu bod yn lot o sbort ac yn gwmni da. Mae e'n eitha carismataidd ar brydie," gwenodd Sara, "ac yn dipyn o bishyn hefyd..."

"Ond?" gofynnodd Hannah, gan syllu i fyw ei llygaid.

Llyncodd Sara'n galed. "Ond... rhywsut mae popeth yn gorfod bod ar ei delere fe," ochneidiodd. "O'n ni'n dod ymlân yn iawn pan ddechreuon ni weld ein gilydd, ond ers iddo fe symud mewn i'r fflat, bwyti whech mis 'nôl, mae e... so i'n gwbod, fel 'se fe'n treial rheoli 'mywyd i ar adege."

"Ac wyt ti'n gadel iddo fe wneud 'ny?" Cododd Hannah ei haeliau. "O'n i'n meddwl bod ti'n ferch gryf, annibynnol..."

Stopiodd Hannah ei haraith wrth weld yr olwg ddigalon yn llygaid Sara. Yn lle parhau â'i phregeth gofynnodd, "Wyt ti 'di gweud 'tho fe shwt ti'n teimlo?"

"Ddim yn hollol," meddai Sara'n araf, "Ond... wel, dyw Gwyn ddim yn un sy'n derbyn beirniadaeth yn hawdd iawn. Weithie mae'n haws gadel iddo fe gael ei ffordd ei hunan."

"Fi'n ffaelu credu taw Sara Price, merch Catherine

Maesyderi, sy'n siarad," dywedodd Hannah, gan godi ei dwylo. "O'n i'n meddwl bod gyda ti fwy o barch i ti dy hunan."

Dechreuodd llygaid Sara ddyfrio wrth glywed y geiriau hyn, ond gwyddai fod Hannah yn llygad ei lle.

"Ti'n gwbod beth wnelen i?" gofynnodd Hannah.

"Na, ond fi'n siŵr bod ti'n mynd i weud 'tho fi," dywedodd.

"Gweud wrth y diawl bach bod eisie iddo fe ddangos tipyn mwy o barch tuag atat ti," meddai Hannah'n bendant. "Gwranda di ar Anti Hannah. Weithie mae merched yn cael eu swyno gan ddynion oherwydd *good looks* neu garisma. Ond mae 'na bethe lot pwysicach os yw'r berthynas yn mynd i bara – pethe fel parch at eich gilydd a charedigrwydd."

"Ie, fi'n gwbod bod ti'n iawn, Hannah," atebodd Sara mewn llais distaw.

"Gofynna i ti dy hunan os wyt ti wir yn credu taw'r Gwyn 'ma yw'r person iawn i ti... Nawr, sycha'r dagre 'na a cer i hôl glasiad arall o win bob un i ni."

Bu distawrwydd rhyngddynt am dipyn ac roedd sŵn y gwynt i'w glywed yn rhuo'n uchel rhwng ganghennau'r coed y tu fas a'r dafnau glaw yn cael eu hyrddio tuag at y ffenestri mawr. Fyddai ymbarél Hannah'n fawr o gysgod iddi ar y ffordd yn ôl i'r ffermdy, meddyliai Sara.

Wrth i Sara eistedd yn ôl ar y soffa, synhwyrai Hannah y dylai newid y pwnc, "A pwy arall welest ti ar dy drafels, 'te?" gofynnodd.

"Wel... prynes i beint i Mike Hash yn y Crown," meddai Sara gyda gwên.

"Est ti eriôd i'r twll lle 'na ar ben dy hunan?"

Nodiodd Sara wrth lyncu ei gwin.

"Wel, ti 'di dod o 'na'n saff, diolch byth," chwarddodd Hannah.

"Do, ond doedd 'da Mike Hash ddim byd o bwys i weud. Fi bron yn siŵr fod dim cysylltiad rhwng y delio cyffurie ac Elen Puw."

"Cest ti well lwc gyda Richard Owen, 'te?" holodd Hannah.

"O do, ces i lot fawr o wybodaeth wrtho fe," dywedodd Sara'n eiddgar. "Mae e'n ddyn ffeind... yn cofio Dad yn iawn." A rhoddodd Sara flas o'r hyn yr oedd wedi ei ganfod, gan gynnwys hanes y nodyn di-enw.

"A chafodd yr heddlu fyth wbod pwy oedd wedi hala'r nodyn?" gofynnodd Hannah, "Peth rhyfedd iawn."

"O, ie... cafodd dy enw di ei grybwyll," gwenodd Sara.

"Oedd 'da fi ddim byd i wneud â'r peth." Roedd Hannah'n syfrdan.

"Ddim ti wedodd wrth yr heddlu am Deiniol Prys?" gofynnodd Sara, "Peth rhyfedd i ti gofio'i enw."

"O, do. Jiw, shwt gallen i anghofio enw Deiniol Prys? Dyna'r cwbwl oedd Elen yn sôn amdano pan ddaeth hi'n ôl i'r ysgol ar ôl y gwylie Pasg... Deiniol hyn a Deiniol llall a fel fydden nhw'n gariadon pan fydde hi'n mynd i'r coleg. Wedyn pan ddaeth yr heddlu i'r ysgol i'n holi ni, ffrindie Elen, gofynnodd un o'r plismyn os oedd sboner gyda Elen. Dyna pryd rhoies i enw Deiniol Prys iddyn nhw. O'n i ddim i wbod y bydden nhw'n mynd ar ôl y boi yr holl ffordd i Aberystwyth, o'n i?"

"Wel, fe lwyddest ti i hala'r heddlu ar *wild goose chase* beth bynnag," chwarddodd Sara.

"O, twt, y neges ddienw halodd nhw ar hwnnw, ddim y fi," meddai Hannah, "... a beth am Elaine Harries? Gest ti afel arni hi?"

"O, do. Ces i weld ei thŷ mawr, crand. Roedd hi'n cofio'r cyfan am y cyfnod ac roedd hi'n awyddus iawn i fi glywed yr holl waith da wnaeth ei thad i helpu'r heddlu wrth dreial cael hyd i Elen."

"Galla i ddychmygu," meddai Hannah. "A fi'n siŵr ei bod hi 'di adrodd hanes ei thad… shwt y cododd ei hunan mas o dlodi i ddod yn faer Rhyd-dderwen."

"Do. Ces i'r cefndir i gyd gan Elaine – doedd dim stop arni."

"A ble wyt ti'n mynd nesa, 'te?" gofynnodd Hannah.

"Soniodd Richard Owen am Christine Evans – hi oedd y blismones aeth gyda'r ditectif i holi Gwen Puw yn ei thŷ," dywedodd Sara. "Mae ei chyfeiriad gyda fi ond dim rhif ffôn, felly fi am fynd draw yna fory i weld os galla i gael gafel arni."

"Wel, pob lwc," meddai Hannah. "Mae'n amlwg fod ti 'di cael tipyn o ddeunydd ar gyfer dy bodlediad yn barod. Nawr gwell i fi adel i ti gael dy swper. Gyda llaw, dwi a Jac yn mynd i'r Noson Lawen yn y Neuadd nos fory… yr elw at Eisteddfod yr Urdd. A dim cwcan i fi achos ni'n mynd am bryd o fwyd gynta i'r Dderwen. Croeso i ti ddod gyda ni, cofia… fi'n siŵr bydd tocynne ar ôl."

"Na, ewch chi i fwynhau. Fi ddim eisie bod yn gwsberen ar eich noson mas," gwenodd Sara.

"O… a sori bach," meddai Hannah, "bydde croeso i ti ddod draw am ginio dydd Sul fel arfer ond fi'n gorfod mynd at Mair yn Cross Hands. Torrodd ei choes dair wythnos 'nôl – mae *osteoporosis* arni, ti'n gweld, ac mae hi mewn plaster at ei phen-glin. A dyw'r gŵr 'na sy gyda hi'n dda i ddim byd, wedyn fi wedi addo mynd draw i wneud cinio a rhoi help llaw bob dydd Sul nes y bydd hi'n ôl ar ei thrâd. Felly bydd hi'n bryd meicrodon eto i ti, arna i ofon."

"Paid becso amdana i," meddai Sara. "Fi'n gallu cwcan,

ti'n gwbod. A cofia fi at Mair – gobeithio bydd hi'n gwella'n glou."

Wrth i Hannah olchi'r gwydrau yn y sinc, soniodd Sara wrthi am ei hymweliad â'r Felin y noson flaenorol.

"Fi'n siŵr fod Dai yn y tŷ a'i fod e 'di 'nghlywed i'n cnocio ar y drws, ond am ryw reswm roedd e'n pallu ateb. Fi'n ffaelu deall y peth, gweud y gwir. Fi'n gwbod nad yw Dai y person mwya cymdeithasol yn y byd, ond pa reswm fydde gyda fe i gloi drws arna i? Oni bai..."

"Oni bai beth?" gofynnodd Hannah'n reit ddifrifol.

"Wel, ydy Jac 'di gweud 'tho fe pam fi yma? Ydy e'n gwbod mod i'n edrych mewn i hanes Elen Puw?"

"Rhaid ti ofyn i Jac," dywedodd Hannah'n swta.

"Fi 'di bod yn meddwl," meddai Sara'n araf, "wedodd Richard Owen fod dim ffordd o wirio straeon y bechgyn ifanc oedd mas y noson aeth Elen ar goll – falle'u bod nhw'n gweud celwydd ond bod yn rhaid i'r heddlu dderbyn eu gair. Bosib bod Dai mas yn hwyrach na beth wedodd e... falle'i fod e 'di gweld neu 'di clywed rhywbeth. Beth wyt ti'n meddwl?"

"O, paid â gofyn i fi," atebodd Hannah'n ddigon siarp. "Os yw Dai ddim eisie siarad am y peth, falle dylet ti adel llonydd iddo fe."

"Wel, fi ddim yn bwriadu gwneud 'na." Roedd Sara wedi ei synnu braidd gan ymateb Hannah. "Fi wedi gofyn i Dai alw draw yma i'r bwthyn i 'ngweld i ac os na ddaw e... wel, fi'n benderfynol o gael gair gyda fe rywsut neu'i gilydd cyn i fi adel."

"Rhyngthot ti a dy fusnes," meddai Hannah a gafael yn ei hymbarél a phrysuro drwy'r drws.

+

Ceisiodd Sara wylio rhaglen byd natur ar ôl swper ond doedd hi ddim yn gallu canolbwyntio am fod cymaint o bethau'n chwyrlïo o gwmpas ei phen.

Roedd Hannah'n iawn... roedd yn bryd iddi wynebu ffeithiau a phenderfynu ble'r oedd hi'n mynd gyda'i pherthynas â Gwyn, yn lle gadael iddo gario ymlaen i reoli ei bywyd. Roedd hi'n dyheu am wella pethau rhyngddyn nhw a chael perthynas hapus ond doedd hi ddim yn siŵr ble i ddechrau.

Roedd Sara'n cofio ei mam yn dweud, pan aeth hi bant i Gaerdydd, y byddai hi'n siŵr o gael hyd i gariad yn y ddinas fawr. Roedd yn gwybod bron ar unwaith pan gyfarfu â Tom y byddai'r ddau ohonyn nhw'n priodi – roedd hi'n hollol sicr eu bod nhw'n iawn ar gyfer ei gilydd. Gwyddai Sara yn ei chalon nad oedd hi erioed wedi teimlo'r un sicrwydd am Gwyn.

Wedyn dechreuodd boeni nad oedd hi wedi canfod dim byd newydd am hanes Elen Puw... heblaw am y nodyn dienw. Ond a oedd unrhyw arwyddocâd gwirioneddol i'r peth neu a oedd rhywun jyst yn chwarae triciau ar yr heddlu? Er hynny, cysurodd ei hun wrth feddwl bod ganddi dipyn o straeon personol fyddai'n ddeunydd stori ddiddorol ac un neu ddau o bobl eto i'w cyfweld.

A beth am Dai? Pam fod Hannah wedi cymryd yn ei erbyn cymaint? A pham ei fod yn ymddwyn mor od? Ond roedd yn bosib ei bod hi'n darllen gormod i mewn i bethau a bod esboniad digon syml i'r holl beth. Dechreuodd feddwl efallai fod canolbwyntio cymaint ar ddirgelwch Elen Puw yn peri iddi gwestiynu pawb a phopeth. Efallai y byddai Christine Evans yn gallu rhoi mwy o gliwiau iddi am ddiflaniad y ferch petai'n llwyddo i gael gafael arni yn y bore.

11

Cododd Sara'n gynnar bore Sadwrn ac, wrth weld yr haul yn torri trwy'r cymylau, cafodd ysfa sydyn i fynd am dro. Ar ôl dod i arfer â rhuthr y brifddinas, roedd llonyddwch ardal Maesyderi yn teimlo fel nefoedd iddi. Doedd dim byd i'w glywed ond sŵn y gwynt yn y coed, brefiadau'r defaid, trydar yr adar a chyfarthiad Ianto ym mhen draw'r cae. Roedd yn fore iasol ac roedd y glaw bellach wedi hen gilio. Roedd Sara'n ysu am fod mas yn yr awyr agored, felly, gwisgodd ei hesgidiau cerdded a'i chot gynnes a dilyn y llwybr cyhoeddus tu ôl i'r bwthyn oedd yn arwain tua'r mynydd. Er y gwynt main, roedd llenwi ei hysgyfaint ag awyr iach a chlywed y rhew yn crensian dan ei hesgidiau yn braf. Cerddodd yn gyflym lan y llwybr serth a llwyddo i gyrraedd ffiniau'r fferm mewn dim o amser. Trodd i edrych i lawr ar y cwm ac yn y pellter gallai weld Jac ar ei dractor yn y cae isaf a Ianto'n ei ddilyn. Doedd hi ddim wedi cael llawer o gyfle i siarad ag e ers iddi gyrraedd, ond fel y dywedodd Hannah, roedd y tymor wyna'n gyfnod prysur iddo.

Cerddodd Sara mewn cylch o gwmpas tiroedd Maesyderi cyn dychwelyd i'r bwthyn. Newidiodd ei dillad a pharatoi i fynd i chwilio am Christine Evans. Ond, cyn hynny, roedd hi eisiau gwybod a oedd Gwilym Davies, newyddiadurwr y *Guardian*, yn dal ar dir y byw. Cafodd hyd i wefan cartref Parc yr Onnen ar ei mobeil a phwyso'r rhif ffôn... Oedd, mi oedd Mr Davies yn breswylydd yn y cartref ac os byddai hi'n galw draw yn nes ymlaen yn y prynhawn, fe fyddai e siŵr o fod yn falch i'w gweld hi, gan nad oedd e'n cael llawer o ymwelwyr. Doedd hi ond yn gobeithio bod Gwilym Davies yn dal o gwmpas ei bethau.

Aeth Sara mas at y car a disgynnodd ei chalon wrth iddi sylwi bod un o'r teiars blaen yn fflat fel pancosen. Wedyn sylwodd ar ddarn o bapur oedd wedi ei wthio tu ôl i un o'r weipars. Tynnodd y papur oddi yna. Roedd y nodyn wedi ei ysgrifennu mewn llythrennau bras:

CADWA DY DRWYN MAS O BETHAU SY DDIM YN FUSNES I TI. CER NÔL I GAERDYDD.

Plygodd y papur yn gyflym a'i roi yn ei phoced. Roedd ei chalon yn curo fel gordd a theimlai ddafnau o chwys ar ei thalcen. Pwy yn y byd allai fod yn gyfrifol am hyn? Er bod Dai yn ymddwyn yn od, doedd e ddim yn ei natur i wneud dim byd fel yna. A beth am Meinir Roberts? Yn sicr roedd hi eisiau i Sara gadw ei thrwyn mas o'r holl beth, ond ni allai Sara ddychmygu y byddai ganddi ddigon o nerth i chwalu teiar, hyd yn oed os oedd yn dymuno gwneud hynny. Roedd hi'n teimlo fel rhedeg i'r ffermdy at Hannah, ond gwelodd nad oedd ei char hi yno. Edrychodd i lawr ar y caeau ond doedd dim golwg o Jac – fe allai e fod yn rhywle.

Aeth Sara'n ôl i'r bwthyn, cymerodd wydraid o ddŵr a phendroni beth i'w wneud nesaf. Rhywsut doedd hi ddim yn teimlo fel siarad gyda Gwyn... fyddai e ond yn dweud wrthi am newid y teiar a gyrru'n syth yn ôl i Gaerdydd. Ond roedd hi'n hollol sicr nad oedd hi am adael i fygythiad fel hyn ei rhwystro rhag cario ymlaen gyda'i gwaith. Serch hynny, roedd ganddi broblem oedd eisiau sylw ar unwaith, a'r peth cyntaf roedd angen iddi'i wneud oedd delio â theiar fflat. Roedd ei thad wedi dangos iddi sut i newid olwyn pan ddechreuodd gael gwersi gyrru, ond roedd hynny ddeuddeng mlynedd ynghynt ac, erbyn hyn, doedd ganddi hi ddim mo'r syniad lleiaf beth i'w wneud.

Ffoniodd Sara rif garej Roberts Motors, yn y gobaith y byddai rhywun ar gael i'w helpu... a hithau'n fore dydd Sadwrn. Cymerwyd ei manylion gan y ferch a atebodd y ffôn, gan gynnwys rhif a gwneuthuriad y car. Dywedodd y byddai'n holi a oedd y teiar iawn mewn stoc ac a oedd rhywun ar gael. Rhoes Sara ochenaid o ryddhad pan ffoniodd hi'n ôl mewn ychydig funudau i ddweud bod mecanig ar y ffordd. Mewn rhyw ddeng munud, gwelodd fan Roberts Motors yn gyrru lan y ffordd gul tuag at y bwthyn a pharcio wrth ymyl ei char. Aeth mas i gwrdd â'r mecanig a synnu i weld Carwyn yn camu o'r fan yn ei oferôls gwaith.

"Haia Carwyn," meddai Sara, yn methu cuddio'r wên fawr ar ei hwyneb. "O'n i ddim yn disgwyl gweld rheolwr Roberts Motors yn dod mas i newid teiar."

"Na, wel," atebodd Carwyn, "mae'n fore dydd Sadwrn a doedd neb arall ar gael. O'n i ddim eisie ti'n styc ym Maesyderi pan fod 'da ti waith i'w wneud... Fi'n cymeryd bod ti'n dal wrthi gyda dy bodlediad."

"Ydw, tipyn o waith i wneud eto mae arna i ofon," atebodd.

"Wel, cer di 'nôl i'r bwthyn i dwymo a rhodda i gnoc i ti pan fydda i wedi cwpla," meddai wrth fynd at ei fan ac estyn y teiar newydd. "Bydda i wedi gwneud hyn mewn dim o dro."

"Diolch yn fawr i ti am ddod mas mor glou. Fi angen y car i fynd i weld cwpwl o bobol nes ymlân heddi."

"Dim problem," gwenodd Carwyn, "ond yn rhy hapus i helpu, ma'am."

Yn ôl yn y bwthyn sylwodd Sara bod neges gan Gwyn ar ei ffôn:

Newydd drio dy ffonio ond dim ateb. Wedi bod allan yn rhedeg bore 'ma – ychydig dros ddeg cilometr mewn amser reit dda. Wela i di fory ryw ben x

Rhoddodd Sara ochenaid hir – doedd hi erioed wedi cytuno y byddai hi'n ôl yng Nghaerdydd y diwrnod wedyn. Wrth ei ateb, roedd hi'n benderfynol o beidio â gadael i Gwyn gael ei ffordd ei hun eto.

Gobeithio gwnest ti fwynhau dy *run*. Mae'r podlediad yn mynd yn iawn diolch ond mae gwaith i'w wneud eto. Fydda i ddim nôl tan ddydd Llun fan cynhara. Mwynha dy noson mas gyda'r bois a phob lwc gyda'r pêl-droed fory x

Chymerodd hi fawr o amser i Carwyn newid y teiar a chyn pen dim roedd yn cnocio ar ddrws y bwthyn. Wrth iddo olchi ei ddwylo yn sinc y gegin, gofynnodd Sara iddo'n ara deg, "Oedd e'n edrych fel 'se rhywun wedi torri fy nheiar yn fwriadol?"

Edrychodd Carwyn arni'n anghrediniol.

"Doedd dim golwg fod neb wedi mynd â chyllell ato fe. Ond mae'n ddigon hawdd gwneud twll mewn teiar os yw rhywun yn benderfynol. Er... mae'n debyg taw damwain oedd e."

"Fi ddim mor siŵr, achos ffeindies i hwn dan y weipar." Estynnodd Sara y nodyn o'i phoced.

Edrychodd Carwyn ar y papur am rai eiliadau gan ysgwyd ei ben, "Ti'n meddwl bod rhywun wedi gwneud hyn ar bwrpas?"

"Cyd-ddigwyddiad braidd... fod y nodyn ar y weipar a'r teiar 'di'i falu, ti'm yn meddwl?"

Cododd Carwyn ei aeliau. "Welest ti rywun ambwyti'r lle neithiwr? Glywest ti rywbeth?"

Ysgydwodd Sara ei phen.

"Oes syniad 'da ti pwy fydde'n gwneud hyn, 'te?" gofynnodd Carwyn.

"Dim," atebodd Sara'n bendant. "Wedi'r cyfan does neb llawer yn gwbod mod i yma'n edrych i mewn i hanes Elen Puw."

"Ti'n meddwl?" gofynnodd Carwyn, gan wyro'i ben. "Wedest ti wrth dy Anti Hannah am y podlediad cyn i ti gyrraedd, fi'n cymeryd?"

"Wel, do," atebodd.

"Ac roedd Hannah siŵr o fod wedi gweud wrth bump neu whech o bobol eraill... sydd wedi gweud wrth bump neu whech eto. A pwy arall wyt ti 'di holi?"

"Richard Owen, Mike Hash ac Elaine Harries."

"Wel," atebodd Carwyn, "so i'n gwbod pwy yw Mike Hash a... fi ddim yn gwbod am Richard Owen, ond betia i di fod Elaine Harries 'di sôn wrth y byd a'r betws am y podlediad a cyment o waith da wnaeth ei thad i helpu'r heddlu i gael hyd i Elen Puw. Bydd hanner Rhyd-dderwen yn gwbod erbyn hyn."

"Tipyn bach o or-ddweud yn fanna, Carwyn," meddai Sara'n goeglyd. "Mae'n edrych i fi fel 'se rhywun yn gwbod rhywbeth am Elen Puw a ddim eisie i fi ffeindio mas beth... Ond, mae stori malu'r teiar yn un eitha diddordol ar gyfer y podlediad."

"Wel, beth ti'n mynd i wneud, 'te?" gofynnodd Carwyn. "Sdim pwynt i ti fynd at yr heddlu achos does dim sicrwydd fod dy deiar wedi ei falu'n fwriadol. Ond ti ddim yn mynd i gymeryd sylw o hyn a mynd 'nôl i Gaerdydd, wyt ti?"

"Nagw, *no chance*, meddai Sara. "Fi ddim yn mynd i adel i bwy bynnag sgrifennodd y neges gael ei ffordd a'n hala i o 'ma," atebodd.

"Da iawn ti." Syllodd Carwyn i'w llygaid, "Ond os gweli di

rywun yn cripian rownd y lle, gelli di ffonio fi unrhyw adeg ti moyn, cofia."

"Ti'n garedig iawn," atebodd Sara, "ond mae Jac a Hannah jyst drws nesa a ta beth dyw dy rif di ddim gyda fi."

"Dyma ni." Estynnodd Carwyn ei fobeil ac mewn eiliad neu ddwy canodd ffôn Sara. "Ces i dy rif di pan ffoniest ti'r garej gynne."

"Diolch," meddai Sara, "ond so i'n credu y bydd ei angen arna i. Gyda llaw… faint sy arna i i ti?"

"Dyma ti'r bil am y teiar," meddai Carwyn, gan estyn infois o'i boced. "Ac mae'r peiriant talu â charden yn y fan."

"A'r llafur?"

"Dyshgled o goffi," gwenodd Carwyn, "fi bron â tagu."

Wrth i Carwyn sipian ei goffi gofynnodd, "Wel, faint o waith sy gyda ti eto? Ti bron â cwpla dy bodlediad?"

"Cwpwl o bobol i weld heddi, 'na i gyd," atebodd Sara. "A fi'n bwriadu cymryd diwrnod i'r brenin fory, cyn mynd nôl i Gaerdydd dydd Llun."

"Wel," meddai Carwyn, "fi'n siŵr bydd dy sboner 'di gweld d'eisie di erbyn hynny."

Doedd Sara ddim yn hollol siŵr beth ddaeth dros ei phen yn yr eiliad honno, ond clywodd ei hun yn dweud, "Pa sboner?"

"O'n i'n cymeryd yn ganiataol y bydde partner gyda ti…"

Cododd ei hysgwyddau, "Neb arbennig ar hyn o bryd."

Heblaw am y cariad roedd hi wedi bod yn ei ganlyn ers misoedd oedd yn byw yn ei fflat ym Mhontacanna.

"Beth amdanat ti? Oes 'na Mrs Roberts?" gofynnodd Sara'n ddiniwed.

"Dim ond Mam," atebodd Carwyn gyda gwên. "O'n i'n gweld rhywun am sbel… wedi golygu priodi… ond mae e drosodd nawr. Falle fod hynny am y gora." Roedd tinc o dristwch yn ei lais.

"A ti'n dal i fyw gyda dy fam a dy dad?"

"Blydi hel, nagw," atebodd Carwyn yn syth. "Prynes i le fy hunan cyn gynted ag y gallwn i. Er cymaint fi'n caru fy rhieni, mae eu cwmni nhw'n gallu bod braidd yn llethol. Fi'n byw yn un o'r tai newydd 'na ar stad Llwyncelyn."

"Neis iawn," meddai Sara, gan gofio iddi sylwi ar y stad newydd o dai chwaethus ar gyrion y dref.

"Neis ond digymeriad. Dyw *interior design* ddim yn un o'm cryfdere i, arna i ofon."

Bu distawrwydd am eiliad neu ddwy tra yfai'r ddau eu coffi, yna gofynnodd Carwyn braidd yn betrusgar, "Ti'n gwbod y diwrnod i'r brenin 'na o't ti n sôn amdano fe..."

"Ie..." atebodd Sara'n araf.

"Ti ddim eisie hala'r diwrnod cyfan ar dy ben dy hunan, wyt ti? Digwydd bod, sdim byd ymlân 'da fi fory, a..."

"A beth?" gwenodd Sara.

"Wel... Oni bai bod ti'n mynd at Anti Hannah am ginio dydd Sul, shwt licet ti fynd mas am y diwrnod? Cinio mewn tafarn fach yn y wlad, wedyn gwneud ein gore i'w gerdded e bant drwy fynd am dro i rywle? Wedi'r cyfan mae arnat ti bryd o fwyd i fi, os ti'n cofio."

"Wel, allen i byth â gadel Rhyd-dderwen heb dalu 'nyled," gwenodd. "Os bydden i'n aros yma yn y bwthyn, fydden i ond yn cael fy nhemtio i wneud mwy o waith... ac mae gwir angen diwrnod bant arna i!"

"'Na'i hala tecst i ti gyda'r manylion unwaith bydda i wedi bwcio rhywle, 'te."

Anelodd Carwyn am y drws. Dilynodd Sara ef at y fan i dalu am y teiar.

"Gwela i di dydd Sul, 'te," meddai Sara, yn gwneud ei gorau glas i guddio'r wên fawr oedd yn ymledu ar draws ei hwyneb.

12

Parciodd Sara ei char yn Nheras Gelli Deg a chanu cloch rhif 22. Arhosodd am ychydig eiliadau, ond doedd dim ateb. Doedd Sara ddim yn synnu... roedd Christine Evans siŵr o fod wedi mynd i'r dref i wneud ychydig o siopa ar fore dydd Sadwrn. Roedd ar fin ysgrifennu nodyn i'w roi trwy'r blwch llythyrau, pan gamodd menyw ifanc, wallt tywyll, yn gwthio pram mas o ddrws y tŷ nesaf.

"Whilo am Chris y'ch chi?" gofynnodd.

"Ie... O, Jasmine, shwt wyt ti?" Adnabu Sara hen ffrind ysgol iddi. "Fi ddim 'di dy weld ti ers ache. Ti'n cadw'n iawn?"

Bu Sara a Jasmine yn yr un dosbarth drwy'r ysgol uwchradd a dod yn dipyn o ffrindiau pan gafodd Sara swydd yn gweini ym mwyty Indiaid ei rhieni ar benwythnosau tra oedd yn y chweched. Byddai mam Jasmine yn gwneud y bajis a'r samosas gorau yr oedd hi erioed wedi eu blasu ac roedd Sara'n dal i gofio'r ryseitiau. Roedd hi'n gwybod bod Jasmine wedi mynd yn ei blaen i brifysgol rhywle yn Llundain i wneud cwrs meddygaeth ond doedd hi ddim wedi ei gweld ers dyddiau ysgol.

"Wel, Sara, ti sy 'na," atebodd Jasmine yn siriol. "Grêt, diolch... heblaw am y diffyg cwsg. Wedi dod gartre am ychydig o ddyddie i aros gyda gyda Mam a Dad – cyfle iddyn nhw ddod i nabod eu hŵyr bach newydd. Ond yn anffodus, mae Cai 'ma'n gallu bod yn hen ddiawl bach swnllyd ar adege."

Edrychodd Sara i'r pram a gweld babi bach tlws gyda llond pen o wallt du yn cysgu'n sownd.

"Mae'n edrych fel angel bach i fi," gwenodd.

"Fydd e ddim yn para'n hir. Dyna pam fi'n mynd i siopa tra 'mod i'n cael llonydd. Gyda llaw, fydd Chris nôl ymhen dim. Wedi mynd i wneud ei gwallt mae hi. Roedd hi ar y ffordd mas bwyti awr yn ôl. Gwell i fi fynd. Neis i dy weld di, Sara. Ta-ra," a gwthiodd Jasmine y pram yn gyflym i lawr y ffordd.

Eisteddodd Sara yn y car yn siecio'i negeseuon am ryw chwarter awr cyn iddi weld menyw dal, fain â helmet o wallt arian wedi ei sythu'n dwt at ei gên yn cerdded at rif 22. Gwisgai finlliw coch a dillad ffasiynol a meddyliai Sara ei bod yn edrych tipyn yn iau na rhywun yn ei saithdegau. Camodd Sara o'r car a chyrraedd ddrws rhif 22 mewn pryd cyn i Christine Evans ei gau.

"Helô," meddai, "Sara Price ydw i. Fi'n…"

"Fi'n gwbod pwy wyt ti," meddai Christine Evans yn siriol, gan agor y drws led y pen. "Clywes i fod merch Tom Price yn y dre yn gwneud rhyw raglen ar hanes Elen Puw. Eisie gair wyt ti? Dere mewn, bach."

Roedd Carwyn yn iawn – roedd hanner Rhyd-dderwen yn gwybod beth roedd hi'n ei wneud erbyn hyn.

Tynnodd Christine ei chot a cherdded drwodd at y gegin gyda Sara yn ei dilyn, gan estyn ei llaw i gymryd ei chot hithau. Roedd Sara'n falch fod y tŷ bach clyd yn dwym braf ar ôl bron â sythu mewn car oer.

"Nawr, shwt alla i helpu?" gofynnodd Christine yn sionc wrth brysuro i estyn *cafetiere* o'r cwpwrdd i wneud coffi. Roedd cymeriad uniongyrchol a di-lol y gyn-blismones yn amlwg yn ei hagwedd a'i hosgo. Roedd yn taro Sara fel y math o berson oedd ddim yn cymryd dim nonsens gan neb.

"Os y'ch chi'n hapus i gael eich cyfweld," meddai Sara. "Licen i glywed am eich profiad gyda'r teulu ar ôl diflaniad

Elen Puw, hynny yw, os chi'n gallu cofio, ar ôl hanner can mlynedd."

"Wel, gwranda," meddai Christine yn bendant, "falle mod i'n edrych yn hen, ond sdim byd yn bod ar fy nghof i... ddim eto ta beth, *touch wood*. A fi'n ddigon bodlon gwneud cyfweliad os bydd hynny o help."

"O, diolch," meddai Sara gyda rhyddhad. "Fi wedi siarad gyd Richard Owen yn barod, fe roiodd eich enw a'ch cyfeiriad i fi. Ces i lot fawr o wybodaeth wrtho fe am ymchwiliad yr heddlu. Felly, os yw'n iawn 'da chi, gwnawn ni jyst ganolbwyntio ar beth ddigwyddodd pan ethoch chi draw i dŷ Mr a Mrs Puw."

Eisteddodd y ddwy wrth ford y gegin ac estynnodd Sara'r offer recordio tra tywalltodd Christine y coffi.

Cyfweliad gyda Christine Evans, Cyn-blismones

SARA: Fi'n deall eich bod yn gyn-blismones yn gweithio yn Rhyd-dderwen adeg diflaniad Elen Puw. Ac fe dreulioch chi rywfaint o amser gyda'r fam, Gwen Puw, ar ôl diflaniad ei merch. Hoffech chi roi ychydig mwy o wybodaeth i ni?

CHRISTINE: Dim problem. Aeth DI Roger Powell a minne i'r tŷ i holi'r fam tra bod ei gŵr yn cael ei gyfweld yn y stesion. Ar y bore dydd Sul ar ôl i'w merch ddiflannu oedd hynny, os fi'n cofio'n iawn.

SARA: A shwt oedd Gwen Puw erbyn hynny?

CHRISTINE: Wel, roedd hi mewn tipyn o stad... llefen lot. Roedd hi'n benderfynol bod rhywun yn dal Elen yn erbyn ei hewyllys – yn gweud na fydde hi byth yn aros mas dros nos heb weud wrth ei rhieni ble'r oedd hi. Roedd hi wedi bod bant i Ysgol Basg Cymdeithas yr Iaith bwyti tair wthnos ynghynt a wedodd Gwen ei bod hi wedi ffonio gartre o'r ciosg bob nos i adel iddyn nhw wbod ei bod hi'n iawn.

SARA: A gawsoch chi wybod rhywfaint am gymeriad Elen – rhyw awgrym pam y byddai hi wedi diflannu?

CHRISTINE: Wel, do ychydig. Ar ôl i DI Powell gwpla holi Gwen yn ffurfiol, arhoses i gyda hi am ryw hanner awr, yn disgwyl i'w chymydog ddod yn ôl i gadw cwmni iddi. O'n i ddim eisie iddi fod ar ei phen ei hunan, chi'n gweld. Gwnes i ddysgled o de iddi a wedyn dechreuodd hi barablu. O'n i'n cael y teimlad ei bod hi jyst eisie siarad am ei merch, felly eisteddes i gyda hi yn gwrando'n dawel.

SARA: A beth oedd gyda hi i weud?

CHRISTINE: Roedd hi'n falch iawn o Elen – yn dweud mor glyfar oedd hi a'i bod hi 'di gwneud yn dda yn yr ysgol. Roedd hi'n ferch alluog ers pan oedd hi'n blentyn bach... rhyw chwilfrydedd yn perthyn iddi... o hyd yn ei holi hi ac Eric am hyn a'r llall... eisie dysgu am bopeth, medde hi. Fi ddim yn cofio'r hanner wedodd hi, ond fe arhosodd un peth doniol yn 'y meddwl i. Un Nadolig, pan oedd hi tua whech ôd, roedd Elen wedi gweithio mas bod y dynion oedd yn gwisgo lan fel Siôn Corn yn Rhyd-dderwen ddim y Siôn Corn iawn. Roedd Siôn Corn yn ffaelu bod yng Ngwlad yr Iâ ac yn Woolworths Rhyd-dderwen ar yr un pryd! Dynion yn cymryd arnyn nhw i fod yn Santa o'n nhw, wedodd hi. Ar ôl hynny, roedd Gwen yn ffaelu mynd ag Elen i weld Siôn Corn yn un o'r siope lleol, nac ar sled y Rotari, achos bydde hi jyst yn tynnu ei farf i weld pwy oedd o dano. Bydde hi'n gweud pethe fel, 'Dadi Eifion y'ch chi, ddim Santa,' ac yn rhedeg o'na.

SARA: O'n i 'di clywed ei bod hi'n dipyn o gês. Ac, yn eich swydd fel plismones, oedd gyda chi rywbeth arall i wneud â'r ymchwiliad?

CHRISTINE: O oedd. Ethon ni fel heddlu i whilo drwy'r tŷ i weld os gallen ni ffeindio cliwiau ynglŷn â'i diflaniad hi. Ffeindiodd DI Powell fod nifer o sbaners ar goll... roedd Elen siŵr o fod wedi mynd â nhw gyda hi y noson honno i dynnu arwyddion. A fi gafodd y job o ddarllen dyddiaduron Elen – tomen ohonyn nhw, galla i weud 'tho ti. Roedd hi wedi bod yn cadw dyddiadur ers pan oedd hi'n saith oed, ond gwnes i ganolbwyntio ar ei dyddiaduron o ddechre'r flwyddyn honno, cyn iddi ddiflannu, un naw saith tri.

SARA: A gesoch chi hyd i unrhyw beth diddorol oedd yn help i'r achos?

CHRISTINE: Wel, mi oedden nhw'n ddiddorol, ond so i'n gwbod faint o werth o'n nhw i'r heddlu wrth dreial cael hyd iddi. Roedd Elen yn sgrifennu mewn ffordd flodeuog. Doedd hi ddim yn un am ddefnyddio un gair os oedd pedwar yn gwneud y tro. Beth bynnag, roedd lot o beth roedd hi'n sgrifennu i wneud â shwt roedd hi'n teimlo am y Gymraeg a fel roedd hi'n mynd i wneud popeth galle hi i gael 'statws cyfartal i'r iaith'. Torri'r gyfraith, hynny yw. Os bydden i ond yn gwbod am y peth, bydden i wedi rhoi stop arni'n syth… a falle bydde hi'n dal yn fyw heddi.

SARA: Soniodd hi am y tynnu arwyddion o gwbl?

CHRISTINE: O, do. Roedd hi a Meinir Davies wedi dechre mynd mas i dynnu *signs* ar ôl y Nadolig… ac roedd tipyn o sôn am hyn yn ei dyddiadur. Bydde'r ddwy o'n nhw'n cwrdd tua hanner awr wedi whech y bore gan weud wrth eu rhieni eu bod nhw'n mynd mas i jogio i gadw'n ffit… eu hesgus oedd bod y ddwy o'n nhw'n treial ei gwneud hi i dîm pêl-rwyd yr ysgol. Wrth gwrs roedd hi'n gefen gaea ac yn ddu bitsh amser yna o'r bore a neb o gwmpas. Felly bydden nhw'n mynd â'u sbaners gyda nhw ac yn tynnu ambell i arwydd ar y ffordd. Dim byd mawr, yn ôl y dyddiadur, achos eu bod nhw'n gorfod eu cario nhw gyda nhw wedyn. Ond roedd rhaid iddyn nhw roi stop ar hynny ar ôl troi'r clocie, medde Elen yn ei dyddiadur, achos ei bod hi'n rhy ole ac o'n nhw'n ofon cael eu dala.

SARA: Oedd y dyddiadur yn sôn am beth fydden nhw'n gwneud gyda'r arwyddion ar ôl eu tynnu?

CHRISTINE: Oedd. Bydden nhw'n eu cadw nhw mewn hen sied ar bwys y rheilffordd a jogio gartre wedyn. Ar ôl darllen y dyddiadur, ethon ni i whilo'r sied a ffeindio crugyn o *signs* yno – pethe fel *New Street* a *Public Footpath*. Mae'n siŵr taw dyna ble o'n nhw'n bwriadu rhoi'r arwydd *Carmarthen* petaen nhw wedi llwyddo i dynnu hwnnw ar y noson aeth hi ar goll.

SARA: Felly gesoch chi ddim cliwie a allai helpu'r heddlu i ddod o hyd
i'r ferch?

CHRISTINE: Na. Gweud y gwir, o'n i'n tueddu i gytuno gyda mam Elen.
O'n i'n meddwl hefyd fod rhywun 'di mynd â hi.

SARA: Diolch am rannu'ch profiad gyda ni, Mrs Evans.

Wel, meddyliai Sara, roedd yr hyn ddywedodd Christine Evans
yn eitha difyr fel ffeithiau cefndir, ond doedd e ddim o unrhyw
help iddi yn ei hymchwiliad. Roedd yn amlwg i Sara, wrth
ymateb Christine, nad oedd ganddi lawer o gydymdeimlad
tuag at bobl ifanc fel Elen oedd yn meiddio torri'r gyfraith.
Roedd hi'n ei tharo fel plismones i'r carn.

Wrth iddi lwytho'r offer recordio i'r car, roedd Sara'n
dechrau teimlo fel petai hi'n troi yn ei hunfan ac nad oedd hi
ddim agosach at ganfod beth ddigwyddodd i Elen Puw.

+

Ar ôl gadael tŷ Christine Evans penderfynodd Sara gerdded i'r
dref i gael tamaid o ginio. Un o'i hoff lefydd bwyta pan oedd
hi'n byw yn Rhyd-dderwen oedd caffi bach Eidalaidd oedd yn
gweini coffi bendigedig. Byddai hi a'i ffrindiau'n treulio oriau
yna pan oedden nhw yn eu harddegau, yn ceisio gwneud i'w
cappucinos bara mor hir â phosib.

Roedd y caffi'n brysur a phob bwrdd ond un wedi ei lenwi.
Clywai Sara sŵn hisian cyfarwydd y peiriant coffi wrth iddi
anelu am y cownter i nôl coffi a brechdan cyn cymryd bwrdd
bach yng nghornel y caffi. Roedd hi wrthi'n gwneud croesair
y *Guardian* ar ei ffôn pan sylwodd ar fenyw smart, ganol oed â
chwpan a phlât yn ei dwylo yn chwilio am rywle i eistedd.

Pan sylweddolodd Sara mai Janet Edwards, un o ffrindiau

gorau ei mam oedd hi, cododd ei llaw arni. "Janet, dere 'ma, mae digon o le i ti fan hyn," meddai a symud ei chot o'r ffordd.

"Wel, Sara fach, 'na syrpréis," meddai Janet yn siriol, gan gymryd y sedd gyferbyn â Sara. "Fi heb dy weld di ers angladd dy dad."

Roedd Sara'n falch iawn o weld wyneb cyfarwydd arall yn y dref. Byddai Janet a'i gŵr yn galw'n aml yng Ngwynfan pan oedd hi'n tyfu lan ac roedd y ddau deulu wedi treulio ambell wyliau tramor gyda'i gilydd. Roedd hi wastad wedi bod yn hoff iawn ohoni, a bu hi'n garedig iawn pan oedd ei mam yn sâl.

"Neis i dy weld dithe hefyd, Janet. Ti'n edrych yn dda."

"Treial fy ngore," atebodd, gan wthio ei gwallt tu ôl i'w chlustiau. "Beth wyt ti'n neud yn Rhyd-dderwen? Dod i weld Jac a Hannah... o, a Dai wrth gwrs?"

"Fi'n aros ym Maesyderi am ychydig o ddyddie ond yma i weithio ydw i," atebodd Sara. "Neud podlediad am rwbeth ddigwyddodd yn yr ardal."

"Sgrifennu stori am Rhyd-dderwen wyt ti?" gofynnodd Janet gyda gwên. "Gei di drafferth ffeindio unrhyw beth diddorol arna i ofon. Sdim lot yn digwydd yn y lle 'ma dyddie hyn."

"Na, fi yma i wneud rhaglen am rwbeth ddigwyddodd dros hanner can mlynedd yn ôl," meddai Sara. "Fi'n siŵr fod ti'n rhy ifanc i gofio achos Elen Puw – y ferch ysgol aeth ar goll?"

"Mae gyda fi gof plentyn." Crychodd Janet ei thalcen. "Dim ond naw oed o'n i ond fi'n cofio achos bod brech yr ieir arna i. Pryd 'ny, os oedd plentyn yn dost, roedd e'n gorfod aros yn ei wely. Ond fi'n cofio edrych mas trwy'r ffenest a gweld llwyth o heddlu, rhai gyda'u cŵn, yn cerdded lan a lawr y stryd. Roedd e'n eitha *exciting* i blentyn ifanc. Ti'n gweld, o'n i'n byw yn Ffordd Isgoed pryd 'ny, gyferbyn â'r parc... ble y diflannodd hi... a fi'n cofio ei gweld hi ambwyti'r lle, er ei bod hi lot hŷn na fi."

Symudodd Sara ei chadair ychydig yn nes at y bwrdd i wneud lle i gwpl ifanc a phlentyn bach oedd yn gwthio bygi tuag at fwrdd gwag gyferbyn â nhw. Roedd hi'n falch iawn i weld cymaint o deuluoedd â phlant ac yn tybio bod y stad newydd oedd wedi ei chodi ar gyrion y dref wedi eu denu i'r ardal.

Trodd Sara ei sylw yn ôl at Janet.

"Ac wyt ti'n cofio dy rieni'n siarad am ei diflaniad hi?" gofynnodd.

"Roedd pawb yn siarad... ond, na, fi ddim yn cofio lot," meddai Janet, "Dim ond y llun yna sy yn fy meddwl... o'r heddlu a'r cŵn."

Oedodd Janet am sbel i fwyta'i brechdan cyn cario ymlaen, "Ond fi'n cofio teimlo'n drist iawn pan glywes i fod neb wedi dod o hyd iddi – llefen mewn i 'nghlustog nes ei bod hi'n wlyb stecs yn ofon bod rhywbeth drwg wedi digwydd iddi... Ac yn ofon y bydde'r un peth yn digwydd i fi. "

"Clywes i fod menywod yn cael eu rhybuddio i beidio cerdded ar eu pennau eu hunain yn hwyr y nos," meddai Sara. "Felly, mae'n amlwg fod yr achos wedi cael argraff fawr ar yr ardal."

"Do, achos bod cyment o bobol wedi whare eu rhan yn whilo am y ferch. Roedd Dad mas bob dydd gyda Howard Griffiths am wythnose. Buon nhw'n whilo a whilo lawr yn y cwm, ond doedd dim golwg ohoni."

Torrodd sŵn chwerthin mawr ar draws eu sgwrs wrth i griw o bobl ifanc ar y bwrdd nesaf weld rhywbeth doniol ar ffôn un ohonynt. Cyn pen dim roeddent wedi distewi eto ac yn ôl yn sgrolio drwy eu sgriniau.

"Ces i hanes y whilo gan ferch Howard Griffiths, Elaine," meddai Sara ar ôl iddi gwpla'i choffi.

"Wel, fi'n siŵr ei bod hi wedi canmol ei thad i'r cymyle. Elaine oedd cannwyll llyged ei thad – ddim fel y brawd 'na sy gyda hi."

"Malcolm?"

"Ie, druan ohono fe. Roedd e yn yr un dosbarth â fi yn yr ysgol. Doedd e ddim yn alluog o gwbwl – yn academaidd hynny yw, ddim fel ei whâr. Ac mae'n amlwg ei fod e'n cael amser caled iawn os nad oedd e'n cael marcie da am ei waith ysgol. Gweles i'r cleisie cwpwl o weithie. Wrth gwrs doedd yr athrawon ddim yn busnesu adeg honno."

"Beth ddigwyddodd iddo fe, 'te?" gofynnodd Sara.

"Gadawodd e Ryd-dderwen cyn gynted ag y galle fe a fi'n credu ei fod e'n byw ym Mryste erbyn hyn. Beth bynnag, fi'n gobeithio ffeindi di rwbeth mas am Elen Puw, ond fi'n ofon bod rhwbeth drwg iawn wedi digwydd iddi. Hei, gwell i fi fynd." Llowciodd Janet weddill ei choffi ac estyn ei chot. "Fi wedi addo mynd â'r plantos i'r sinema. Lyfli dy weld ti, bach." Ac i ffwrdd â hi.

Roedd Sara'n falch iawn ei bod hi wedi taro ar Janet. Byddai'n rhaid iddi wneud mwy o ymdrech i gadw mewn cysylltiad o hyn ymlaen. Ac roedd y stori a ddywedodd am Malcolm, brawd Elaine, yn ddiddorol.

Gadawodd y caffi swnllyd a cherdded drwy'r dref yn ôl at y car. Gwilym Davies oedd y nesaf ar y rhestr gyfweld ac roedd ganddi dipyn o amser i baratoi cwestiynau cyn mynd draw i'r cartref henoed.

13

Roedd hi'n tynnu am bump o'r gloch pan barciodd Sara ei char tu fas i Gartref Preswyl Parc yr Onnen. Roedd yn amlwg ei fod yn dŷ bonedd deniadol iawn yn yr Oes Edwardaidd ond roedd estyniad modern, hyll wedi ei godi ar un ochr i'r adeilad ac roedd yr hanfodion i fodloni rheolau iechyd a diogelwch fel rampiau a chanllawiau yn ei anharddu. Er hynny, roedd y gerddi'n brydferth ac yn cael eu cadw'n daclus a thybiai Sara y byddai'r preswylwyr yn mwynhau eistedd mas ar y lawntiau helaeth yn ystod yr haf.

Ar ôl iddi arwyddo'r llyfr ymwelwyr, aeth un o'r gofalwyr â Sara i ystafell fechan ar y llawr isaf lle'r eisteddai hen ŵr musgrell mewn cadair olwyn. Doedd dim llawer o gelfi yn yr ystafell ond roedd pob arwyneb wedi ei orchuddio â ffotograffau wedi eu fframio, o Gwilym Davies a'i deulu o wahanol gyfnodau.

Dywedodd yr ofalwraig mewn llais uchel, "Gwilym, chi'n cofio bod rhywun yn dod i'ch gweld chi prynhawn 'ma, on'd y'ch chi?"

"Nagw i," atebodd Gwilym Davies yn siarp. "Does neb wedi gweud 'tho fi. Sneb byth yn gweud dim byd 'tho fi yn y blydi lle 'ma."

Rowliodd yr ofalwraig ei llygaid, "Wel, dyna ni, 'te, Gwil... gadawa i chi'ch dou gael *chat* fach ife?" Diflannodd i lawr y coridor, ei hesgidiau fflat yn atseinio ar y teils du a gwyn.

Roedd lleferydd Gwilym Davies yn araf ac yn aneglur,

yn amlwg wedi ei effeithio gan y strôc, a gwyddai Sara nad oedd pwrpas ceisio gwneud cyfweliad ar gyfer y podlediad, ond penderfynodd y byddai'n well recordio eu sgwrs ar ei ffôn.

Caeodd Sara'r drws ac eistedd i lawr mewn cadair fach, isel, anghyfforddus gyferbyn â'r hen ddyn. Roedd yr ystafell yn llethol o boeth, felly tynnodd ei chot a'i sgarff. Syllodd y ddau ar ei gilydd am ychydig cyn i Sara ddweud, "Helô, Mr Davies. Sara ydw i... wedi dod i gael gair gyda chi os yw hynny'n iawn."

"O ie, fi'n cofio'n awr – rhywun o'r BBC yn dod i 'ngweld i. Chi yw honno?"

"Ie, 'na chi. O'n i wedi gobeithio cael sgwrs gyda chi am rywbeth ddigwyddodd sbel fawr yn ôl. So i'n gwbod os y'ch chi'n cofio achos Elen Puw, y ferch ysgol aeth ar goll o Rydderwen?"

"Honno ddiflannodd o'r parc, chi'n meddwl?"

"Ie, dyna chi. Os ots 'da chi os fi'n recordio'n sgwrs ni ar fy ffôn?" gofynnodd Sara.

"Gwnewch chi fel liciwch chi," atebodd Gwilym Davies. "Fi wedi mynd yn rhy hen i becso'r jiawl beth fi'n weud na pwy sy'n ei glywed e. Sneb yn cymryd sylw o beth fi'n weud yn y lle 'ma, ta beth."

Pwysodd Sara'r botwm recordio gan anadlu'n drwm. Os nad oedd Gwilym Davies yn cofio ei bod yn dod i'w weld y prynhawn hwnnw, go brin y byddai'n cofio'r hyn a ddigwyddodd hanner can mlynedd ynghynt.

"Fel fi'n deall, o'ch chi'n gweithio fel newyddiadurwr i'r *South Wales Guardian* pan aeth Elen Puw ar goll 'nôl yn un naw saith..."

"Fi'n gwbod 'ny, ferch," atebodd Gwilym ar ei thraws. "Fi'n

cofio'r peth yn iawn. Yr heddlu'n dda i ddim – wastio'u hamser yn whilo lan a lawr y cwm yn lle gweithio mas pwy oedd wedi mynd â hi... Tries i 'ngore i gael pobol i siarad. Chi'n gweld, mae dynion weithie'n gweud pethe wrth y wasg na fydden nhw fyth yn gweud wrth yr heddlu... *off the record*, ys gwedon nhw."

Roedd hyn yn swnio'n addawol, meddyliai Sara.

"Ac... oedd rhywun arall yn fodlon siarad gyda chi?" gofynnodd Sara, "Aethoch chi i holi rhieni'r ferch, er enghraifft?"

"Wrth gwrs tries i gael eu gweld nhw. Ond doedd dim posib mynd atyn nhw. Ar y dechre roedd yr heddlu yn y tŷ bob whip-stitsh a wedyn o'n nhw'n pallu siarad gyda neb, dim ond y bobol teledu oedd yn gwneud yr *appeals*. Ond hyd yn oed os bydden i wedi cael eu holi nhw, so i'n credu eu bod nhw'n gwbod dim byd."

"A beth am deulu Meinir Davies?" holodd Sara. "Y ferch oedd mas gydag Elen y noson aeth hi ar goll?"

Ysgydwodd yr hen ddyn ei ben. "Caeodd tad honno'r drws yn glep arna i a bygwth mynd at yr heddlu os bydden i'n t'wyllu ei ddrws e byth 'to. Aciwso fi o *harassment!*"

"Chesoch chi ddim llawer o lwc, 'te?" Roedd y siom yn amlwg yn llais Sara.

"Wel ...weda i ddim 'na," atebodd Gwilym Davies yn araf. "Llwyddes i i gael gair gydag un neu ddou o'r cryts oedd yn y Llew Du y noson honno. Wedodd un o'n nhw fod pethe rhyfedd yn mynd ymlân yn y parc weithie... rhwng dynion. Ond roedd e'n pallu gweud mwy na hynny."

Roedd yr hen ŵr wedi suddo i lawr rhywfaint yn ei gadair ac roedd golwg bell yn ei lygaid.

"Gesoch chi wbod unrhyw beth arall wrth y dynion ifanc?"

Ceisiodd Sara ddod ag e nôl at yr achos, er bod golwg flinedig iawn ar yr hen ddyn.

"Naddo, dim llawer – pawb yn gwadu bod nhw'n gwbod unrhyw beth. Ond roedd un o'n nhw wedi ypsetio'n lân. Pan ddechreues i holi fe, torrodd e lawr i lefen… Falle bod e'n nabod y ferch – fi'n siŵr bod nhw bwyti'r un oedran."

"Chi'n cofio'i enw fe?" gofynnodd Sara'n ofalus.

Roedd saib hir, yna poerodd y geiriau mas.

"Mab ffarm os fi'n cofio'n iawn – Dai…"

Cododd Sara ei haeliau, "'Dai' wedoch chi? Oedd e'n…?" dechreuodd. Doedd posib ei fod yn cyfeirio at ei hewythr?

"Cewch chi fynd nawr," meddai Gwilym Davies, fel petai wedi dadebru'n sydyn. "Mae'n amser te."

"Ond…" dechreuodd Sara.

"Na, fi wedi gweud digon yn barod," atebodd yr hen ddyn, "mwy na digon falle. A ta beth, mae gormod o lawer o amser wedi mynd heibio i neb ddod i wbod y gwirionedd am beth ddigwyddodd i'r ferch 'na."

Teimlai Sara'n hollol rwystredig, gan ei bod yn siŵr fod gan Gwilym Davies fwy o wybodaeth. Ond gwyddai mai ofer fyddai ei holi ymhellach, felly diolchodd iddo, gwisgo ei chot a gadael. Wrth iddi gerdded trwy'r cyntedd, dywedodd yr ofalwraig, "Sori am Gwilym… un fel'na yw e. O leia chi ddim yn gorfod rhoi lan gyda fe bob dydd, fel rhai ohonon ni," a gwenodd.

Wrth iddi yrru'n ôl i Faesyderi gwelodd Sara fod Y Felin yn dal i fod mewn tywyllwch ac nad oedd fan Dai i'w gweld yn unman. Dechreuodd boeni amdano eto. Doedd hi ddim wedi gweld y fan o flaen y tŷ ers bore dydd Gwener ac roedd hi'n nos Sadwrn erbyn hyn. Byddai'n rhaid iddi holi Hannah a Jac a oedden nhw'n gwbod ble'r oedd Dai wedi mynd. Ac roedd hi'n dal i feddwl bod Hannah wedi ymddwyn yn od pan awgrymodd efallai fod Dai heb ddod gartre ar yr adeg y dywedodd e wrth yr heddlu ar y noson y diflannodd Elen Puw. Ar ben hynny, roedd tystiolaeth Gwilym Davies fod Dai wedi torri i lawr i lefain pan gafodd ei holi am ddiflaniad y ferch wedi ei hanesmwytho. A beth am yr hyn ddywedodd un o'r bechgyn ifainc eraill wrth y newyddiadurwr am bethau od yn mynd ymlaen yn y parc... rhwng dynion? Oedd yna arwyddocâd gwirioneddol i'r pethau hyn?

Gyrrodd Sara'n ofalus ar hyd y lôn garegog yn ôl i'r bwthyn rhag iddi wneud mwy o ddifrod i'w theiars. Doedd dim golwg o neb yn y ffermdy felly rhaid bod Hannah a Jac wedi cychwyn i'r Dderwen Arms am bryd o fwyd cyn mynd i'r Noson Lawen. Byddai'n rhaid iddi ddisgwyl tan y bore felly i'w holi am Dai.

14

Cododd Sara'n hwyr y bore canlynol a siecio'i negeseuon. Roedd dwy neges ar ei ffôn, y gyntaf gan Gwyn:

Noson ddigon meddwol gyda'r hogia neithiwr a cyri wedyn. Pen mawr, felly dim pêl-droed i mi bore 'ma wedi'r cyfan ac yn mynd nôl i'r gwely. Wela'i di fory os na fedri di orffen ynghynt a dod nôl heddiw??? Siawns bod chdi 'di cael hen ddigon o amser i orffen dy ymchwil erbyn hyn!!!

Rhoddodd Sara ochenaid hir cyn ei ateb:

Gobeithio cest ti noson dda er gwaetha'r pen tost!! Sori, ond peth gwaith i wneud eto heddi. Wela'i di ar ôl gwaith nos fory.

Roedd yr ail neges gan Carwyn:

Wedi bwcio cinio i ni yn y White Swan. Coda i di am 1 o'r gloch. Cofia wisgo sgidie call – mae'n addo tywydd braf i fynd am dro. Edrych mlaen x

Atebodd ef gydag emoji wyneb hapus.

Treuliodd Sara fore digon diog yn gwylio'r teledu, yfed coffi ac ymlacio yn y bath. Wedyn cymerodd ei hamser yn sychu ac yn steilio'i gwallt hir. Rhoddodd e lan mewn cynffon ac edrych arni'i hunan yn y drych ac yna ei ollwng yn rhydd o gwmpas ei hysgwyddau. Newidiodd ei dillad dair gwaith cyn penderfynu beth i'w wisgo i gyfarfod â Carwyn. Dewisodd ei siwmper las tywyll *cashmere* gorau a phâr o jîns tynn ac estyn ei siaced Barbour a sgarff fawr wlân.

Camodd mas o'r bwthyn i siecio nad oedd mwy o negeseuon ar ei char a bod y teiars yn gyflawn. Wrth lwc, roedd pwy bynnag a ddifrododd ei cherbyd y noson gynt wedi rhoi'r gorau iddi. Doedd car Hannah ddim i'w weld o flaen Maesyderi, felly rhaid ei bod hi eisoes wedi gadael am dŷ ei chwaer. Cerddodd Sara at y ffermdy a churo'r drws i weld a oedd Jac i mewn, ond doedd dim ateb. Dychwelodd i'r bwthyn ac wrth iddi edrych i lawr i gyfeiriad Y Felin, gwelodd Jac yn cerdded i lawr y llwybr a rhoddodd ochenaid o ryddhad pan welodd fod fan Dai wedi ei pharcio o flaen y tŷ. Doedd ganddi ddim amser i gael sgwrs iawn gydag e cyn cyfarfod â Carwyn, ond penderfynodd y byddai'n rhaid iddi wneud hynny ar ôl dychwelyd yn hwyrach yn y prynhawn.

Am union un o'r gloch, gyrrodd Carwyn ei gar BMW arian sgleiniog lan y lôn gul i gyfeiriad y bwthyn. Wyddai Sara ddim pam fod ei chalon yn curo mor gyflym na pham fod haid o bili-palod yn gwibio o gwmpas ei stumog wrth iddi gamu i'r car. Gwenodd yn swil ar Carwyn ond penderfynodd taw'r peth callaf oedd cofio taw ffrindiau oedden nhw, dim mwy, a mwynhau'r prynhawn yn ei gwmni.

Arweiniwyd Carwyn a Sara at fwrdd i ddau o flaen tanllwyth o dân ym mhen draw'r bwyty. Roedd y lle'n llawn ac roedd awyrgylch hamddenol braf yn yr hen dafarn. Wrth sipian gwydraid o win coch, teimlai Sara ei hun yn ymlacio a buan iawn y diflannodd y pili-palod. Roedd Carwyn yn berson hawdd iawn i sgwrsio gydag e ac, er ei bod hi prin yn ei adnabod, roedd Sara'n teimlo'n gyfforddus yn ei gwmni. Pan fyddai hi a Gwyn yn mynd mas am bryd o fwyd byddai hi ar bigau'r drain, yn teimlo ei bod hi'n gorfod ceisio'i blesio a'i fod yn cadw llygaid barcud ar faint roedd hi'n ei fwyta a'i yfed.

"Sdim byd tebyg i ginio dydd Sul iawn, oes e?" meddai Sara wrth i'r bwyd gyrraedd. "Fi heb gael cig ôn ers ache." Fyddai Gwyn ddim yn hapus iawn yn ei gweld hi'n llyncu'r holl galorïau yna, ond roedd Carwyn yn edrych yn ddigon bodlon.

"Dim salad heddi, 'te?" gofynnodd yntau gyda gwên.

"Na," meddai Sara'n ffug-ddifrifol, "gan 'mod i'n aros ar ffarm, o'n i'n teimlo bod yn rhaid i fi gefnogi'r diwydiant amaeth lleol."

"Whare teg i ti," chwarddodd Carwyn. "A gwinllannoedd Ffrainc hefyd?" Cododd ei wydr a chyffwrdd ag un Sara. "Dim ond un glasiad i fi, cofia – fi'n dreifio, ond fe gei di faint fynni di! Iechyd da!"

Treuliodd y ddau weddill yr amser yn y dafarn, yn hel atgofion am dyfu lan yn Rhyd-dderwen ac yn rhannu straeon doniol am eu harddegau a'u dyddiau ysgol. Pan holodd Carwyn am ei rhieni, teimlai Sara'n ddigon hapus i agor ei chalon. Roedd yn wrandäwr da a chyn hir cafodd ei hun yn rhannu ei hanes… am y boen o glywed am salwch ei mam a'r modd y dirywiodd ei hiechyd mor gyflym. Ac yna am y sioc o glywed bod ei thad wedi dioddef trawiad angheuol a'r tristwch o fethu â ffarwelio ag e. Cofiodd Sara sut oedd Carwyn mor agored gyda hithau wrth adrodd hanes ei fam a'i dad a daeth hyn â rhyw agosrwydd cynnes rhyngddyn nhw.

Er gwaethaf protestiadau Carwyn, talodd Sara'r bil bwyd ond mynnodd yntau ei fod e'n talu am y gwin, gan adael tip sylweddol i'r gweinydd. Wrth i'r ddau gyd-gerdded drwy ddrws y dafarn tuag at y car, gafaelodd Carwyn yn llaw Sara a rhoi cusan fach sydyn ar ei boch. Doedd Sara ddim yn siŵr iawn sut i ymateb, ond penderfynodd na ddylai gamddehongli'r sefyllfa. Er hynny, roedd yr agosrwydd rhyngddynt yn braf.

"Diolch am y bwyd," meddai Carwyn. "Nawr beth am fynd am dro bach? Pryd fuest ti lan i Gastell Carreg Cennen ddwetha?"

Cododd calon Sara wrth glywed y geiriau hyn. Roedd tro yn yr awyr iach yn union beth roedd hi ei angen ar ôl y pryd mawr a doedd hi ddim wedi ymweld â'r castell ers dyddiau ysgol.

Gyrrodd Carwyn y car ar hyd y ffordd wledig tuag at y castell. Gan ei bod hi'n brynhawn Sul ym mis Chwefror, roedd digon o le yn y maes parcio heb ddim ond un neu ddau o ymwelwyr eraill ar y llwybr serth a arweiniai lan tuag at y castell. Caeodd Sara ei chot yn dynn ac estyn ei chap a'i sgarff o'i bag cyn cychwyn ar y daith. Er ei bod yn oer, roedd heulwen gwan y gaeaf yn ceisio'i orau i dorri trwy'r cymylau ac roedd y llecyn yn edrych yn hudolus. Cyrhaeddodd y ddau wal y castell mewn dim o dro a sefyll yno heb yngan gair am sbel gan edrych i lawr ar yr olygfa odidog o Ddyffryn Tywi. Wedyn cerddasant o gwmpas y welydd am dipyn cyn dod o hyd i fan cysgodol i eistedd ar y meini hynafol. Sylweddolodd Sara'n fuan fod Carwyn wedi ei drwytho yn hanes y castell ac roedd e'n amlwg wrth ei fodd yn rhannu gwybodaeth am y modd yr oedd y Cymry wedi gwneud eu gorau glas i adennill y castell gan y Saeson. Siaradai Carwyn gydag afiaith am yr Arglwydd Rhys ac am ymgyrch Owain Glyndŵr.

"Mae'n amlwg fod ti 'di gwneud dy waith cartre," meddai Sara â gwên. "Wnest ti gwglo hanes y castell cyn dod?"

"Wel... rhywfaint," cyfaddefodd Carwyn. "Ond mae e'n

ddiddorol, on'd yw e? Meddylia, ein bod ni'n edrych i lawr ar yr un olygfa welodd yr Arglwydd Rhys ganrifoedd yn ôl," meddai â thân yn ei lygaid, "a bod milwyr Owain Glyndŵr wedi dringo lan yr union fryncyn yma... a chymaint o'n nhw wedi'u lladd wrth dreial concro'r castell."

Eisteddodd y ddau yno'n fud am sbel yn edrych i lawr dros y cwm ond cyn hir, diflannodd yr haul y tu ôl i'r cymylau a chododd y gwynt. Crynodd Sara.

"Gwell i fi fynd â ti gartre cyn i ti sythu." Rhoddodd Carwyn ei fraich o gwmpas ei hysgwyddau.

"Paid â phoeni amdana i," meddai Sara, gan dynnu'n ôl. "Fi wedi lapio'n ddigon cynnes."

Wrth iddyn nhw deithio'n ôl yn y car tuag at Ryd-dderwen, diolchodd Sara i Carwyn. "Mae 'di gwneud byd o les i fi switsio bant o'r gwaith ac anghofio am Elen Puw am y prynhawn. Fi 'di ffeindio mas dipyn am gefndir yr achos ond yn ffaelu gwneud pen na chynffon mas o'i hanner e."

"Wel, wyt ti 'di llwyddo i gael hyd i unrhyw beth newydd, 'te?... Na, sori," meddai Carwyn yn sydyn, "dy ddiwrnod bant di yw hwn i fod."

"Mae'n ocê," atebodd Sara. "Ti'n bownd o fod eisie gwbod... mae'r holl beth wedi effeithio cymaint ar dy fam. Ond mae arna i ofon taw'r unig beth newydd oedd y ffaith fod rhywun wedi hala neges ddienw at yr heddlu... oedd wedi eu hala nhw ar siwrne seithug i Aberystwyth i holi myfyriwr diniwed."

"Ti'n meddwl bod hynny'n fwriadol? Bod rhywun eisie gyrru'r heddlu ar y trywydd anghywir?" gofynnodd Carwyn, gan droi i syllu arni am eiliad.

"Falle wir, ond pwy a ŵyr erbyn hyn?" atebodd Sara.

"Ti'n siomedig?"

Crymodd Sara ei hysgwyddau.

"O'n i wedi gobeithio y byddai'r podlediad yn gwneud ychydig mwy na jyst adrodd stori'r diflaniad. Mi wna i 'ngore i gyflwyno'r ffeithie yn y ffordd fwya diddorol posib a gobeithio y bydd hynny'n plesio'r bos... a'r gwrandawyr."

"Mae'n amlwg fod y podlediad yn golygu lot i ti yn dy waith," meddai Carwyn mewn llais meddal.

Ceisiodd Sara ysgafnhau'r sgwrs drwy ddweud, "Wel, fwy na thebyg bod fy nyddie fel ditectif drosodd a byddai'n cael fy hala'n ôl i adrodd hanes enillwyr Eisteddfod yr Urdd a'r Wyl Gerdd Dant!"

"Wyt ti wedi cwpla dy waith felly?" gofynnodd Carwyn.

"Wel, bron iawn," atebodd Sara, "Ond mae rhywbeth wedi bod yn 'y mhoeni i ers i fi gyrraedd yma... Ma 'da fi deimlad bod fy wncwl, Dai, brawd Mam yn gwbod rhwbeth am y noson y diflannodd Elen Puw."

"Wyt ti wedi siarad gydag e?" holodd Carwyn.

"Naddo, mae fel 'se fe 'di bod yn f'osgoi i ers i fi gyrraedd – sy'n od iawn gan ei fod e mor annwyl fel arfer. Ond fi'n benderfynol o gael gair gyda fe cyn gadel. Fi'n mynd i'w weld e ar ôl cyrraedd yn ôl ym Maesyderi – a curo ar ei ddrws nes ei fod e'n ateb!" meddai Sara'n benderfynol.

"Gwranda, Carwyn, wnei di 'ngollwng i ar waelod y ffordd?" gofynnodd wrth i'r car nesáu at y ffermdy. "Galla i gerdded lan i'r bwthyn o fanna."

"Na wna'i wir... af i â ti at y drws ffrynt," atebodd.

"Plis," dywedodd Sara. "Os gwelith Hannah dy gar di, mi fydd hi'n fy holi i'n dwll, a galla i wneud heb hynny heno, diolch yn fawr."

"Ocê, 'te, dim problem," atebodd Carwyn wrth dynnu i mewn ar waelod y lôn. Yna gofynnodd ychydig yn betrusgar,

"Pryd wyt ti'n ôl yn Rhyd-dderwen? Fi ddim 'di mwynhau fy hunan cymaint ers ache... Wyt ti awydd mynd am dro eto rywbryd?"

"Enjoies inne hefyd, Carwyn," cytunodd hithau. "A... bydde'n neis iawn cael diwrnod mas gyda ti eto pan fydda i'n ôl yn yr ardal."

"Gobeithio y cei di esgus i ddod i'n gweld ni cyn bo hir, 'te," gwenodd Carwyn. "Tecstia fi pan gei di gyfle a gawn ni weld beth gallwn ni drefnu."

Roedd Sara ar fin troi i agor drws y car pan afaelodd Carwyn yn ei llaw a'i thynnu ato. Syllodd i'w llygaid am eiliad cyn i Sara dynnu'n ôl a gollwng ei law.

"Sori, Carwyn," meddai, gan droi ei golygon i'r llawr.

"Na, fi ddylai ymddiheuro." Roedd golwg ddryslyd yn llygaid Carwyn, "Fi wedi camddeall, mae'n amlwg."

"Na, fy mai i yw e," meddai Sara gan godi ei phen i edrych arno. "Fi ddim wedi bod yn hollol onest gyda ti." Llyncodd yn galed cyn cario ymlaen. "Mae cariad gyda fi yng Nghaerdydd, ond... wel, dyw pethe ddim 'di bod yn wych rhyngthon ni yn ddiweddar. Mae angen i ni dreial sortio pethe mas... ac... i fod yn onest, fi ddim yn siŵr beth sy'n mynd i ddigwydd."

"Mae'n ddrwg 'da fi..." meddai Carwyn. "O'n i wedi gobeithio, ond... na, anghofia fe. Trïa di sortio pethe mas gyda dy gariad a wel, ti'n gwbod ble'r ydw i os wyt ti angen clust i wrando."

Plygodd ymlaen fel petai am roi cusan ar foch Sara yna newidiodd ei feddwl pan drodd hithau i agor drws y car.

Wrth i Sara gerdded lan y ffordd dywyll tuag at y bwthyn, teimlai mewn penbleth am yr hyn oedd newydd ddigwydd. Roedd hi wir wedi mwynhau cwmni Carwyn, ond teimlai ing o euogrwydd am ei gamarwain. Roedd Gwyn yn disgwyl amdani yn ôl yng Nghaerdydd ac roedd hi'n benderfynol o geisio gwella pethau rhyngddyn nhw.

Wrth iddi gerdded drwy'r tywyllwch ar hyd y ffordd garegog tuag at y bwthyn, gwelodd Sara olau gwan yn y pellter.

15

Fel y nesaodd Sara at Faesyderi, sylwodd nad oedd car Hannah o flaen y ffermdy. Heb ddychwelyd eto o dŷ ei chwaer mae'n rhaid, felly doedd dim rhaid iddi boeni y byddai hi wedi cael ei gweld gyda Carwyn.

Roedd Sara ar fin rhoi'r allwedd yn nrws y bwthyn pan sylwodd fod lamp fach wan yn goleuo'r lolfa. Roedd hi'n siŵr nad oedd hi wedi gadael y golau ymlaen pan adawodd hi yn gynnar yn y prynhawn. Camodd yn ôl, cerdded o flaen y bwthyn ac edrych drwy'r ffenestri mawr. Drwy'r lled-oleuni gallai weld amlinelliad o rywun neu rywbeth yn symud yn ôl ac ymlaen o flaen y soffa yn yr ystafell fyw. Rhoddodd ei llaw dros ei cheg i'w hatal ei hun rhag rhoi ebychiad, wedyn ymlaciodd pan drodd y ffigwr i wynebu'r ffenestr.

Roedd y drws heb ei gloi, felly cerddodd Sara i mewn i'r lolfa. Trodd Jac i edrych arni, "Sara, diolch byth, ble ti 'di bod? Roedd dy gar di yma ac o'n i ffaelu deall…"

"Mae'n ocê, Jac," meddai Sara ar ei draws. "Jyst wedi bod mas am bryd o fwyd gyda ffrind, 'na i gyd. Pam wyt ti yma? O't ti ddim yn poeni amdana i, o't ti?"

"Na… eisie gair, 'na i gyd." Roedd golwg bryderus ar wyneb Jac. "Sori am adel fy hunan i mewn… dy le preifat di yw hwn i fod, ond roedd rhaid i fi dy weld di cyn i ti fynd draw i'r Felin i siarad gyda Dai. Ac o'n i eisie ymddiheuro am y noson o'r blân."

"Ymddiheuro am beth?" Crychodd Sara ei thalcen. Roedd yn dechrau poeni fod Jac yn ymddwyn yn od iawn.

"Gwnes i beth dwl ar y diawl," dywedodd Jac mewn llais distaw.

Roedd llygaid Jac yn dechrau dyfrio a dechreuodd Sara bryderu beth oedd i ddod nesaf.

"Ddylen i ddim fod wedi'i wneud e, ond o'n i'n poeni..."

"Sori, Jac, ond am beth wyt ti'n sôn?" gofynnodd Sara'n dyner.

"Rhoi'r nodyn 'na ar dy gar di." Rhoddodd ei wyneb yn ei ddwylo.

"Ti sgrifennodd y nodyn yn gweud 'tho fi am fynd 'nôl i Gaerdydd?" Roedd Sara'n anghrediniol.

"Ie, er mawr cywilydd... fi'n difaru'n enaid nawr."

"So i'n gwbod beth i weud, Jac," meddai Sara'n chwyrn, "O'n i eriôd yn dychmygu y byddet ti, o bawb, yn gneud shwt beth. Ac os o't eisie i fi fynd nôl i Gaerdydd, gwnest ti beth twp uffernol yn gollwng fy nheiar i lawr, on'd do fe?"

"Gollwng dy deiar?" Edrychodd Jac arni'n syn. "Bydden i byth yn gwneud shwt beth, ti'n gwbod 'na. Beth wnaeth i ti feddwl?"

"Roedd y nodyn ar y car... ac ar yr un pryd roedd y teiar yn hollol fflat..." Astudiodd ei hewythr â'i llygaid yn pefrio. "Cyd-ddigwyddiad, ti ddim yn meddwl?"

"Cyd-ddigwyddiad a dim byd mwy," atebodd Jac yn bendant. "Wedes i 'thot ti am fod yn ofalus ar yr hen lôn 'na. O't ti?"

"Wel... falle ddim..." Sylweddolodd Sara ei chamgymeriad. "Sori, Jac," anadlodd yn drwm, "wrth gwrs fyddet ti ddim yn gwneud shwt beth. O'n i'n dwp i d'ame di. Ond pam yn y byd rhoiest ti'r nodyn ar y car?"

"Fydd rhaid i ti fadde i fi, Sara fach, ond o'n i'n poeni am Dai… o'n i jyst eisie ei warchod e."

"Gwarchod Dai?" Ysgydwodd Sara ei phen. "Fi'n gweld ei fod e'n ôl nawr ond ble mae e wedi bod ers bore dydd Gwener?"

"Stedda lawr, Sara fach," meddai Jac. "Mae gyda fi dipyn o waith egluro i'w wneud."

Eisteddodd Sara a Jac ar y soffa gyferbyn â'i gilydd. Roedd calon Sara wedi dechrau curo'n gyflymach ac roedd lwmp yn ei gwddf wrth iddi geisio rhagweld beth oedd gan Jac i'w ddweud. Anadlodd Jac yn ddwfn cyn cychwyn ei stori.

"Mae Dai mewn cyflwr bregus," meddai. "Fel ti'n ame, dyw e ddim yn dda'i iechyd. Ond mae mwy na hynny… lot mwy. Pan ddaeth Hannah'n ôl i'r tŷ ar ôl dy weld di nos Wener, dwedodd hi fod ti'n ame bod Dai yn gwbod rhywbeth am y noson y diflannodd y ferch 'na… dy fod ti'n benderfynol o'i holi fe, ac o'n i'n ofon…"

"Ofon beth, Jac?" gofynnodd Sara, gan grychu'i thalcen.

"Ofon os byddet ti'n mynd i weld e, y bydde fe'n torri lawr a gweud y cwbwl… Byddet tithe'n mynd at yr heddlu a bydde fe'n cael bai ar gam," parablodd. "Dyna pam o'n i eisie i ti fynd 'nôl i Gaerdydd."

Roedd golwg anghyfforddus yn osgo Jac a dechreuodd rwbio'i wyneb â'i lewys. Roedd Sara'n ofni beth yn byd oedd yn mynd i ddod nesaf.

"O'n i ddim yn gwbod beth i wneud… ac ar ôl i Hannah fynd i'r gwely, agores i'r botel wisgi. Sgrifennes i'r nodyn ar ôl cael diferyn yn ormod… o'n i'n difaru'n enaid bore wedyn. Es i mas ar y tractor i glirio 'mhen a wedyn trïes i fynd i lawr at dy gar i dynnu'r nodyn o 'na ond roedd hi'n rhy hwyr, roedd e wedi mynd... a wedyn gweles i fod mab y garej yna felly o'n i ddim eisie'ch styrbio chi."

"A dyna pam wyt ti wedi bod mor negyddol... am y podlediad?"

"Ie, sori, ond mi wyt ti'n iawn am Dai... ei fod e 'di gweud celwydd wrth yr heddlu. Mae e 'di cadw ei gyfrinach dros yr holl flynydde, ond ers colli Catherine, mae 'di bod yn anodd. Roedd hi wastad yna ac yn gefen iddo fe."

Edrychodd Sara i fyw llygaid Jac cyn ei holi'n bwyllog, "Wyt ti'n gweud bod Dai yn gwbod beth ddigwyddodd i Elen Puw?"

"Fi ddim yn siŵr," meddai Jac gan godi ei ysgwyddau. "Pan drïodd e egluro 'tho fi'r holl flynydde'n ôl, o'n i'n meddwl ei fod e'n haws cau drws ar y mater a treial anghofio. Ond, weda i 'thot ti gymaint ag y galla i, Sara."

Edrychodd Sara'n ddisgwylgar i wyneb ei hewythr, gan ofni yn ei chalon beth oedd ganddo i'w ddweud.

"Fel ti'n gwbod, roedd Dai 'di bod mas yn yfed yn y Llew Du ar y nos Wener honno, ond o't ti'n iawn i ame ei fod e heb ddod 'nôl i Maesyderi pryd wedodd e. Cysgwr ysgafn fues i eriôd, a'r noson honno glywes i sŵn ar y stâr yn yr orie mân... O'n i ddim yn siŵr oedd rhywun 'di torri mewn i'r tŷ, felly agores i ddrws fy stafell wely yn ddistaw bach a gweld Dai ar y *landing*... 'Na i fyth anghofio'r peth. Roedd golwg ddychrynllyd ar ei wyneb... mwd dros ei ddillad. Y cwbwl wedes i oedd 'Iawn?' a nodiodd Dai ei ben a rhuthro i'w stafell wely."

Oedodd Jac am eiliad ac yn y distawrwydd roedd sŵn y cloc i'w glywed yn tician yn rhyfeddol o uchel ar y wal y tu ôl iddynt. Gwelodd Sara fod diferyn o chwys wedi ymddangos ar ei dalcen ac ar ei wefus uchaf.

"Roedd Dai yn fud fel meudwy y diwrnod ar ôl 'ny," aeth Jac yn ei flaen, "ond wedyn torrodd y stori fod y ferch ar goll a bod yr heddlu'n mynd i holi'r bechgyn oedd mas yn y dre. Daeth Dai ata i yn y cae top ar y bore dydd Sul a gofyn i fi gadw'i bart e... gweud wrth yr heddlu ei fod e gartre ym Maesyderi toc cyn hanner awr wedi hanner nos."

Gwasgai Jac ei ddwylo'n galed. "Fydden i byth 'di gweud celwydd wrth yr heddlu pe bawn i'n credu fod Dai 'di gwneud niwed i'r ferch fach 'na. Ond wedodd e 'tho fi drosodd a throsodd, 'Ddim y fi wnaeth, Jac – rhaid i ti gredu fi.' Ac mi o'n i'n ei gredu fe... allen i ddim dychmygu y bydde Dai yn gwneud shwt beth... doedd e ddim yn ei natur i fod yn greulon i'r un creadur byw, heb sôn am ladd neb."

Ysgydwodd Sara ei phen yn araf a symud yn anghyfforddus ar y soffa.

"Wedyn wedodd e ei fod e'n gwbod pwy laddodd y ferch, ond os bydde fe'n mynd at yr heddlu y bydde'r llofrudd yn pwyntio bys ato fe. Bydde fe'n siŵr o gael bai ar gam a carchar am weddill ei oes."

Edrychodd Jac yn ymbilgar i wyneb Sara gan geisio dirnad yr hyn oedd yn mynd trwy ei meddwl. Ond doedd dim awgrym o'r ymateb yn ei llygaid.

"Rhaid i ti gofio taw dim ond deunaw oed oedd e ar y pryd a'i fywyd i gyd o'i flân e," meddai Jac, gan geisio ennyn cydymdeimlad ei nith.

"Dai druan," meddai hithau ymhen tipyn, yn cael gwaith credu ei chlustiau. "Mae'n rhaid ei fod e mewn stad ofnadw. Gafodd e'i gwestiynu gan yr heddlu wedyn?"

"Do. Cafodd Dai ei holi am sbel yn y stesion, ond am fod gyda fe *alibi* ar gyfer yr amser pan ddiflannodd y ferch, gadawodd yr heddlu lonydd iddo fe ar ôl hynny."

"Ond o't ti'n gwbod mwy," mynnodd Sara.

"Roedd Dai eisie i fi wybod y cwbwl, a'i gadw fe'n dawel," atebodd Jac, "Ond o'n i ddim eisie clywed y gwir… o'n i ddim eisie cael fy llygru gyda fe rywsut. O'n i ddim eisie wynebu pobol gan gymryd arna i mod i'n gwbod dim byd pan o'n i'n gwbod yn iawn pwy oedd y llofrudd. Shwt yn y byd gallen i edrych i fyw llyged Eric Puw eto heb weud wrtho fe pwy oedd wedi lladd ei ferch? Roedd yn rhaid i Dai gadw ei gyfrinach, ond o'n i ddim eisie rhannu'r baich yna. Roedd Dai yn ddieuog ac roedd hynny'n ddigon da i fi. Siaradon ni fyth am y peth wedyn tan yr wthnos 'ma."

"Ond pam na wnest ti fynnu bod Dai yn mynd at yr heddlu?" gofynnodd Sara. "Oes bosib y bydden nhw'n credu ei stori?"

"Tries i 'ngore," atebodd Jac, "ond roedd yn benderfynol o gadw'n dawel a doedd dim byd mwy o'n i'n gallu'i wneud."

"Dros y blynydde o'n i'n gallu gweld shwt roedd yr holl beth wedi effeithio arno fe," aeth Jac yn ei flaen. "Ar y dechre, bydden i'n ei ddal e'n llefen yn dawel iddo fe'i hunan. Wedyn roedd e fel 'se fe'n berson gwahanol i fel oedd e… cadw iddo fe'i hunan, byth yn mynd mas, byth yn cymdeithasu. Fydde dim llawer o sgwrs i gael 'da fe. Falle taw fel'na rwyt ti'n ei gofio fe eriôd, Sara, ond roedd e'n fachgen ifanc digon bodlon ei fyd cyn hynny. Roedd cwpwl o ffrindie da gyda fe – bydde fe'n mynd mas i'r dafarn ar benwthnos ac yn joio gyda'r Clwb Ffermwyr Ifanc. Stopiodd hynny i gyd ar ôl i'r ferch ddiflannu. Doedd e ddim eisie gweld neb wedyn."

Ysgydwodd Sara ei phen ac anadlu'n drwm.

"Falle fod ti 'di cadw'r peth i ti dy hunan, Jac," dywedodd, "ond wedest ti wrth Hannah, on'd do fe? A dyna pam ei bod hi 'di cymryd yn erbyn Dai yr holl flynydde 'ma."

"Ti'n meddwl y bydden i'n rhannu rhywbeth fel'na gyda hi?" gofynnodd Jac yn daer. "Merch ysgol oedd hi ar y pryd ac o'n ni ond newydd ddechre mynd mas 'da'n gilydd… Sara fach, am ferch glyfar, rwyt ti weithie'n neidio i gasgliade cyn cymryd d'amser i feddwl. Dyw'r ffaith fod Hannah a Dai ddim yn gweld llygad yn llygad ddim byd i wneud ag Elen Puw."

"Pam ei bod hi wastad mor gas gyda fe, 'te?" gofynnodd Sara.

"Mae hynny'n fater teuluol… mae e i wneud ag etifeddiaeth Maesyderi ac â Ioan, i ti gael gwbod. Ond stori at ddiwrnod arall yw honno. Mae 'da fi bethe pwysicach i weud 'thot ti nawr."

"Wel, fi'n deall nawr pam fod Dai wedi bod yn f'osgoi i, ond doedd dim eisie iddo fe redeg bant i wneud 'ny oedd e?" meddai Sara â golwg siomedig ar ei hwyneb.

"Doedd Dai ddim wedi rhedeg bant," dywedodd Jac yn bendant. "Mae e 'di bod yn yr ysbyty. Roedd gyda fe apwyntiad brynhawn dydd Gwener a cas e'i gadw mewn ar ôl cael pwl gwael. Ffoniodd e fi nos Wener i weud na fydde fe ddim yn ôl y noson honno a gofyn i fi edrych ar ôl Ianto. Wedyn cas e ddod gartre o'r ysbyty yn gynnar prynhawn 'ma. Ceson ni sgwrs hir a dyna pam roedd rhaid i fi siarad gyda ti cyn i ti fynd i'w weld e."

Edrychodd Sara'n ddisgwylgar i lygaid Jac.

"Wedodd Dai 'tho fi fod e heb ateb y drws i ti pan alwest ti nos Iau, ac roedd e'n teimlo'n ddrwg iawn am hynny. Roedd e'n ofon na fydde fe'n gwbod beth i weud 'thot ti os byddet ti'n dechre ei holi fe am Elen Puw. Doedd e ddim yn gallu gweud celwydd wrthot ti, medde fe, ond doedd e ddim yn gwbod beth wnelet ti petaet ti'n clywed y gwirionedd. Roedd e mewn penbleth… ond newidiodd ei feddwl pan ddarllenodd e dy nodyn di. Daeth e draw i'r bwthyn bore dydd Gwener cyn mynd i'r ysbyty, medde fe, ond o't ti wedi mynd mas."

Teimlai Sara dwtsh o euogrwydd am beidio â mynd draw i weld Dai yn syth pan welodd ei fod yn ôl yn Y Felin. Ond roedd paratoi i fynd i gyfarfod Carwyn yn bwysicach iddi. Ac am ei bod yn mwynhau ei gwmni cymaint, y pryd bwyd a'r ymweliad â'r castell, roedd hi wedi anghofio'r cwbl am Dai nes i Carwyn ei holi am y podlediad ar y daith yn ôl i Faesyderi.

Oedodd Sara am dipyn cyn gofyn yn dawel, "Beth sy'n bod ar Dai, 'te?"

Cododd Jac o'r soffa a cherdded yn ôl ac ymlaen am ychydig â'i ddwylo tu ôl i'w gefn a'i lygaid i'r llawr. Yna, stopiodd a throdd i wynebu Sara.

"Mae arna i ofon fod Dai 'di cael newyddion drwg," meddai, gan ysgwyd ei ben. "Mae e 'di bod yn diodde gyda'i frest... yn fyr ei anadl ac yn peswch o hyd, ond yn pallu mynd at y doctor. Pan ddechreuodd e beswch gwaed, perswadies i Dai fod rhaid iddo fe fynd i weld rhywun. Yn y diwedd, aeth e i'r ysbyty i gael profion a dydd Gwener roedd e'n cael y canlyniade. Ro'n i wedi cynnig i fynd gydag e yn gwmpeini, ond gwrthododd e..."

Eisteddodd Jac yn ôl i lawr ac edrychodd i'r nenfwd, yn amlwg wedi ei ypsetio.

"Beth yw e, Jac?" gofynnodd Sara'n dyner

"Canser yr ysgyfaint...," anadlodd yn drwm. "Dim syndod o ystyried ei fod e'n ysmygu ar hyd ei ôs. Mae'r canser wedi lledu. Sdim byd gallan nhw ei wneud ond ei gadw fe mor ddiboen â phosib."

"O, Dai, druan," ebychodd Sara, gan ysgwyd ei phen.

"Doedd neb ohonon ni'n gwbod bod pethe cynddrwg," ochneidiodd Jac. "Ar ôl i Dai roi'r newyddion i fi, wedodd e fod yn rhaid iddo fe siarad gyda ti. Roedd e'n benderfynol."

"Pam?" gofynnodd Sara'n daer. "Beth wedodd e wrthot ti Jac – ydy e eisie siarad gyda fi am Elen Puw?"

"Well iddo fe weud 'thot ti ei hunan, Sara," meddai Jac, "Fi'n gwbod ei fod e gartre nawr a bod e'n ysu eisie dy weld di. Mae Hannah siŵr o fod wedi cyrraedd yn ôl erbyn hyn, felly gwell i fi fynd."

Ar ôl i Jac ddiflannu trwy'r drws, estynnodd Sara'r fflachlamp o'r drôr yng nghegin y bwthyn a gwneud ei ffordd i lawr y llwybr tuag at Y Felin. Roedd ei chalon yn ei gwddf wrth iddi guro ar ddrws y tŷ.

16

Atebodd Dai mewn dim o amser, Ianto wrth ei ochr. Wrth iddi gamu i mewn i'r hen dŷ, sylwodd Sara nad oedd y lle wedi newid dim ers iddi gofio. Hebryngodd Dai hi i mewn i'r lolfa gefn, gyda'r ci bach yn eu dilyn. Roedd yr ystafell yn dywyll gyda dim ond un bylb gwan yn goleuo'r lle ond roedd tanllwyth o dân coed yn llosgi yn y grât. Roedd y papur wal wedi melynu gydag oed ac, hefyd, tybiai Sara, gan flynyddoedd o fwg sigaréts Dai. Roedd y celfi i gyd yn hen a'r carped wedi treulio mewn mannau ond roedd hi'n amlwg fod Dai wedi gwneud ymdrech i dacluso'r ystafell gan fod y llawr yn lân a'r dodrefn yn weddol ddi-lwch.

Roedd Sara'n falch i weld bod Dai hefyd wedi tacluso cryn dipyn ar ei olwg. Roedd e wedi siafio'r farf flêr i ffwrdd, wedi clymu ei wallt hir tu ôl i'w war ac, er yn rhy fawr iddo, roedd ei ddillad yn lân ac yn drwsiadus.

"Sara, mae mor neis dy weld di," meddai Dai mewn llais meddal. "Rhaid i ti fadde i fi am beidio ateb y drws i ti'r noson o'r blân, ond dyw pethe ddim 'di bod yn hawdd."

"Wedodd Jac wrtho i bod ti 'di cael newydd drwg," meddai Sara'n dawel. "Mae'n flin iawn 'da fi, Dai." Gafaelodd Sara yn ysgwyddau esgyrnog ei hewythr a'i gofleidio.

"Dere i ishte lawr." Roedd anadl Dai yn fyr. "Mae 'da fi bethe i weud 'thot ti... pethe mawr, os wyt ti'n fodlon clywed fy stori."

"Wrth gwrs, Dai," atebodd Sara'n dyner.

Eisteddodd Dai ar y soffa ledr oedd wedi gwisgo mewn sawl man fel bod y stwffin i'w weld yn amlwg yma ac acw. Wrth iddi gymryd y gadair esmwyth gyferbyn ag ef, sylwodd Sara fod gwreichion wedi llosgi sawl twll yn yr hen ryg o flaen y tân.

"Fi ddim yn siŵr ble i ddechre." Edrychodd Dai i fyw ei llygaid.

"Beth am ddechre gyda'r noson aeth Elen Puw ar goll?" gofynnodd Sara.

11.20 Nos Wener Mai 14eg 1973

Er ei bod bron yn awr ar ôl stop tap, roedd landlord y Llew Du newydd gloi'r drws wedi i'w gwsmeriaid olaf ymadael. Byddai bob amser yn gwneud ei orau i wasgu cymaint â phosibl o beintiau mas o'i yfwyr ar benwythnosau, pan oedd pawb wedi meddwi rhywfaint, er mwyn llenwi tipyn ar goffrau'r dafarn. Ac roedd yn diolch nad oedd wedi cael ei drwblu gan yr heddlu ers sbel fawr am beidio yfed lan erbyn hanner awr wedi deg.

Ymlwybrodd Dai o'r dafarn tuag at y siop tsips yng nghwmni ei ffrindiau, Eifion a Bryn. Roedd y tri ohonyn nhw'n gyfeillion ers dechrau yn yr ysgol uwchradd a gan eu bod ill tri yn feibion ffermydd roedden nhw'n mynychu'r Clwb Ffermwyr Ifanc lleol gyda'i gilydd. Y noson honno, buon nhw'n dathlu pen-blwydd deunaw oed Eifion, ac o ganlyniad, roedd y tri braidd yn feddw. Dechreuodd Bryn ganu 'Delilah' wrth iddyn nhw giwio i ordro'u bwyd a bron iddyn nhw gael eu taflu mas o'r caffi pan afaelodd bachgen mawr cryf ynddo i geisio cau ei geg a'i wthio i'r llawr.

Eisteddodd y tri cyfaill ar y wal isel y tu fas i'r siop tsips i fwyta'u bwyd ac ar ôl cwpla, arhoson nhw yno am sbel yn sgwrsio ac yn chwerthin. Mewn ychydig, daeth dau fachgen meddw iawn, rhywfaint yn hŷn at Dai a dechrau ei wthio.

"Cer gartre at Mami, y pwffter bach," meddai'r bachgen cyntaf a'i daflu oddi ar y wal i'r llawr.

"Gadewch lonydd iddo fe," cyfarthodd Eifion, gan sefyll i wynebu'r bechgyn. "Dyw e'n gwneud dim byd i chi, ydy e?"

"O, wyt ti'n un ohonyn nhw hefyd, wyt ti?" gofynnodd yr ail fachgen. "Ww, neis iawn," meddai mewn llais merchetaidd.

Cododd Dai o'r llawr a sefyll wrth ymyl Eifion. "Gwrandwch, bois," meddai mewn llais rhesymol, "ni jyst yn meindio'n busnes os yw hynny ocê gyda chi."

"Na, gweud y gwir, dyw e ddim yn o-cê 'da ni… y cwiar bach brwnt," atebodd y bachgen cyntaf. "Dim ots 'da ni am dy ddou ffrind, ond so ni'n lico gweld *bumboys* fel ti ar hyd y lle. Nawr bygra hi o 'ma os nag wyt ti eisie un o'n *headbuts* gore i," meddai, gan wneud ystum penio Dai cyn troi i ffwrdd.

"Sori," ysgydwodd Dai ei ben wrth Bryn ac Eifion. "So i eisie cadw cwmni i idiots fel hyn. Fi wedi cael llond cratsh, ta beth, felly fi'n mynd."

"Paid cymryd sylw Dai, w…" gwaeddodd Bryn, "Dere'n ôl." Ond roedd Dai wedi dechrau cerdded i ffwrdd yn ôl i gyfeiriad y Llew Du.

+

Roedd Dai wedi gorfod dioddef mwy a mwy o'r math yma o gamdriniaeth yn ddiweddar ac, er ei fod yn gwneud ei orau i'w anwybyddu, roedd yn methu help ond cael ei gynhyrfu. Doedd e ddim yn teimlo fel mynd yn syth gartre, achos fe wyddai y byddai geiriau'r bechgyn yn corddi yn ei ben. Felly, penderfynodd drio ei lwc yn y parc, gan obeithio, efallai, gyfarfod ag un neu ddau o fechgyn yr un peth ag e. Roedd e wedi dechrau mynd i'r parc yn hwyr y nos ryw dri mis ynghynt pan glywodd si fod dynion hoyw weithiau'n cyfarfod yno. Chwilfrydedd a'i gyrrodd yno i ddechrau, ond ar ôl y tro cyntaf iddo fynd gyda dyn arall, teimlai gymaint o ryddhad fod dynion eraill yr un peth ag e i gael… o'r un natur. Dechreuodd fynd yno'n rheolaidd. Heno roedd e'n ysu i gael yr un gwmnïaeth.

Roedd bwlch yn ffens y parc yn union y tu ôl i faes parcio'r Llew Du. Edrychodd Dai o gwmpas i wneud yn siŵr nad oedd neb yn ei wylio cyn camu trwy'r adwy i mewn i'r parc. Roedd hi'n noson glir a'r lleuad bron yn llawn, felly cadwodd Dai at ymyl y gwrych wrth iddo gerdded tuag at y prif giatiau. Yno roedd y coed yn dal a'r llystyfiant yn drwchus, felly dyma oedd y lle gorau i gadw o'r golwg a'r lle y byddai, fel arfer, yn cyfarfod â bechgyn eraill. Edrychodd o gwmpas yn y coed i weld a oedd unrhyw un arall yno, ond doedd neb i'w weld. Arhosodd am ryw ddeng munud arall rhag ofn y byddai rhywun yn cyrraedd ac roedd ar fin rhoi'r gorau iddi pan welodd ddyn tal yn dod o gyfeiriad siediau'r garddwyr. Roedd e wedi sylwi ar y gŵr hwn yn y parc unwaith o'r blaen am ei fod yn gwisgo balaclafa du i guddio'i wyneb, ond doedd e erioed wedi torri gair gydag e. Roedd yn amlwg fod y balaclafa'n golygu nad oedd y dyn eisiau cael ei adnabod ac roedd hynny'n anesmwytho Dai. Roedd e bron â throi ar ei sawdl pan alwodd y dyn arno mewn llais dwfn, isel.

"Hei, paid â mynd mor glou. O'n i'n gobeithio cwrdd â bachgen ifanc neis fel ti heno. Dere i ni gael tipyn bach o hwyl. Rhoia i bum punt i ti."

Roedd y dyn yn gwneud i Dai deimlo'n anghyfforddus iawn ac roedd ar fin dweud wrtho y câi gadw ei arian, ond cyn iddo gael cyfle i feddwl yn iawn, roedd wedi cydio yn ei fraich a'i dynnu i'r llawr. Roedd yn ŵr tal, cyhyrog ac yn llawer cryfach na Dai. Ceisiodd Dai ei orau i ddianc o'i grafangau ond doedd dim modd iddo osgoi ymosodiad ffiaidd y dyn balaclafa.

+

Roedd Dai yn dal i fod ar ei bedwar ar lawr pan welodd y ferch yn syllu'n syth tuag ato. Roedd e'n gwybod pwy oedd hi – roedd hi yn yr un dosbarth ag e yn yr ysgol gynradd. Helen?… Nage, Elen rhywbeth. Doedd y dyn balaclafa ddim wedi sylwi ar y ferch achos roedd e'n crymu ei ben i gau botymau ei falog. Ond er mawr sioc i Dai, camodd y ferch ymlaen yn sydyn a thynnu'r balaclafa oddi ar ei ben.

"Howard Griffiths," gwaeddodd yn syfrdan pan gododd y dyn i'w hwynebu. "Gweles i beth wnethoch chi i'r bachgen 'na. Y mochyn! Fi'n mynd i weud wrth Dad… ac wrth yr heddlu." Safodd y ferch yna am eiliad neu ddwy cyn troi a rhedeg i ffwrdd ar draws y cae criced gyda'r balaclafa yn ei llaw.

Sylweddolodd Dai ar unwaith pwy oedd y dyn, sef y cynghorydd parchus a Chadeirydd y Rotari. Pwy feddyliai y byddai e, o bawb, yn hel bechgyn ifainc yn hwyr y nos yn y parc? Yna, ar amrantiad, gwelodd Howard Griffiths yn rhedeg nerth ei draed ar ôl y ferch. Roedd hi'n cario bag trwm a, gyda'i gamau hir, roedd yntau'n llawer rhy gyflym iddi. Felly cyn i'r ferch gael cyfle i gyrraedd hanner ffordd ar draws y cae criced, roedd y cynghorydd wedi llwyddo i gael gafael yn un o'i choesau a'i llorio. Aeth Howard Griffiths ar ei bedwar a dal breichiau'r ferch ar y llawr. Rhedodd Dai atyn nhw a gweld, yng ngolau'r lleuad, bod wyneb Howard Griffiths yn fflamgoch a bod dafnau o chwys yn tasgu ar ei dalcen.

"Chaiff neb fyth ddod i wbod am hyn… ddim dy dad ac yn bendant ddim yr heddlu," poerodd.

Roedd Dai'n meddwl bod Howard Griffiths yn mynd i rybuddio'r ferch i gadw'n dawel neu fe fyddai'n dweud wrth ei rhieni ble'r oedd hi'r noson honno. Ond gwelodd olwg wallgof yn dod dros ei wyneb pan ddechreuodd y ferch sgrechain a gwingo, "Gadewch fi fod… Gadewch fi fynd!"

Y peth nesaf roedd Howard Griffiths yn tynnu'r balaclafa o law'r ferch ac yn ei stwffio i mewn i'w cheg. Yna, rhoes ei ddwy law o gwmpas gwddf y ferch a dechrau gwasgu. Pan welodd Dai beth roedd e'n ei wneud, neidiodd ar ei gefn a cheisio ei orau i dynnu ei freichiau'n ôl, ond bachgen eiddil oedd Dai tra'r oedd Howard Griffiths yn ddyn mawr, cydnerth.

"Peidiwch! Plis peidiwch!" gwaeddodd Dai gan afael o gwmpas gwddf Howard Griffiths i geisio ei atal, ond roedd e fel dyn o'i go'.

Mewn ychydig stopiodd y ferch symud, disgynnodd y balaclafa o'i cheg a, phan welodd Dai ei bod hi wedi mynd yn llipa, gwyddai ei bod hi'n rhy hwyr.

Cododd Dai ac edrych i lawr ar gorff y ferch, yn methu â chredu beth oedd wedi digwydd. Yna dywedodd wrth Howard Griffiths â'r geiriau'n tasgu o'i geg, "Fi'n mynd yn syth at yr heddlu. Fi'n mynd i weud 'tho nhw beth y'ch chi wedi'i neud…"

Cododd Howard Griffiths ar ei draed a syllu'n syth i lygaid Dai. "Cer di, 'te, 'machgen i," dywedodd yn araf gan grechwenu. "Mi ddo i gyda ti a gweud wrth fy nghyfeillion yn y stesion 'mod i wedi clywed sŵn sgrechen yn y parc… 'mod i wedi dod yma wedyn a dy weld ti'n rhoi dy ddwy law o gwmpas gwddw'r ferch fach 'ma. A gweles i ti'n gwasgu ei hanadl olaf ohoni."

Roedd Dai wedi dychryn am ei fywyd.

"A pwy mae'r heddlu'n mynd i gredu?" meddai Howard Griffiths yn bendant, "Y Cynghorydd Howard Griffiths neu bwffter bach o fab ffarm prin mas o'i glytie? Cer di a byddi di'n ffeindio dy hunan yn y carchar am weddill dy ôs."

"Ond wnes i ddim byd. Chi… Chi ddim yn mynd i adel i fi dalu am hyn?" ymbiliodd Dai.

"Ddim os wyt ti'n fy helpu i i sortio'r llanast 'ma mas."

Edrychodd Dai ar y cynghorydd. Roedd golwg wyllt arno a dychrynodd y bachgen ifanc. Trodd ar ei sawdl a dechrau cerdded i ffwrdd. Petai e ond yn gallu cyrraedd gartre… Yna, clywodd lais ei gyfaill, Eifion, yn ei ben, yn gweiddi ar ei ôl. Difarodd ei enaid ei fod heb wrando arno.

"Ble ti'n meddwl ti'n mynd?" gofynnodd Howard Griffiths o'r tu ôl iddo.

Ymwrolodd Dai yn sydyn a throdd i'w wynebu. "Fi'n mynd gartre," meddai'n bendant.

"A fi'n mynd i'r stesion, 'te," meddai Howard Griffiths yn awdurdodol. "Gwranda, 'machgen i… does neb ond ti a fi'n gwbod beth ddigwyddodd heno, ac os cawn ni wared â hon," edrychodd i lawr ar gorff y ferch, "fydd neb byth yn gwbod. Fi'n mynd â hi o 'ma ac rwyt ti'n mynd i fy helpu i,"

"A beth os ydw i'n gwrthod?" gofynnodd Dai â'i lais yn dechrau crynu.

"Galla i dy landio di yn y cachu at dy glustie, boi bach. Ond os wyt ti eisie treulio gweddill dy ddyddie yn y jâl, cer di gartre."

Rhoddodd Dai ei wyneb yn ei ddwylo a dechrau llefain, tra safodd Howard Griffiths o'i flaen yn syllu arno. Yna cododd ei ben a dweud, "Ocê, 'te, beth chi eisie i fi wneud?"

"Gei di ei chario hi draw at y siedie 'na ac af i â'i bag hi. Arhosa di yna tra 'mod i'n hôl y car."

Cododd Dai gorff Elen Puw yn ofalus yn ei ddwylo a gweld y balaclafa'n llithro i'r ddaear. Er ei bod hi'n llipa, roedd y ferch yn ysgafn fel pluen, felly cyrhaeddodd ddiogelwch y siediau mewn dim o dro. Synnodd Dai i weld Howard Griffiths yn tynnu allwedd o'i boced ac yn agor y giât yn y ffens y tu ôl i'r siediau.

Ni fu'n rhaid i Dai ddisgwyl yn hir cyn clywed sŵn car Howard Griffiths yn nesáu. Dan olau'r stryd, gwelodd e'n agor cist y car cyn edrych i bob cyfeiriad i sicrhau nad oedd neb o gwmpas. Yna amneidiodd ar Dai a dal y giât ar agor tra y cariodd yntau gorff Elen Puw a'i osod yn y gist. Gofalodd Howard Griffiths ei fod yn cloi'r giât ar ei ôl cyn neidio i sedd y gyrrwr.

"I mewn â ti yn glou," dywedodd Howard Griffiths a chamodd Dai i sedd y teithiwr.

Roedd strydoedd y dref yn hollol wag… pob meddwyn wedi cychwyn am ei wely a phob gyrrwr wedi troi am adre. Cyn hir, trodd Howard Griffiths y car i'r dde ac anelu am y ffordd oedd yn arwain at Faesyderi. Pan gyrhaeddodd giât y ffarm, tynnodd oddi ar y ffordd, stopio'r car a diffodd y goleuadau.

"Cer i hôl dwy raw," meddai wrth Dai. "Cer yn glou a gwna'n siŵr bod dim smic. Dere'n ôl cyn gynted ag y gelli di."

Rhedodd Dai lan y lôn at y ffarm, gan gadw at y berth i wneud yn siŵr na fyddai'n cael ei weld. Roedd y sied ble y byddai'r offer ffarm yn cael eu cadw wedi ei chloi, ond gwyddai Dai fod yr allwedd wedi ei chuddio dan y fuddai wrth ymyl y beudy. Agorodd y drws yn ara deg er mwyn sicrhau nad oedd yn gwichian yn ormodol ac yna aeth i nôl y rhawiau. Clodd y drws a chadw'r allwedd yn ei boced cyn dychwelyd cyn gynted ag y gallai at y car.

"Rho nhw ar y sêt gefen," sibrydodd Howard Griffiths drwy'r ffenestr, "a neidia mewn."

Gyrrodd ymlaen at y gyffordd ar ben draw'r heol a throi i'r dde ar y ffordd tuag at Fynydd y Grug. Daeth lwmp mawr i wddf Dai wrth feddwl beth fyddai'n rhaid iddo'i wneud.

Teithiodd y ddau mewn distawrwydd am ryw chwarter awr wrth i'r car ddringo'r ffordd serth tuag at frig y mynydd. Yna tynnodd Howard Griffiths i mewn i arosfan ar yr ochr chwith a diffodd y goleuadau unwaith eto.

Neidiodd y ddau mas o'r car a chroesi'r lôn. Arweiniodd Howard Griffiths y ffordd drwy'r tywyllwch gan gerdded mewn llinell syth o'r arosfan at fan lle'r arferai trigolion y cwm dorri mawn yn yr hen ddyddiau, fel tanwydd i dwymo'u tai. Roedd olion y torri i'w gweld ar draws y tir ond roedd yr arfer wedi hen beidio ac roedd yn annhebygol iawn y byddai neb yn mynd yno rhagor i gasglu mawn.

"Bydd y pridd yn ddigon meddal fan hyn," meddai Howard Griffiths, "dere."

Dychwelodd y ddau i 'nôl corff y ferch, y bag a'r rhawiau a'u gosod ar y ddaear yn y man y nododd Howard Griffiths. Yna dechreuodd y ddau gloddio'r pridd. Fel yr oedd Howard Griffiths yn amau, roedd y pridd yn eithaf meddal a chymerodd hi fawr o amser iddyn nhw gloddio twll ryw bedair troedfedd o ddyfnder.

"Mae hwnna'n ddigon," meddai Howard Griffiths.

Llifodd y dagrau i lawr bochau Dai wrth iddo helpu Howard Griffiths i osod corff Elen Puw yn y ddaear. Safodd yno yn edrych i lawr ar y ferch farw tra taflodd Howard Griffiths ei bag yn ddiseremoni i'r bedd ar ei hôl.

Gweithiodd y ddau mewn distawrwydd i ailosod y pridd yn y twll a chasglu tyweirch i'w rhoi ar ben y bedd rhag i neb weld bod y ddaear wedi ei symud. Ar ôl iddyn nhw orffen, cariodd Howard Griffiths y rhawiau yn ôl tua'r car, ond safodd Dai am ychydig yn edrych i lawr ar y man claddu fel petai e wedi rhewi. Ni fyddai fyth yn anghofio'r eiliadau hynny. Er iddo wedi gwneud ei orau glas i rwystro Howard Griffiths rhag ei ladd, mi oedd e wedi ei helpu i guddio'i chorff, a doedd dim gwadu ei fod yn euog o hynny.

Yna clywodd Howard Griffiths yn galw, "Dai, paid â sefyll yn fanna fel delw, ychan. Mae eisie i ni fynd gartre cyn gynted ag y gallwn ni. A gwna'n siŵr fod ti'n cwato'r dillad brwnt 'na. Dwyt ti ddim eisie i neb dy holi di am heno."

Gollyngwyd Dai wrth giât Maesyderi a cherddodd y llanc yn ddistaw bach yn ôl i'r sied i gadw'r rhawiau. Edrychodd ar ei wats – roedd hi wedi troi dau o'r gloch, felly mi fyddai'n rhaid iddo wneud yn siŵr nad oedd neb yn ei weld yn mynd i mewn i'r ffermdy. Agorodd y drws cefn yn ofalus a'i gloi ar ei ôl, yna dringodd y grisiau i'w ystafell wely. Hanner ffordd lan yr hen staer, clywodd un o'r grisiau'n gwichian dan ei droed a safodd yn stond am eiliad cyn mynd yn ei flaen. Roedd e bron â chyrraedd ei ystafell wely pan glywodd lais Jac y tu ôl iddo.

"Iawn?" gofynnodd yntau. Wnaeth Dai ddim byd ond nodio'i ben.

17

Daeth chwys oer dros Sara. Roedd hi'n hanner difaru ei bod hi erioed wedi dod i Ryd-dderwen i wneud y podlediad… erioed wedi agor cil y drws ar y gwirionedd arswydus am ddiflaniad Elen Puw. Ond nawr roedd hi'n gwybod y gwir, roedd yn amhosib iddi ei anwybyddu.

Gallai ddychmygu'r ferch feiddgar, chwilfrydig yn tynnu'r balaclafa oddi ar ben Howard Griffiths, heb sylweddoli y byddai hynny'n costio ei bywyd iddi. A Dai, ar ôl yr hunllef o gael ei dreisio gan Howard Griffiths, yn cael ei orfodi gan berson llawer mwy pwerus nag e i helpu i gladdu'r corff.

Roedd y dagrau'n llifo i lawr bochau Dai. Cododd Ianto o'i wely wrth weld ei feistr yn llefain a rhwbio ei drwyn yn erbyn ei goes i geisio bod yn gysur iddo. Tynnodd Sara ei chadair yn nes at Dai a gafael yn ei ddwy law, y dagrau'n cronni yn ei llygaid hithau.

"Rwyt ti 'di bod trwy uffern, on'd wyt ti?" meddai'n dawel.

"Tries i weud wrth Jac." Sychodd Dai ei lygaid a chwythodd ei drwyn. "Ond doedd e ddim eisie gwbod."

"Mae'n rhaid fod treial cadw'r peth i dy hunan yn galed," meddai Sara.

"Yr wythnose cynta oedd y rhai gwaetha," aeth yn ei flaen. "Pan dynnodd yr heddlu fi mewn i'r stesion, ces i fy holi'n dwll ac o'n i bron â torri lawr a gweud y cwbwl wrth un o'r ditectifs. Ond bob tro o'n i'n gwanio, o'n i'n clywed llais Howard

Griffiths yn fy mhen yn gweud y byddwn i yn y carchar am weddill fy ôs os bydden i'n cyfadde wrth yr heddlu... O'n i 'di cael fy magu ar gaeau Maesyderi a 'di treulio fy mywyd yn yr awyr agored. Allen i ddim dychmygu dim byd gwâth na cael fy nghau o fewn pedair wal am flynydde. Gadawon nhw fi fynd... a ces i lonydd gan yr heddlu ar ôl i Jac roi'r *alibi* i fi."

"Ac roedd Howard Griffiths yn cymryd arno ei fod yn ddieuog ac yn gwbod dim byd oll," meddai Sara. "Mae'n rhaid fod hynny'n dy gorddi, on'd oedd e?"

"Oedd, wrth gwrs, a tries i ngore i gau fy nghlustie. Ond o'n i'n ffaelu help ond clywed pobol yr ardal yn adrodd hanes Howard Griffiths yn trefnu partïon whilo... yn dweud mor dda oedd e i wneud shwt ymdrech i gael hyd i Elen Puw. O'n i'n gwbod yn iawn taw'r prif reswm oedd e'n gwneud 'ny oedd i gadw pawb yn bell i ffwrdd o Fynydd y Grug. So i'n gwbod shwt oedd gyda fe'r wyneb i arwain pobol lan a lawr y cwm am wythnose ac ynte'n gwbod yn iawn ei bod hi 'di cael ei chladdu ar y mynydd."

Wrth i Sara ddisgwyl i Dai ddod dros bwl arall o beswch, cododd i estyn coedyn o'r fasged a'i roi ar y tân. Syllodd ar y fflamau'n codi am sbel cyn troi ei hwyneb yn ôl at ei hewythr.

Aeth Dai yn ei flaen ar ôl sychu ei geg gyda chefn ei law. "Wedyn perswadiodd e'r Cyngor i gynnig gwobr o bum can punt am wybodaeth i helpu i gael hyd iddi. Roedd y peth yn hollol hurt gan taw Howard Griffiths a minne oedd yr unig ddou berson oedd yn gwbod y gwir. Ond roedd e eisie cael ei weld fel yr arwr lleol ac eisie gwneud yn hollol siŵr nad oedd unrhyw bosibilrwydd y bydde neb byth yn pwyntio bys ato fe.

"Ar ôl hynny es i stad feddyliol ddigon isel. Yn ffaelu cysgu...

yn ffaelu stopio meddwl am y peth. Pam o'n i wedi mynd i'r parc y noson honno? Pam na fydden i wedi rhedeg bant yn syth pan weles i Howard Griffiths? Pam na wnes i lwyddo i'w atal e rhag ei lladd hi? Beth os bydden i ond wedi mynd gartre? A fydde fe, Howard Griffiths, wedi mynd at yr heddlu neu ai siarad gwag oedd hynny? Ond roedd hi'n rhy hwyr... yn rhy hwyr i newid pethe."

Torrodd Dai i lefain unwaith eto ac estynnodd Sara hancesi papur iddo o'i bag.

"So i'n gwbod beth wyt ti'n meddwl ohono i nawr, Sara," meddai Dai, gan sychu ei drwyn cyn codi ei ben i edrych arni. "Ond fi 'di gweud y cwbwl 'thot ti a rhaid i ti wneud beth bynnag rwyt ti'n teimlo sy'n iawn, yn ôl dy gydwybod."

Edrychodd Sara'n syth i lygaid dyfriog Dai, "A beth am rieni Elen Puw? O't ti ddim yn teimlo bod gyda nhw hawl i wbod y gwir? O't ti wir yn meddwl ei fod e'n iawn eu bod nhw 'di diodde'r holl flynydde 'na a 'di mynd i'r bedd heb wbod beth ddigwyddodd i'w merch?"

Caeodd Dai ei lygaid a rhoi ei ben yn ei ddwylo am rai eiliadau yna cododd ei olygon ac edrych yn syth i lygaid Sara.

"Dyna'n union oedd geirie dy fam pan wedes i wrthi hi am y peth."

"Beth?" meddai Sara'n anghrediniol. "Oedd Mam yn gwbod?"

"Roedd hi'n gwbod y cyfan," atebodd Dai, "ac oherwydd hynny, roedd hi'n gefen i fi tra roedd hi'n fyw."

Ni allai Sara yngan gair am rai eiliadau tra'i bod yn prosesu'r newydd.

"Pryd wedest ti wrthi hi?" gofynnodd Sara o'r diwedd.

"Blynydde'n ôl, y diwrnod aeth hi bant i'r coleg," atebodd Dai. "O'n i wrthi'n carthu'r beudy – ble mae'r bythynnod

159

nawr – a daeth hi i ffarwelio â fi wrth baratoi i gychwyn am Aberystwyth. Galwodd hi arna i o ddrws y beudy a codes i 'mhen a'i gweld hi'n sefyll yno a'r haul yn disgleirio y tu ôl iddi. Gyda'i gwallt hir tywyll ac yn ei chot ddenim, roedd hi'n edrych yn gwmws 'run peth ag Elen Puw. O'n i'n meddwl am eiliad mai dyna pwy oedd hi – wedi dod yn ôl o'r bedd i ddial arna i."

Roedd y sioc yn amlwg ar wyneb Sara wrth iddi ddychmygu'r olygfa yn yr hen feudy o gofio'r lluniau a welsai o'i mam dlws pan oedd hi yn ei harddegau.

"Cwmpes i lawr ar fy nglinie a rhoi 'mhen yn fy nwylo," meddai Dai. "Daeth Catherine ata i a dweud wrtho i am beidio ypsetio – y byddai hi'n ôl cyn y Nadolig. Yna eglures wrthi pam o'n i'n llefen... o'n i'n ffaelu dal y peth mewn... daeth y stori i gyd mas..." Edrychodd Dai i lawr ar ei ddwylo, cyn codi ei ben i weld ymateb Sara. "Dim ond ifanc oedd hi ac o'n i'n teimlo'n euog fod yn rhaid iddi glywed stori mor ofnadw."

Doedd Sara ddim yn siŵr beth i'w ddweud a theimlai lwmp sydyn yn ei gwddf wrth feddwl am ei mam ddiniwed yn clywed stori'r llofruddiaeth. Ond roedd rhaid iddi gael gwybod mwy.

"A beth wedodd Mam?" gofynnodd yn ofalus ar ôl saib.

"Roedd hi'n daer eisie i fi weud wrth Gwen ac Eric Puw beth digwyddodd i'w merch, ond dwedodd hi ei fod e lan i fi beth o'n i am wneud... Roedd cymaint o gwilydd gyda fi am beth wnaeth Howard Griffiths i fi y noson honno ac o'n i'n teimlo mor euog mod i wedi ei helpu fe i gladdu'r corff... Penderfynu cadw'n dawel wnes i. Er... oedd byw gyda'r euogrwydd weithie'n teimlo fel uffern ar y ddaear. Ond, dros y blynyddoedd o'n i'n gallu troi at Catherine... Oni bai amdani hi, so i'n credu y bydden i yma heddi."

Roedd Sara'n dal i geisio dirnad beth roedd hi'n glywed gan Dai. Roedd hi'n gwybod yn iawn bod gan ei mam natur garedig a gofalgar, felly gallai hi ddychmygu fel y bu hi'n gefn mawr i'w brawd pan oedd yn mynd trwy'r hunllef.

"Ac o't ti ddim yn meddwl y bydde cyfadde yn dod â rhyw ryddhad i ti o'r boen?"

Ysgydwodd Dai ei ben, "Ces i 'nhemtio… Ond ces i drâd ôr. Os bydden i'n gweud wrth yr heddlu 'mod i 'di helpu i gladdu corff y ferch, efalle y bydden meddwl 'mod i 'di ei lladd hi hefyd. 'Mod i'n taflu bai ar rywun arall i amddiffyn 'yn hunan… Felly cadwes i'n dawel."

"Oedd Dad yn gwbod?" gofynnodd Sara'n araf.

"Na," atebodd Dai yn bendant. "Dyn y gyfraith oedd dy dad, ac roedd Catherine yn gwbod os byddai Tom yn clywed fy hanes y bydde fe'n teimlo rheidrwydd i ymddiried yn y system gyfiawnder, gadael i lys barn benderfynu os o'n i'n euog neu beidio."

Nodiodd Sara ei phen.

"Symudes i lawr i'r Felin at Wncwl Ifan ddim sbel wedyn, o'n i ddim yn teimlo fel whare *happy families* gyda Jac a Hannah a'r plant. Hen lanc oedd Wncwl Ifan, dyn prin ei eirie, ond roedd hynny'n fy siwtio i'n iawn. Dyna pryd y dechreues i'r busnes contractio ar ôl benthyg arian oddi wrth Dad, ac roedd hwnnw'n help i gadw'r meddwl yn brysur. Tua tair blynedd wedyn, ffeindies i Wncwl Ifan wedi marw yn ei wely un bore. Byw ar fy mhen fy hun oedd hi ar ôl hynny."

"O't ti ddim yn gallu gweud wrth dy rieni?" cynigiodd Sara.

Rholiodd Dai ei lygaid, "Doedd Dad eriôd wedi dygymod â'r ffaith 'mod i'n hoyw. Fydde fe ddim wedi madde i fi am fynychu'r parc yn hwyr y nos i fynd gyda dynion eraill. A ti'n gwbod shwt un oedd dy fam-gu – yn byw ar ei nerfe. Bydde fe wedi bod yn ddigon amdani."

Bu distawrwydd am ennyd.

"Mae'n wir ddrwg 'da fi fod y peth ofnadw 'ma wedi digwydd i ti," meddai Sara.

Pesychodd Dai yn galed, "Ti'n gwybod y cwbwl nawr... Ond dim dyna'r unig reswm fi wedi gofyn i ti ddod yma heno. Mae rhywbeth arall... i wneud â dy fam."

"Beth yw e Dai?" gofynnodd Sara, ei llais yn fain. Roedd hi'n meddwl ei bod hi wedi clywed y stori gyfan.

"Pan oedd dy fam yn dost, o'n i'n mynd i'w gweld hi'n amal."

"O't ti'n dda iawn iddi, Dai," atebodd Sara'n dawel, gan deimlo ei llygaid yn dechrau llenwi wrth gofio am gyflwr ei mam pan oedd ar ei gwaelaf.

"Wel, es i i'w gweld hi un noson yn yr hosbis, ryw wthnos cyn iddi farw. O'n i'n gallu gweld ei bod hi 'di cynhyrfu."

"Rhyfedd," meddai Sara, "roedd hi'n reit swrth y rhan fwya o'r amser, achos yr holl gyffurie lladd poen."

"Efalle taw'r morffin oedd yn siarad ond fi'n cofio'i geirie hi fel 'se'n ddô. Wedodd hi, 'Dai, cyn i ti fynd i dy fedd, trïa wneud yn siŵr bod y ferch 'na'n dod gartre at ei rhieni.' Roedd hi 'di gweud wrth Tom, medde hi, ei bod hi eisie i'w llwch gael ei gladdu ym mynwent Sant Luc a'i bod hi'n cael cysur mawr wrth feddwl y bydde fe, Dewi a tithe'n gallu mynd yno i gofio amdani. Gofynnodd i fi addo iddi y bydden i'n gwneud fy ngore glas i gael claddedigaeth iawn i Elen Puw... Fi oedd yr unig un allai wneud hynny."

"A gwnest ti gytuno?" gofynnodd Sara.

"Do, wrth gwrs."

"Ond roedd hynny chwe blynedd yn ôl felly," dywedodd

Sara. "Wyt ti 'di gwneud rhwbeth am y peth ers hynny?"

Daeth golwg euog i ledu ar draws wyneb Dai, "Gwthies i'r cyfan i gefen fy meddwl…"

"Ond nawr mae'r amser 'di dod," dywedodd Sara'n bendant.

"Ydy," ochneidiodd Dai. "Ers i fi glywed beth wedodd y doctoriaid, fi ddim 'di stopio meddwl am y peth. Fi'n sylweddoli 'mod i 'di cuddio'r gwirionedd am Elen Puw yn llawer rhy hir a so i eisie mynd â'r gyfrinach yna gyda fi i'r bedd, beth bynnag mae hynny'n ei olygu. Fi'n gwbod bod cyfadde i beth wnes i'n mynd i olygu y bydd pawb yn gwbod y gwir, ond mae'n rhaid i fi gadw fy addewid i Catherine."

"A beth am gorff Elen Puw?" gofynnodd Sara. "Fyddi di'n gallu cael hyd iddo fe, ti'n meddwl?"

"Fi'n eitha siŵr 'mod i'n cofio ble claddon ni hi. Wyt ti'n fodlon i fi ddangos i ti ble mae hi?" gofynnodd Dai'n betrusgar. "Rhag ofon bod rhywbeth yn digwydd i fi."

"Dim ond os wyt ti'n addo i fi yr ei di at yr heddlu i gyfadde wedyn," atebodd Sara.

"Ddoi di gyda fi i Fynydd y Grug bore fory, 'te?" gofynnodd Dai yn obeithiol.

Edrychodd Sara'n galed arno cyn nodio ei phen.

"Diolch i ti, Sara," meddai Dai â chryndod yn ei lais. "A cyn i ti fynd, mae gyda fi rywbeth i roi i ti gan dy fam."

Crychodd Sara ei thalcen wrth wylio Dai yn cerdded yn araf draw at y ddresel, agor un o'r dreir a thynnu llythyr oddi yno.

Cymerodd Sara'r llythyr, ei henw wedi ei ysgrifennu ar yr amlen yn llawysgrifen ei mam. Rhoddodd gusan ar foch Dai a gafaelodd yntau yn dynn amdani am rai eiliadau cyn iddi droi i wisgo'i chot.

"Wela i di yn y bore, 'te," meddai Sara wrth iddi fynd trwy'r drws.

+

Dychwelodd Sara i'r bwthyn a thynnu cyllell o'r drôr yn y gegin. Eisteddodd ar y soffa ac agor yr amlen yn ofalus â'i dwylo'n crynu. Tu mewn gwelodd lawysgrif flodeuog gyfarwydd ei mam ar y papur trwchus. Roedd yr ysgrifen braidd yn sigledig ac yn aneglur mewn mannau ond roedd Sara'n awchu am gael gwybod beth oedd gan ei mam i'w ddweud. Wrth iddi ddechrau darllen y llythyr roedd fel petai'n gallu clywed ei mam yn siarad â hi o'r tu hwnt i'r bedd.

F'Annwyl Sara,

Os wyt ti'n darllen y llythyr hwn, yna mae Dai wedi dwe'nd y cyfan wrthot ti am beth ddigwyddodd y noson yr aeth Elen Puw ar goll. Rwyt ti'n gwybod, felly, am y rhan yr oedd yn rhaid iddo ei chwarae wrth gladdu corff y ferch. Fel yr wyt ti'n siŵr o fod yn sylweddoli, mae'r holl beth wedi ei greithio am byth. Mater i ti yw beth wyt ti ei wneud a'r wybodaeth yn ôl dy gydwybod ond rwy'n siŵr y bydd Dai yn parchu dy benderfyniad beth bynnag y bo.

Ar ôl i Dai adrodd yr hanes wrthyf fi, cyn i fi fynd bant i'r coleg, addewais y bydden i yno iddo. Mae'n anodd rhannu'r peth gyda ti, Sara, ond roedd Dai wedi dod yn agos at gymryd ei fywyd ei hun fwy nag unwaith. Ar ôl y tro cyntaf, mynnais ei fod e'n addo i fi y byddai'n troi ataf am help pryd bynnag yr oedd y teimladau o iselder yn ei boeni. Des i adnabod yr arwyddion bod Dai'n dechrau meddwl bod bywyd ddim yn werth ei fyw a dysgais sut i'w dynnu fe'n ôl o'r dibyn.

Ond erbyn hyn, does dim llawer o amser ar ôl gyda fi a chyn bo hir fydda i ddim yma i helpu Dai. Sara, nawr rwyt ti'n gwybod y gwir, rydw i eisiau i ti wneud beth bynnag rwyt ti'n teimlo sy'n iawn i fod yn gefn i Dai. Pan ddaw'n amser iddo gyfaddef y gwir wrth yr heddlu rwy'n gobeithio y byddi di yno i'w helpu ym mha bynnag ffordd y gelli.

Cariad am byth,
Mam

Darllenodd Sara'r llythyr drosodd ddwywaith gan sychu'r dagrau o'i llygaid. Mae'n rhaid ei bod yn meddwl y byd o Dai. Fe wyddai Sara nad ar chwarae bach yr oedd ei mam wedi gofyn iddi hi ysgwyddo'r bach o'i helpu ar ôl iddi fynd.

18

Deffrodd Sara'n gynnar y bore canlynol yn teimlo'n flinedig. Roedd holl gynnwrf y noson gynt wedi dweud arni. Gwisgodd ei dillad cynhesaf a'i hesgidiau cerdded a gyrru'r Audi i lawr at Y Felin. Curodd ar y drws a'i agor cyn i Dai gael cyfle i'w ateb. Roedd yn amlwg wrth y bagiau duon o dan ei lygaid nad oedd ei hewythr wedi cael llawer o gwsg. Arhosodd Sara iddo ddod dros bwl o beswch cyn gofyn a oedd yn barod.

"Fydd eisie rhai pethe arnon ni. Af i nôl nhw nawr," meddai Dai gan fynd mas at y sied.

Ar ôl cau'r bŵt, daeth Dai a Ianto i mewn i'r car. Amneidiodd ar Sara a throdd hithau drwyn y car tuag at ffordd Mynydd y Grug. Wrth iddyn nhw nesáu at frig y mynydd, dywedodd Dai wrth Sara am arafu.

"Mae *lay-by* ar y chwith rhywle yn fan hyn os fi'n cofio'n iawn," meddai.

Tynnodd Sara i mewn i'r arosfan a stopio'r car. Roedd niwl y bore yn dal i droi o gwmpas y tir corsiog ond roedd ychydig o heulwen yn dechrau torri trwy'r cymylau.

Aeth Dai at sedd gefn y car a gollwng Ianto mas trwy'r drws. Rhoes y sbaniel ei drwyn yn syth i'r ddaear er mewn arogleuo'r tir anghyfarwydd. Roedd ei gynffon yn ysgwyd wrth iddo sniffian o gwmpas mangre newydd.

"Wyt ti'n iawn, Dai?" gofynnodd Sara, wrth weld ei

hewythr yn sefyll yn stond wrth ymyl y ffordd â'i law dros ei geg.

"Rho funud i fi, bach," atebodd gan afael yn ei frest, "Dyma'r tro cynta i fi fod yn ôl yn y lle 'ma ers y noson honno."

Arhosodd Sara am rai eiliadau chwithig.

"Ocê, 'te, dilyna fi," meddai Dai o'r diwedd.

Croesodd y ddau y ffordd gyda Ianto yn rhedeg o'u blaenau ar draws y corstir. Ar ôl cerdded am ryw ddau gan llath, stopiodd Dai wrth ymyl yr ardal fawnog. Erbyn hyn roedd y niwl wedi dechrau codi ac roedd y tir yn glir o'u blaenau. Roedd Ianto hefyd wedi stopio rhedeg ac wedi dechrau sniffian y ddaear. Roedd y ci bach yn troi o gwmpas mewn cylch gyda'i drwyn i'r pridd cyn iddo aros am eiliad neu ddwy a dechrau palu gyda'i bawennau.

"Ydyn ni yn y man iawn, ti'n meddwl?" holodd Sara yn betrus.

"Roedd hi'n dywyll, felly alla i ddim â bod yn hollol siŵr," atebodd Dai. "Fi'n cofio ein bod ni wedi claddu'r corff yn y lle torri mawn, allwn ni ddim â bod yn rhy bell."

Rhoddodd raff yn ôl ar goler Ianto cyn iddo fe godi gormod o'r pridd.

Cerddodd y ddau yn ôl at y car ac estynnodd Dai y bwced a'r menig o'r gist. Caeodd Ianto yn y sedd gefn er mawr siom i'r ci bach. Roedd tomen o ro wedi ei adael yn yr arosfan yn barod ar gyfer graeanu'r ffordd mewn tywydd garw. Llenwodd Dai'r bwced gyda'r gro ac fe gerddodd e a Sara yn ôl at y man lle y bu Ianto'n palu'r tir. Tywalltodd Dai lond bwced o'r gro i nodi'r man claddu cyn dychwelyd i'r arosfan i nôl bwcedaid arall. Yna gwisgodd Sara a Dai eu menig ac aethant ati i godi tomen gron i nodi'r man lle'r oedd y bedd... os oeddent wedi cael hyd i'r man iawn, meddyliai Sara.

Safodd y ddau yn fud am rai eiliadau yn edrych ar y domen. Elen... y seren ddisglair, y ferch ddireidus, y rebel ddi-ofn. Sbarc o fywyd oedd wedi cael ei ddiffodd mewn ffordd mor greulon. Roedd Sara wedi cael hyd iddi o'r diwedd.

Roedd dagrau yn cronni yn llygaid y ddau wrth iddyn nhw gerdded mewn distawrwydd yn ôl at y car. Hoffai Sara feddwl y byddai ei mam yn falch ei bod hi wedi gwneud y peth iawn.

Wrth iddyn nhw yrru'n ôl tuag at Faesyderi, gofynnodd Dai yn betrusgar, "Wel, be ddylen ni neud nawr? Mynd at yr heddlu, ife?"

"Wedest ti bo ti eisie ffeindio mas beth bydde hynny'n ei olygu i ti..." meddai Sara.

Nodiodd Dai ei ben.

"Cer di i dreial cael ychydig o gwsg. Gad bethe i fi am y tro."

19

Aeth Sara'n ôl i'r bwthyn, tynnu ei dillad a sefyll yn hir dan
y gawod, gan deimlo'r dŵr cynnes yn dechrau ymlacio
ei hysgwyddau. Beth bynnag y byddai'r cam nesaf yn ei olygu,
fe fyddai'n anodd iawn i Dai.

Gyrrodd Sara'r car i Heol y Wern a pharcio y tu fas i Tegfan.
Doedd hi ddim yn siŵr beth fyddai ymateb y cyn-dditectif
pan glywai hanes Dai. Wedi'r cyfan, roedd e wedi ymdrechu i
ddod o hyd i'r gwirionedd am achos Elen Puw am flynyddoedd
maith, felly faint o gydymdeimlad a fyddai ganddo tuag at ei
hewythr oedd wedi cuddio'r gwir oddi wrtho? Eisteddodd
yno am dipyn yn hel ei meddyliau, yna anadlodd yn ddwfn,
cerdded at y tŷ a chanu'r gloch.

"Dere mewn, Sara," meddai Richard Owen, gyda golwg
eithaf syn ar ei wyneb. "O'n i'n meddwl y byddet ti 'di mynd
gartre i Gaerdydd erbyn hyn." Arweiniodd hi drwodd i'r
lolfa.

"Fi angen dy help di, Richard," meddai Sara, gan feddwl y
dylai hi ddod yn syth at y pwynt. "Dy gyngor proffesiynol...
os wyt ti'n fodlon ei roi e i fi."

"Wrth gwrs, Sara. Wyt ti 'di ffeindio rhywbeth mas?"
gofynnodd yn eiddgar. "Mae golwg reit bryderus arnat ti,
rhaid i fi weud."

"Sori... ti'n iawn, ond fi ddim yn siŵr iawn shwt i egluro,"
meddai, gan lyncu'n galed.

Cododd Richard ei ysgwyddau, "Wel, fi'n barod i wrando, ta beth," a cherddodd drwodd i'r gegin.

Tynnodd Sara ei chot a'i sgarff ac eisteddodd ar y soffa gan geisio rhoi trefn ar ei meddyliau.

"Dyma ti," dywedodd Richard pan ddychwelodd gyda glasiad o ddŵr. "Cymer dy amser."

"Wel," meddai Sara'n araf, ar ôl cymryd llymaid o'r dŵr, "beth os bydden i'n gweud 'mod i'm gwbod pwy laddodd Elen Puw?"

Bu ychydig o eiliadau o ddistawrwydd cyn i Richard droi ati a dweud, "Mae Dai 'di bod yn siarad gyda ti, ydy e? O'n i'n ame falle y bydde fe... yn hwyr neu'n hwyrach."

"Shwt wyt ti'n gwbod?" gofynnodd Sara'n syn, gan syllu i wyneb y ditectif.

Anadlodd Richard yn drwm. "Nôl ar ddechre'r saithdege, fel wedes i 'thot ti, o'n i'n dditectif ifanc a braidd yn ddibrofiad, ond erbyn hynny o'n i wedi cwestiynu digon o ddrwgweithredwyr i wbod pan o'n nhw'n gweud celwydd. Roedd Dai ffaelu edrych i fyw fy llyged... roedd e'n anniddig... yn rhoi atebion un gair i bob cwestiwn."

"O't ti ddim yn credu ei stori... ei fod e wedi mynd gartre, 'te?" gofynnodd Sara.

"Na. Fi bron yn sicir ei fod e wedi mynd i'r parc ac wedi gweld beth ddigwyddodd i Elen Puw," atebodd Richard. "Ond doedd dim byd y gallen i neud. O'n ni wedi ei holi fe mor hir ag oedd yn cael ei ganiatáu heb ei arestio, a gan fod gyda fe *alibi*, roedd yn rhaid i ni ei ryddhau e."

Cymerodd Sara lymaid arall o'i dŵr wrth iddi geisio prosesu'r hyn roedd Richard Owen newydd ei ddweud. Roedd ei chwilfrydedd yn dwysáu wrth iddo barhau â'i stori.

"Ond fi'n eitha siŵr nad oedd Dai wedi whare unrhyw ran

yn y llofruddiaeth. Mae'n amlwg i fi taw person addfwyn, sensitif yw Dai. Dyw pobol fel'na ddim yn lladd yn fy mhrofiad i."

"Na," meddai Sara'n bendant, "fydde Dai byth yn gwneud dim byd yn fwriadol i nafu neb… ond roedd e yno…"

"Roedd e yno?"

"Oedd, ond ffaelodd e â'i helpu hi. Ceson ni sgwrs hir neithiwr ac mae e'n barod i gyfadde'r cwbwl nawr… beth ddigwyddodd y noson honno ac, yn bwysicach fyth, ble mae'r corff wedi ei gladdu."

"A dyna pam rwyt ti wedi dod ata i, ife, Sara?" gofynnodd Richard yn araf.

Arhosodd Sara am eiliad neu ddwy gan geisio meddwl am y ffordd orau i eirio pethau gan nad oedd yn hollol siŵr beth fyddai ymateb Richard i'w chais am help.

"Mae Dai eisie gwbod beth sy'n mynd i ddigwydd iddo fe os yw e'n mynd at yr heddlu. Mae e eisie bod yn barod ar gyfer hynny… beth bynnag yw e."

"Wel, Sara," meddai Richard, "cyn y galla i roi unrhyw gyngor i ti, mae'n rhaid i fi wbod y cwbwl… beth yn union ddigwyddodd y noson honno… i Elen Puw."

Gorffennodd Sara ei dŵr a rhoi'r gwydr i lawr ar y bwrdd coffi cyn dechrau adrodd yr hanes wrth Richard.

Gwrandawodd y ditectif yn astud ar stori Sara heb yngan gair ac, ar ôl sbel o ddistawrwydd, dywedodd, "O'n i wedi lled amau Howard Griffiths eriôd." Oedodd am dipyn cyn mynd yn ei flaen. "Ti'n gweld, dwedodd un o'r bechgyn gafodd ei holi ei fod e wedi clywed rhywun yn dweud bod dyn tal, canol oed, oedd yn cuddio'i wyneb, yn arfer mynd i'r parc i gwrdd â bechgyn ifainc."

"Ond doedd hynny ddim yn ddigon o reswm i amau Howard Griffiths, oedd e?" meddai Sara.

"Nac oedd, ond tua blwyddyn ynghynt roedd menyw o'r ardal wedi gwneud cwyn i'r heddlu yn ei erbyn... Yn dweud bod Howard Griffiths wedi aflonyddu'n rhywiol ar ei mab ar un o dripiau'r Clwb Ieuenctid. Dwedodd hi fod mab un o'r mame eraill wedi profi'r un peth ond roedd hithe'n ofon gwneud dim byd am y mater."

"A beth wnaeth yr heddlu?" gofynnodd Sara, yn amlwg wedi ei syfrdanu. "Oedd hynny ddim yn ddigon o reswm i'r heddlu holi Howard Griffiths...?"

"Wel, gwadu'r cyfan wnaeth e, fel gelli di ddisgwyl," atebodd Richard. "Dweud bod y bachgen yn gwneud cyhuddiade di-sail yn ei erbyn am ei fod e wedi ei wahardd o'r clwb am ymladd. Ac nid dyna'r unig reswm i fi ei ame fe. Roedd e'n gyd-ddigwyddiad braidd ei fod yn byw yn Ffordd Isgoed, reit wrth ymyl y parc. Hefyd, roedd rhwbeth od iawn am y ffordd roedd e mor awyddus i arwain y partïon chwilio pan aeth Elen Puw ar goll. O'n i'n meddwl ar y dechre ei fod e jyst eisie cael ei weld fel arwr lleol er mwyn cael ei ethol yn Faer, ond roedd rhwbeth dyfnach na hynny. Roedd e mor daer am yr holl beth."

"O'n i'n cael yr argraff 'ny gan Elaine Harries hefyd," nodiodd Sara. "A bod y peth yn ei boeni fe pan roiodd yr heddlu'r gore i whilo amdani."

"Does ond gobeithio taw ei gydwybod oedd yn ei boeni," dywedodd Richard, "ond fwy na thebyg, roedd e'n byw mewn ofon y bydde Dai rhyw ddiwrnod yn mynd at yr heddlu gyda'r gwirionedd."

"A chafodd Howard Griffiths eriôd ei holi ar amheuaeth o fod â rhan yn niflaniad Elen Puw?"

"Naddo, er cymaint o'n i wedi treial perswadio'r *Chief* i adel i fi wneud hynny," atebodd Richard. "Ti'n gweld, roedd y ddou o'n nhw'n ffrindie mawr yn y Rotari ac yn whare golff gyda'i gilydd. Wedodd e fod yn rhaid cael tystiolaeth gadarnach cyn y gallen i ei holi... rhwbeth llawer iawn mwy na *hunch* oedd ei eirie fe."

Sylwodd Sara ar yr olwg ddilornus ar wyneb Richard.

"A beth am y neges ddienw – wyt ti'n meddwl taw Howard Griffiths oedd tu ôl i honno?" gofynnodd.

"Siŵr o fod," atebodd Richard. "Ond pwy a ŵyr?"

Llyncodd Sara'n galed, "Wel, beth wyt ti'n meddwl sy'n mynd i ddigwydd i Dai nawr... pan aiff e at yr heddlu? Ydyn nhw'n mynd i ddod ag achos o lofruddiaeth yn ei erbyn e?"

Ysgydwodd Richard ei ben. "Bydd hynny lan i'r CPS. Ac mae sawl peth y byddan nhw angen ei benderfynu cyn gwneud hynny."

"Fel beth?" gofynnodd Sara'n ddisgwylgar, yn ofni beth oedd yn dod nesaf.

"Wel, i ddechrau," atebodd, "oes 'na ddigon o dystiolaeth i'w gael e'n euog petai'r achos yn mynd o flaen rheithgor. Hynny yw a fyddai hi'n bosibl profi y tu hwnt i bob amheuaeth bod Dai wedi lladd Elen Puw."

"A beth wyt ti'n meddwl?" gofynnodd Sara.

"Wel, dyw'r ffaith ei fod e'n gwbod ble cafodd y ferch ei chladdu ddim yn ddigon ynddo'i hun i brofi dim byd... A pam mynd at yr heddlu os oedd e'n euog o'i lladd? Mae'r CPS yn tueddu i edrych yn ffafriol ar droseddwr sy'n fodlon cyfaddef i'w drosedd, ac mae stori Dai yn un ddigon credadwy."

"Dwyt ti ddim yn meddwl y bydd e'n cael ei gyhuddo o fod yn llofrudd, 'te?"

"Alla i ddim â bod yn hollol sicr, ond rwyt ti wedi gofyn am fy marn broffesiynol, a fel y dywedes i, mae hynny'n annhebygol iawn."

"Wel, mae hynny'n rhywfaint o ryddhad," ochneidiodd Sara. "Ond fe fydd e'n cyfadde i helpu i gladdu'r corff. Does dim amheuaeth fod hynny'n drosedd. Beth fydd yn digwydd wedyn?"

"Fel y dwedes i, y peth cynta y bydd y CPS yn ei ystyried yw a oes digon o dystiolaeth i ddod ag achos yn ei erbyn."

"Ond bydd e'n cyfadde i'r peth," dywedodd Sara.

"Bydd," atebodd Richard, "ond dyw cyfaddefiad ynddo'i hun ddim yn ddigon o dystiolaeth i ddod ag achos llys yn erbyn rhywun. Byddet ti'n synnu faint o bobol sy'n cyfadde i bethe maen nhw'n hollol ddieuog ohonyn nhw."

"Ond, mae'r ffaith fod Dai yn gwbod ble mae bedd Elen Puw siŵr o fod yn profi ei fod e wedi helpu i'w chladdu hi, on'd yw e?"

"Mae'n dystiolaeth gadarn, mae hynny'n wir," atebodd Richard, gan nodio ei ben.

Syrthiodd wyneb Sara pan glywodd y geiriau hyn. Roedd yn anodd dychmygu'r effaith ar Dai petai'n gorfod mynd o flaen ei well ac efallai treulio gweddill ei ddyddiau yn y carchar.

"Wedest ti fod sawl peth bydd y CPS yn edrych arno," gofynnodd Sara'n obeithiol. "Beth arall byddan nhw'n ei ystyried?"

"Wel, os ydyn nhw'n penderfynu bod digon o dystiolaeth i gael siawns da o ffeindio rhywun yn euog o drosedd, y peth nesaf mae'n rhaid iddyn nhw ei ystyried yw a fyddai er budd y cyhoedd i ddod ag achos yn ei erbyn. Hynny yw, pwyso a mesur cost yr erlyniad yn erbyn y perygl i ddiogelwch y cyhoedd os yw'r troseddwr posib â'i draed yn rhydd."

"A shwt maen nhw'n penderfynu hynny?"

"Wel, mae'r ateb i hynny dipyn mwy cymhleth," atebodd

Richard. "Ond, mi fydd e o fantais i Dai bod y drosedd wedi digwydd cymaint o flynydde'n ôl a bod 'da fe record ddilychwyn ers hynny. Mae hynny'n awgrymu'n gryf ei fod e'n annhebygol iawn o aildroseddu."

"Wel... mae 'na rywbeth arall y dylen i ddweud wrth yr heddlu fydd, gobeithio, yn helpu achos Dai," meddai Sara'n araf.

"Rhywbeth rwyt ti heb weud 'tho fi'n barod?"

"Ie," anadlodd Sara yn ddwfn. "Mae canser yr ysgyfaint ar Dai ac mae e 'di lledu i'r organe. Ti'n meddwl y bydd y CPS yn cymryd hynny i ystyriaeth?"

"Mae'n ddrwg iawn 'da fi i glywed 'ny, Sara," meddai Richard, "Ond yr ateb yw ie, y byddan nhw, os yw hynny'n golygu taw misoedd sy gyda fe ar ôl yn hytrach na blynyddoedd."

"Mae'r canser wedi lledu cryn tipyn," meddai Sara gan ysgwyd ei phen yn araf. "Mae gyda fe rhwng tri a naw mis ar ôl, medde'r doctoriaid."

"Mae'r ffaith ei fod â salwch marwol yn ei wneud yn fwy annhebygol fyth y bydd y CPS yn penderfynu y byddai er budd y cyhoedd i ddod ag achos yn ei erbyn. Mae hi'n cymryd misoedd lawer i'r erlyniad baratoi achos llys."

"Fydd e ddim yn gorfod wynebu cael ei erlyn, 'te?" gofynnodd Sara'n obeithiol.

"Fel y wedes i, alla i fyth â bod yn siŵr beth fydd penderfyniad y CPS, ond pe bawn i yn eu sgidie nhw, fydden i ddim yn trafferthu cymryd unrhyw game yn erbyn Dai."

Rhoes Sara ochenaid o ryddhad.

"Ond Sara," meddai Richard, mewn llais chwilfrydig, "bydd rhaid i ti esbonio i fi pam fod Dai eisie i'r heddlu wybod ble mae Elen wedi ei chladdu'n awr."

Eglurodd addewid Dai wedi i'w mam cyn iddi farw. "Ac er mwyn gwneud yn siŵr y bydd yr heddlu'n cael hyd i'r man claddu, es i a Dai i nodi lleoliad y bedd y bore 'ma."

"Ti eriôd 'di cael hyd i'r bedd?" Roedd y sioc yn amlwg ar wyneb Richard. "Ac rwyt ti a Dai am fynd at yr heddlu'n awr?"

Nodiodd Sara ei phen yn ara deg, "Os yw Dai yn dal yr un mor benderfynol."

"Os wyt ti'n mynd i Swyddfa yng Nghaerfyrddin, gofynna am gael gweld Anna Morgan," dywedodd Richard. "Hi yw'r person gore i ddelio â'r mater."

"Diolch, mae hynny'n help mawr." Estynnodd Sara ei chot a'i bag.

Wrth i Richard hebrwng Sara i'r drws dywedodd rhwng ei ddannedd, "Biti ar y diawl na lwyddon ni i ddal y bastard Howard Griffiths 'na i gyfri am beth wnaeth e cyn iddo fe farw. Ond, dyna ni... gobeithio y bydd y cythrel yn llosgi yn uffern am byth."

Cyn i Sara gamu'n ôl tuag at y car, cyffyrddodd Richard â'i braich a gofyn, "A beth am y podlediad, Sara? Wyt ti am adrodd i'r byd a'r betws dy fod ti wedi cael hyd i lofrudd Elen Puw?"

"Beth wyt ti'n meddwl, Richard?" gofynnodd, gan godi ei haeliau.

+

Ar ôl cyrraedd yn ôl ym Maesyderi, aeth Sara'n syth i'r Felin i adrodd yr hanes wrth Dai.

Nodiodd yntau ei ben yn araf wrth i Sara egluro beth oedd barn y ditectif.

"Wyt ti'n siŵr am hyn?" gofynnodd Sara. "Wyt ti wir yn barod i bawb yn Rhyd-dderwen glywed dy hanes di? Dyw e ddim yn rhy hwyr i newid dy feddwl."

"Na. Fi wedi penderfynu," meddai Dai yn bendant. "Fi am fynd gyda ti i Gaerfyrddin."

"Ond bydd rhaid i ti fod yn onest gyda'r heddlu – dweud popeth wrthyn nhw, yn enwedig am dy salwch," meddai Sara.

Oedodd Dai am ychydig, yna nodiodd ei ben.

"A beth fydd yn digwydd i weddillion Elen Puw, ti'n meddwl?" holodd Dai, wedi gwneud ei feddwl lan.

"Fi'n gobeithio y bydd yr heddlu'n cymryd y peth o ddifri ac y byddan nhw'n dod o hyd i'r corff. Bydd rhaid iddyn nhw wneud profion i gadarnhau taw Elen Puw yw hi, wrth gwrs, ond ddyle hynny ddim fod yn anodd iawn."

"Ti'n meddwl byddan nhw'n ailgladdu'r corff?" gofynnodd Dai.

"Mater i'r teulu fydd hynny," atebodd Sara, "ond licen i feddwl y byddan nhw eisie claddu ei gweddillion gyda'i rhieni ym mynwent Eglwys Sant Luc."

"Gobeithio wir," ochneidiodd Dai, "dyna'n union y bydde Catherine eisie."

"Iawn, 'te," meddai Sara, "cer i hôl dy got. Os wyt ti'n barod, awn ni i Swyddfa'r Heddlu."

Treuliodd Sara weddill y prynhawn gyda Dai, yn eistedd wrth ei ochr wrth iddo roi datganiad llawn am y noson y llofruddiwyd Elen Puw. Gwrandawodd Anna Morgan yn amyneddgar arno'n dweud ei stori, gan ganiatáu iddo stopio sawl gwaith am besychiad neu pan fyddai'r emosiwn yn ormod iddo. Roedd hi'n broffesiynol ac yn gwrtais, ond ni roddodd unrhyw awgrym i'r ddau ohonyn nhw a fyddai Dai'n cael ei erlyn fel canlyniad i'w gyfaddefiad. Mater i'r CPS oedd hynny, meddai hi ac ni allai ddweud dim mwy. Cyn ymadael, trefnwyd i ddau heddwas fynd gyda Dai i Fynydd y Grug y bore wedyn er mwyn iddo ddangos lleoliad y man claddu iddynt.

Roedd hi'n tynnu am chwech o'r gloch ac roedd yr awyr wedi tywyllu'n llwyr erbyn i Sara barcio'r car o flaen drws Y Felin. Cerddodd y ddau i mewn i'r tŷ yn araf a rhedodd Ianto at Dai yn syth i'w groesawu gartref. Wrth i Dai ollwng y ci bach mas trwy'r drws cefn, gofynnodd Sara, "Dai, dwyt ti ddim 'di gweud wrth Hannah am dy salwch, wyt ti? Fi'n siŵr na fydde hi hanner mor bigog gyda ti os bydde hi'n gwbod dy fod ti mor wael."

"Fi wedi edrych ar ôl fy hunan heb ei help hi ers blynydde, a dyna beth wnaf i nawr," atebodd Dai'n swta.

"Paid â bod fel'na, Dai," meddai Sara'n daer. "Beth yffach ddigwyddodd rhwng y ddou o'ch chi, gwed?

"Stedda lawr am funud. Man a man i ti gael gwbod y gwir. Byddi di'n deall wedyn pam fod Hannah wedi cymeryd yn f'erbyn i ac yn pallu madde i fi."

Suddodd Sara i'r soffa.

"Roedd popeth yn iawn ym Maesyderi nes i Dad farw, dwy flynedd ar ôl colli Mam," meddai Dai. "Dyna pryd y dechreuodd pethe suro rhyngthon ni. Ti'n gweld, gadawodd Dad ffermdy Maesyderi i Jac a'r Felin i fi. A rhoddodd e dir y fferm yn enw'r ddou o'n ni... ein trin ni'n gyfartal. Ddim sbel wedyn etifeddodd Hannah a'i hwâr Tyn-y-coed ar ôl eu rhieni a'i werthu fe am bris da. Roedd hynny'n golygu bod Jac mewn sefyllfa i allu fforddio fy mhrynu fi mas o dir y fferm fel ei fod e a'i deulu'n berchen ar y cyfan o Faesyderi. Trïodd e fy mherswadio i fuddsoddi'r arian yn y busnes contractio a gwneud bywoliaeth iawn i'n hunan o hwnnw. Ond gwrthodes i."

"Gwrthod?" Crychodd Sara ei thalcen. "Fydde hynny ddim yn beth synhwyrol i wneud a tithe wedi adeiladu busnes da i ti dy hunan?"

Eisteddodd Dai i lawr yn y gadair freichiau wrth y tân, oedd wedi hen ddiffodd, a rhedodd Ianto yn ôl i mewn i'r lolfa a gwneud ei hun yn gyfforddus ar ei lin.

"Ti ddim yn deall," meddai. "O'n i'n teimlo fel person diwerth ar ôl y noson honno pan gafodd Elen Puw ei lladd. O'n i 'di colli fy hunan-barch a fy lle yng nghymdeithas Rhyd-dderwen. Roedd Jac, ar y llaw arall, yn gymeriad mawr yn lleol… roedd pawb yn yr ardal yn nabod Jac a Hannah, Maesyderi. Roedd teulu a bywyd cymdeithasol gyda nhw a bywoliaeth braf. A pwy o'n i? Dai bach Maesyderi, yn cadw iddo fe'i hunan yn Y Felin. Dim ffrindie, byth yn mynd mas. Roedd hynny i gyd wedi cael ei ddwgyd oddi arna i. A fi'n siŵr fod lot o bobol yn meddwl 'mod i dipyn bach yn od ac yn cadw draw. Yr unig beth oedd yn rhoi rhyw fath o hunan-barch i fi oedd y ffaith 'mod i, fel Jac, yn etifedd Maesyderi ac roedd Jac eisie cymryd hynny oddi arna i hefyd."

"Wnest ti ddim meddwl rhentu'r caeau i Jac, 'te?" gofynnodd Sara. "Byddet ti'n dal yn berchen ar y tir wedyn."

"Do. Ond fy nhir i oedd e yn ogystal â tir Jac. O'n i eisie ffarmio Maesyderi a gwneud i'r fferm ffynnu. Felly rhoies i'r gore i'r busnes contractio a canolbwyntio ar ffarmio."

"Wel, fi'n deall i radde," meddai Sara, "ond doedd Hannah ddim yn hapus am y peth, fi'n cymeryd?"

"Na, ddim o bell ffordd," atebodd Dai, gan ysgwyd ei ben yn araf. "Trïodd Hannah fy mherswadio fi i werthu unwaith eto, ar ôl i Ioan gwpla yn y Coleg Amaethyddol, ond gwrthod wnes i. Arhosodd Ioan gartre'n ffarmio am rai blynyddoedd ond roedd y bachgen yn ddigon call i sylweddoli na allai'r fferm gynnal y tri ohonon ni a, tra 'mod i'n hanner-berchen ar y tir, na alle fe wneud bywoliaeth o ffarmio Maesyderi. Roedd e wedi dysgu lot am ddullie gwahanol o ffermio yn y coleg ac eisie i Faesyderi ddod yn fwy organig, ond doedd Jac ddim eisie gwbod am y peth. Trïodd Hannah berswadio Ioan i aros gartre, ond mynd wnaeth e i drio'i lwc yn Sealand Newydd a dyw Hannah byth wedi madde i fi."

"Mae Hannah'n dy feio di am y ffaith fod Ioan wedi gadael Maesyderi?"

"Ac yn fy nghasáu â châs perffaith am hala'i hunig fab i ben draw'r byd."

"Wel, mae hynny'n egluro pethe," ysgydwodd Sara ei phen. "Ond paid â bod mor bengaled, Dai. Fi'n gwbod bod tafod miniog gyda Hannah, ond mae ei chalon hi yn y lle iawn. Bydd eisie help arnat ti o hyn ymlân a fi'n siŵr y bydde Hannah ond yn rhy barod i fod yn gefen i ti. Os nad wyt ti am weud wrthi am dy salwch, wyt ti'n fodlon i fi egluro pethe wrthi?"

Oedodd Dai am ychydig. "Os wyt ti'n meddwl taw dyna'r peth iawn i wneud. Oréit, 'te, gweda di."

"A Dai," edrychodd Sara i fyw ei lygaid, "gadawa i ti weud gweddill dy stori wrth Jac a Hannah."

Cofleidiodd Sara ei hewythr cyn ei adael e a Ianto wrth ddrws Y Felin.

+

"Wel, jiw annwyl," meddai Hannah, "pam na wedest ti ddim byd wrtho i, Jac?" gofynnodd, gan bwyntio'i bys ato.

"Doedd Dai ddim eisie i fi weud, na pam," atebodd Jac.

"Wel, ti'n gwbod nawr, Hannah," meddai Sara, "a fi'n siŵr gelli di fod o help mawr iddo fe o hyn ymlân."

"Wrth gwrs," meddai Hannah. "Af i lawr i'r Felin i roi sgwriad iawn i'r lle cyn gynted ag y galla i. Ac mi wna'i yn siŵr fod Dai'n byta'n iawn o hyn ymlân yn lle llwgu'i hunan. Gwnaf i gawl cennin iddo fe heno 'ma."

"Diolch i ti, Hannah. Fi'n siŵr y bydd e'n gwerthfawrogi 'na," nodiodd Sara. "Nawr gwell i fi fynd i gwpla pacio."

"Dyna ti, 'te, bach," meddai Hannah, "a diolch i ti am y gwin a'r blode – doedd dim eisie i ti, cofia."

"Wel, oedd, wrth gwrs – chi wedi bod mor groesawgar."

"Wel, fi'n edrych ymlân at glywed dy bodlediad, ond fi'n siŵr fydd dy dîm cynhyrchu di ddim eisie defnyddio hanner y pethe wedes i."

"Gawn ni weld am hynny," gwenodd Sara.

"Fe gerdda i draw i'r bwthyn gyda ti," meddai Jac, "i sbario i ti orfod dod yn ôl 'ma gyda'r allweddi."

Unwaith yr oedd y ddau ohonyn nhw'n ddigon pell oddi wrth y ffermdy, gofynnodd Jac yn eiddgar, "Ydy pethe'n iawn… rhyngthot ti a Dai nawr?"

"Ydyn," atebodd Sara. "Ni'n deall ein gilydd yn iawn erbyn hyn."

"Diolch byth am hynny," meddai Jac, "a beth sy'n digwydd o hyn ymlân, 'te?"

"Gadawa i Dai egluro hynny wrthot ti," atebodd Sara. "Mae'n hen bryd i'r ddou ohonoch chi fod yn agored gyda'ch gilydd… a'r tro yma, mae'n rhaid i ti wrando."

Nodiodd Jac ei ben a throi yn ôl at y ffermdy.

20

Wrth iddi yrru'n ôl ar hyd y draffordd tuag at Gaerdydd, cafodd Sara amser i feddwl mwy am ei pherthynas â Gwyn. Roedd y cynnwrf o ddarganfod bedd Elen Puw a mynd i Swyddfa'r Heddlu gyda Dai a gwrando ar ei ddatganiad wedi peri iddi wthio'r holl beth i gefn ei meddwl. Ond yn awr doedd dim osgoi wynebu Gwyn.

Meddyliodd eto am y sgwrs a gafodd gyda Hannah y noson o'r blaen. Am nad oedd hi erioed wedi herio Gwyn nac egluro ei theimladau iddo, efallai nad oedd e'n sylweddoli mor anhapus oedd hi.

Roedd hi'n dal eisiau i'r berthynas weithio a doedd hi ddim am roi'r gorau iddi heb wneud ymdrech iawn i'w hachub. Roedd hi'n falch bod treulio ychydig o ddyddiau ar wahân wedi ei helpu i roi pethau mewn perspectif a theimlai'n llawer mwy hyderus ac yn gliriach ei meddwl ynghylch ei sgwrs gyda Gwyn wrth iddi barcio'r car a cherdded tuag at y fflat.

Roedd hi'n tynnu am hanner awr wedi naw pan agorodd Sara ddrws ei chartref. Roedd hi wedi tecstio Gwyn yn gynharach yn y prynhawn i adael iddo wybod bod ganddi bethau i ddelio â nhw cyn y gallai hi adael Rhyd-dderwen. Roedd Gwyn yn eistedd ar y soffa yn y lolfa yn gwylio'r teledu pan waeddodd "Haia" yn siriol arno o'r drws ffrynt. Ni throdd ei ben, dim ond dal i wylio'r sgrin wrth ddweud, "Ti'n hwyr uffernol."

Gallai Sara deimlo awyrgylch annifyr yn yr awyr ond roedd yn benderfynol o geisio codi hwyliau Gwyn.

"Ydw. Sori, Gwyn," meddai'n gymodlon. "Mae'n ddrwg 'da fi fod mor hwyr, ond roedd rhai pethe pwysig roedd rhaid i fi wneud cyn y gallen i adael Rhyd-dderwen."

"Pwysig? Wela i," atebodd yn watwarus.

"Ie," atebodd Sara. "Eglura i'r cyfan wrthot ti mewn munud." Rhoes Sara ei bag llaw i lawr ar y bwrdd coffi ac aeth i roi cusan i Gwyn, ond ni chododd yntau ei ben.

"Af i gadw'r cês 'ma lan llofft, 'te," meddai hi, "a gawn ni sgwrs wedyn."

Dringodd Sara'r grisiau i'r ystafell wely a dadbacio dipyn o bethau o'i chês. Newidiodd i'w chrys sidan, cribo ei gwallt hir a chwistrellu ychydig o bersawr dan ei gên cyn dychwelyd i'r lolfa. Roedd hi'n falch o weld bod Gwyn wedi diffodd y teledu ac wedi troi i'w hwynebu wrth iddi ddod trwy'r drws, ond buan iawn y suddodd ei chalon pan glywodd e'n dweud yn chwyrn, "Gest ti amser da yn y White Swan? Ac yng Nghastell Carreg Cennen... yn gneud dy waith *pwysig*?"

"Ti 'di bod yn 'y nilyn i ar fy ffôn eto," meddai Sara'n llawn siom.

"Ydw," atebodd Gwyn. "Be sy o'i le ar hynny?"

"Ti ddim yn meddwl bod gyda fi hawl i rywfaint o breifatrwydd?"

"I fod yn onest. Nac dw. Dwi ddim isio bod mewn perthynas efo person sy'n cadw cyfrinachau oddi wrtho i. O'n i'n meddwl bod ni'n gallu bod yn hollol agored gyda'n gilydd. Ond, dyna ni, rhaid 'mod i'n anghywir."

Doedd Sara ddim yn gwybod sut i ymateb. Wedi'r cyfan roedd hi wedi dweud celwydd wrth honni ei bod yn brysur gyda'i gwaith pan oedd hi wedi mwynhau ei "diwrnod i'r brenin" gyda Carwyn. Teimlai nad oedd ganddi ddewis ond cyfaddef.

"Sori," meddai hi, gan gymryd anadl ddofn. "O'n i 'di bod yn gweithio'n galed a cymeres i rywfaint o amser bant prynhawn dydd Sul i gael cinio a mynd am dro."

"Efo *Carwyn*, dwi'n deall," meddai Gwyn yn goeglyd. "Dwi'n siŵr eich bod chi wedi cael amser da iawn gyda'ch gilydd. Ella mai dyna pam oeddat ti mor awyddus i neud dy bodlediad yn Rhyd-dderwen. Cynnau fflam ar hen aelwyd, ia?"

Teimlai Sara ei hun yn dechrau gwylltio. "O paid â bod yn hurt," meddai. "Wrth gwrs ddim dyna pam es i yna. A shwt wyt ti'n gwbod am Carwyn beth bynnag?" Yna sylweddolodd fod ei ffôn yn gorwedd ar y bwrdd coffi o flaen Gwyn.

"Wyt ti 'di darllen fy negeseuon ffôn?" Brathodd y geiriau. "Shwt yffach cest ti'r *passcode*?"

"Sara bach," meddai Gwyn, fel petai'n siarad â phlentyn ifanc, "dwi 'di dy weld ti'n ei ddefnyddio fo ddigon o weithiau."

"Ers faint wyt ti'n sbeio arna i?" Roedd Sara'n methu credu fod Gwyn wedi mynd i'r fath eithafion i gadw golwg arni.

"Mae gen i hawl i wybod beth mae 'nghariad i'n neud ac efo pwy."

Ysgydwodd Sara ei phen a throi oddi wrtho.

Cododd Gwyn o'r soffa a gafael yn ysgwyddau Sara. Trodd ei chorff i'w wynebu a gafael yn ei gên. Edrychodd i fyw ei llygaid. "Dwi isio gwybod be yn union sy'n mynd ymlaen rhyngthot ti a'r Carwyn 'ma."

"Dim byd," meddai Sara'n bendant, gan gamu'n ôl o afael Gwyn. "Roedd e wedi fy helpu i gyda'r podlediad ac ethon ni am bryd o fwyd ac am dro wedyn. Dyna'r cwbwl."

"Wel," meddai Gwyn, mewn llais ychydig yn fwy caredig, "os wyt ti'n deud y gwir, ac os wyt ti'n addo i fi na wnei di ddim byd fel hyn eto... dwi'n fodlon maddau i ti'r tro 'ma."

Roedd Sara'n methu â chredu'r geiriau ddaeth allan o geg Gwyn. Teimlodd ei hanadl yn cyflymu a'i gwaed yn berwi.

"Ti... yn madde i fi?" gwaeddodd.

"Dim ond os wyt ti'n addo..." dechreuodd Gwyn.

Teimlai Sara fel petai llen wedi cael ei thynnu oddi ar ei llygaid. Daeth hyder drosti o rywle a sythodd ei hun gan edrych i fyw ei llygaid Gwyn.

"Dwyt ti ddim yn fy ngharu i o gwbwl wyt ti? Ti jyst i eisie bod yn berchen arna i, 'na i gyd... eisie i fi wneud yn union beth wyt ti moyn trwy'r amser, heb boeni am 'y nheimlade i."

"O, paid â bod yn afresymol," meddai Gwyn, yn amlwg wedi ei synnu o glywed geiriau Sara.

"Fi jyst yn gweud y gwir." Roedd Sara yn benderfynol o adael i Gwyn wybod yn union sut roedd hi'n teimlo. "Dwyt ti ddim yn dangos unrhyw barch na charedigrwydd ata i a fi wedi cael llond bola. Gei di gysgu yn y stafell sbâr heno, ond fi eisie ti mas o'r lle 'ma cyn gynted â phosib."

"A ble wyt ti'n disgwyl i fi fynd?" gofynnodd Gwyn yn chwyrn.

"Dy broblem di yw hynny," atebodd Sara'n swta. "Cyn belled â dwi yn y cwestiwn gei di fynd yn ôl i'r twll lle 'na yn Grangetown."

21

"Dwi'n *gobsmacked*," meddai Carys ar ôl i Sara orffen adrodd hanes ei hymweliad â Rhyd-dderwen. "O'n i erioed yn disgwyl y bysat ti'n dod yn ôl 'ma wedi datrys dirgelwch Elen Puw… Mae'n rhaid bod y profiad wedi bod yn un anodd iawn i ti."

"Oedd, ac roedd clywed hanes Dai yn anferth o sioc. Dyw hi ddim yn mynd i fod yn hawdd i ni fel teulu, ond o leia bydd rhyw gysur i Dai o wbod ei fod e wedi gwneud y peth iawn. A bydd Jac a Hannah'n gefn iddo fe, fi'n siŵr."

Wrth adrodd yr hanes wrth Carys roedd Sara wedi profi cymysgedd o deimladau. Er bod ei bòs wedi ei chanmol i'r cymylau am lwyddo i ganfod y gwir, ni allai Sara deimlo boddhad mawr o gofio am dranc y ferch ifanc. Roedd hi hefyd yn teimlo'r boen o ganfod bod Dai wedi dioddef drwy ei fywyd ac yn awr yn marw o ganser.

"Y gamp fydd rhoi'r holl beth at ei gilydd 'wan," meddai Carys. "A bydd gen ti ddigon o help gan y tîm cynhyrchu, cofia."

"Bydd, diolch byth am hynny," meddai Sara. "Gyda llaw, mae'r heddlu'n mynd gyda Dai i whilo am y bedd bore 'ma. Felly, bydd y stori am ddarganfod corff Elen Puw yn siŵr o dorri yn y dyddie nesa."

"Wel, gall hynny fod o fantais… codi chwilfrydedd y cyhoedd fel eu bod nhw am wybod mwy am yr achos. Ond rhaid i ni wneud yn siŵr, pan ddaw'r datganiad gan yr heddlu, fod y wasg yn cydnabod y ffaith mai'r gwaith ditectif wnest ti ar gyfar y podlediad helpodd nhw i ganfod y man claddu."

"Diolch, Carys... ac am y cyfle. Gwell i fi ddechre ar y gwaith, 'te," meddai Sara gan godi o'i chadair.

+

CYMRU FYW

De-Orllewin

Darganfod corff merch ysgol ar ôl hanner can mlynedd

Mae Heddlu Dyfed Powys o'r farn eu bod wedi cael hyd i weddillion merch ysgol aeth ar goll o ardal Rhyd-dderwen dros hanner can mlynedd yn ôl. Diflannodd Elen Puw, oedd yn ddeunaw oed ar y pryd, ar ôl bod allan yn oriau mân y bore ar Fai 14eg 1973. Ers hynny, does neb wedi ei gweld ac mae amgylchiadau ei diflaniad wedi bod yn ddirgelwch llwyr. Bu chwilio mawr yn ardal Rhyd-dderwen ar ôl i'r ferch ysgol fynd ar goll ond, yn ôl a ddeellir, ni chwiliwyd yr ardal fynyddig uwchben y dref lle y daethpwyd o hyd i'r gweddillion.

Darganfuwyd y corff, wedi ei gladdu mewn bedd bas, ar ben Mynydd y Grug yng nghyffiniau Rhyd-dderwen wedi i'r heddlu dderbyn datganiad gan ŵr lleol. Roedd y gŵr, sydd heb ei enwi, yn honni iddo fod yn dyst i lofruddiaeth y ferch ac iddo helpu'r llofrudd i gladdu'r corff. Dywed llefarydd ar ran yr heddlu fod y corff mewn cyflwr hynod o dda am ei fod wedi ei gladdu mewn tir mawnog.

Bydd yn rhaid disgwyl am brofion fforensig cyn y gellir cadarnhau'n derfynol mai corff Elen Puw sydd wedi ei ddarganfod. Er hynny, yn ôl yr heddlu, mae cynnwys bag a gladdwyd gyda'r corff yn awgrymu'n gryf mai'r ferch ysgol sydd wedi ei chladdu yno.

Mae'r heddlu bellach wedi casglu'r gweddillion dynol ac wedi diogelu'r man lle cafwyd hyd iddynt. Mae swyddogion fforensig yn archwilio'r safle a bydd archwiliad post mortem yn ceisio canfod sut y bu i'r ferch farw.

Er nad yw'r corff wedi ei adnabod yn ffurfiol, mae teulu Elen Puw wedi eu hysbysu o'r datblygiad hwn ac mae ein cydymdeimlad gyda nhw ar yr adeg drist yma.

Deellir fod cyfaddefiad y dyn lleol wedi ei sbarduno gan ymchwiliad newydd i achos diflaniad Elen Puw gan y BBC fel rhan o bodlediad. Bydd y podlediad hwn, 'Ble aeth Elen Puw?' ar gael ar BBC Sounds yn yr wythnosau nesaf.

"Ydy hynny'n ddigon o hysbýs?" gofynnodd Carys.

"Wel, gobeithio y bydd e'n codi blys ar y gwrandawyr i wbod mwy am yr achos," gwenodd Sara.

"A sut mae'r gwaith yn dod ymlaen?"

"Wel, yn iawn ar y cyfan," atebodd Sara'n araf. "Fi jyst ddim yn gwbod shwt i gloi'r rhaglen. Achos mod i'n nith i Dai, fi'n ofni y bydd y gwrandawyr yn meddwl 'mod i'n treial ei amddiffyn e. Ond fi'n gorfod dangos 'mod i'n hollol ddiduedd, ac mae hynny'n anodd."

"Wyt ti 'di rhoi cyfla i Dai ddeud ei ddeud?" gofynnodd Carys.

"Wel, naddo," atebodd Sara'n araf. "Achos bod yr holl beth mor anodd iddo fe... o'n i ddim eisie gofyn iddo fe wneud cyfweliad."

"Ond beth am gloi efo ychydig o sylwadau gan Dai ei hun? Ddim gofyn iddo fo roi'r ffeithiau – jyst deud sut mae o'n teimlo. Bydd yn gyfle iddo egluro pam y cadwodd yn dawel ac ella y bydd hynny'n gysur i hynny o deulu sydd ar ôl gan Elen Puw."

"Ti'n iawn," atebodd Sara, "Bydde hynny'n ffordd dda o gloi'r rhaglen ac, os yw'r holl stori'n mynd i ddod mas beth bynnag, bydd yn siawns i Dai gael y gair ola."

"Wel, dos yn ôl i Ryd-dderwen, felly, i weld dy Wncwl Dai."

"Diolch, Carys. Af i prynhawn 'ma os yw hynny'n iawn 'da ti," meddai Sara.

"Cyn i ti fynd," meddai Carys, "mae'n ddrwg gen i glywed bod ti a Gwyn 'di gwahanu."

"Shwt yn y byd clywest ti am hynny?" gofynnodd Sara'n llawn chwilfrydedd.

"Es i am ddiod efo rhai o'r genod i'r City Arms ar ôl gwaith neithiwr ac roedd Gwyn yno," atebodd Carys. "O'n i ddim yn clustfeinio ond clywais i o'n sôn wrth rai o'r hogiau ei fod o wedi d'adael di achos bod ti'n gweld dyn arall y tu ôl i'w gefn o."

"Wel," meddai Sara gan esgus chwerthin, "dyw hynny ond yn dangos cymaint o idiot yw e – ac yn profi 'mod i wedi gwneud y peth hollol iawn yn ei gicio fe mas ar ei din."

22

Roedd hi'n dri o'r gloch ar brynhawn Gwener pan gyrhaeddodd Sara'r Felin a Dai yn disgwyl amdani yn y drws wrth iddi barcio'r car.

"Wel, mae cymaint wedi digwydd ers i ti fynd yn ôl i Gaerdydd, Sara," meddai. Roedd golwg flinedig iawn ar Dai ac arhosodd Sara iddo ddod dros bwl o beswch cyn gofyn iddo adrodd yr hanes.

"Es i i Fynydd y Grug gyda'r heddlu i bwyntio mas y domen ro. Ond o'n nhw ddim eisie i fi adel y car i fynd gyda nhw i ddangos y bedd, o'n nhw'n awyddus bod cyn lleied â phosib o bobol yn ymyrryd â'r safle."

"Wedon nhw 'thot ti eu bod nhw wedi cael hyd i'r corff?" gofynnodd Sara.

"Wedon nhw ddim byd, dim ond mynd â fi'n ôl i'r Felin a gweud y bydden nhw mewn cysylltiad. Wedyn, bwyti tri o'r gloch y prynhawn, ces i alwad ffôn wrth Anna Morgan, y ditectif welon ni yn y stesion," meddai Dai.

"O'n nhw'n wedi llwyddo i gael hyd i'r corff yn ddigon hawdd, 'te?"

"Dyna beth wedodd hi. Ac y bydden nhw'n cynnal profion ar y gweddillion."

"Fi'n siŵr ei bod hi'n falch iawn bod ti 'di cofio ble'r oedd y corff wedi'i gladdu," meddai Sara.

"Whare teg. Diolchodd hi i fi am helpu'r heddlu gyda'u hymchwiliade ond roedd hi'n eitha siort... Er mod i wedi egluro'n llawn beth digwyddodd i Elen Puw, mae'n amlwg bod hi ddim yn lico'r ffaith mod i wedi whare rhan wrth gladdu'r corff."

"Welest ti'r adroddiad ar-lein?" gofynnodd Sara, yn ansicr sut y byddai Dai yn ymateb o weld adroddiad am yr achos mewn du a gwyn, yn enwedig y cyfeiriad ato fe.

"Do," atebodd yn araf. "O'n i ddim yn siŵr o'n i eisie darllen y peth a gweud y gwir ond bydd mwy o'r hanes yn siŵr o daro'r wasg, wedyn man a man i fi wynebu ffeithe... Ac wrth gwrs bydd pobol yr ardal yn gwbod y cwbwl unwaith bydd dy bodlediad di mas. Fi wedi cyfadde'n awr, wedyn bydd yr heddlu'n siŵr o'n enwi i'n hwyr neu'n hwyrach."

Bu distawrwydd rhwng y ddau am dipyn a synhwyrodd Sara bryder Dai o wybod y byddai hanes ei ran yn llofruddiaeth Elen Puw yn gyhoeddus yn yr wythnosau nesaf.

Cododd Dai o'i gadair i lenwi'r tecell, gan wneud ystum codi cwpan ar Sara. Nodiodd hithau ei phen.

"Ces i alwad ffôn arall oddi wrth Anna Morgan bore 'ma," meddai Dai ar ôl iddo ddychwelyd i'w gadair. "Ac roedd newydd da gyda hi," dywedodd ychydig yn fwy sionc.

Cododd Sara ei haeliau. "Ynglŷn â'r CPS?"

"Ie. Dy'n nhw ddim yn bwriadu dod ag achos yn f'erbyn i am helpu i gladdu'r corff," meddai gydag ochenaid.

"Wel, diolch byth am hynny. Fi'n siŵr ei fod yn rhyddhad mawr i ti."

Cododd Dai o'i sedd i wneud y te. "Doedd e ddim er budd y cyhoedd, medden nhw... Ac roedd yr *oncologist* yn yr ysbyty wedi cadarnhau taw misoedd sy gyda fi ar ôl. Fi'n siŵr fod hynny rywbeth i wneud â'u penderfyniad nhw."

"Mae rhyw dda'n dod o bob drwg, medden nhw," meddai Sara gyda gwên wan wrth edrych ar ddwylo sigledig Dai'n tywallt dŵr berw i'w cwpanau.

"Mae cwpwl o dditectifs yn dod yma dydd Llun er mwyn fy holi i ymhellach. Mae'n debyg y byddan nhw'n ailagor yr achos ac eisie darlun llawn o'r noson honno pan gafodd Elen Puw ei lladd."

Rhoes Dai'r cwpanau te i lawr ar y bwrdd coffi cyn aileistedd yn y gadair freichiau.

Oedodd Sara am ychydig cyn gofyn iddo, "A shwt aeth hi gyda Jac a Hannah? Wyt ti 'di gweud yr holl hanes wrthyn nhw, gobeithio?"

"Do," atebodd Dai yn araf. "Es i i'w gweld nhw ar ôl i ti adel am Gaerdydd. Roedd e'n sioc fawr iddyn nhw, yn enwedig Hannah. Roedd hi ond newydd glywed am fy salwch i ac roedd clywed hanes y llofruddiaeth ar ben hynny yn dipyn o ergyd iddi."

"Galla i ddychmygu, a hithe'n gwbod dim byd oll am dy ran di yn y peth... Beth ddwedodd hi, 'te?" gofynnodd Sara yn araf.

"Roedd hi wedi ypsetio'n lân... yn mynnu y dylen i fod wedi gweud y gwir wrthi. Os oedd Jac ddim yn barod i glywed fy stori, yna bydde hi 'di bod yn glust i wrando blynyddoedd yn ôl. Bydde hi 'di gwneud ei gore glas i 'mherswadio i i fynd at yr heddlu. Ond roedd hi'n falch 'mod i 'di penderfynu i rannu'r gyfrinach o'r diwedd."

"Dyw hi ddim yn dal dig, 'te?" gofynnodd Sara.

"Mae'n rhy hwyr i hynny, medde hi. Er, so i'n credu ei bod hi'n hapus iawn bod enw Maesyderi'n cael ei gysylltu gyda llofruddiaeth Elen Puw... A phan glywodd hi pwy oedd wedi lladd y ferch, roedd hi'n ffaelu dod dros y peth. 'O'n i'n gwbod,' meddai hi sawl gwaith, 'taw dyn drwg oedd yr hen Howard Griffiths 'na'."

"Wyt ti'n dal yn fodlon rhoi cyfweliad byr yn rhannu dy deimlade nawr mae'r stori'n mynd yn gyhoeddus?" holodd Sara braidd yn betrusgar.

"Ydw," atebodd Dai yn bendant, "Aros funud i fi gael hôl y pishyn papur ble fi 'di sgrifennu cwpwl o syniade i lawr."

"Iawn, 'te," atebodd Sara. "Af i i osod yr offer ar ford y gegin."

Cyfweliad gyda Dai Jones

SARA: Fyddai hi ddim yn briodol i ni orffen y podlediad hwn heb glywed gan rywun sydd wedi bod yn ganolog i achos diflaniad Elen Puw, sef Dai Jones. Dai, ydych chi'n fodlon dweud wrth y gwrandawyr sut ydych chi'n teimlo nawr bod y stori'n mynd yn gyhoeddus?

DAI: Ydw. Mae wedi cymryd dros hanner can mlynedd i fi fod yn ddigon dewr i ddweud y gwir am beth ddigwyddodd i Elen Puw, ond fi'n teimlo'n falch 'mod i wedi gallu cywiro'r cam yna'n awr.

SARA: Wel, ry'ch chi wedi adrodd eich hanes i fi ac wedi rhoi datganiad llawn i'r heddlu. Mae ffeithiau moel yr achos yn hysbys bellach, ond beth ydych chi eisiau i'r cyhoedd wybod am Dai, y person gafodd ei effeithio cymaint gan lofruddiaeth Elen Puw?

DAI: I ddechrau, fi eisie ymddiheuro o waelod calon am gadw'n dawel ers cymaint o amser, yn enwedig i'r rhai oedd agosaf at Elen. O'n i byth 'di gallu wynebu ei rhieni, Eric a Gwen, a bydd yr euogrwydd am hynny'n aros gyda fi hyd ddiwedd fy oes. Chi'n gweld, petawn i 'di adrodd yr hanes, bydde pawb yn gwbod nid yn unig mod i 'di helpu i gladdu corff y ferch, a bydde hynny'n anfaddeuol, ond bydde'n rhaid i fi hefyd gyfadde beth wnaeth Howard Griffiths i fi. O'n i'n teimlo'n frwnt ac yn ddiwerth a dyna'n benna wnaeth i fi gadw'n dawel.

SARA: A sut ydych chi'n teimlo erbyn hyn, Dai?

DAI: Wel, all neb newid y gorffennol, felly does dim pwrpas mewn difaru bellach. Ond mae dyn yn gallu dylanwadu ar y dyfodol a fi'n gweddïo nad yw marwolaeth Elen Puw 'di bod yn hollol ofer. Rhaid i ni wneud yn siŵr na fydd dynion fel Howard Griffiths yn cael distrywio bywyde pobol ifanc yn y dyfodol. Rhaid i ni wrando ar y rhai sy'n gwbod y gwir am bobol fel hyn a chredu eu stori.

"Diolch, Dai," meddai Sara, wrth ddiffodd y peiriant recordio. "Mae honna'n neges bwysig. Petai'r heddlu wedi gwrando ar y cwynion am Howard Griffiths, mae'n bosib y byddai Elen Puw yn dal yn fyw heddi. Ond, fel wedest ti, allwn ni ddim newid y gorffennol yn anffodus."

"Pryd ti'n meddwl y bydd y stori'n gyhoeddus, 'te?" gofynnodd Dai.

"Wel, fi'n disgwyl y bydd yr heddlu'n rhoi datganiad arall i'r wasg rywbryd wthnos nesa, unwaith y byddan nhw'n gallu cadarnhau bod y gweddillion dynol yn perthyn i Elen Puw. Mae'n eitha tebyg y byddi di'n cael dy enwi adeg honno a bydd dy ran yn dod yn hysbys. Fi'n siŵr taw dyna un o'r rhesyme maen nhw eisie dy holi di dydd Llun – er mwyn cael y ffeithie'n hollol gywir."

"Bydd pawb yn Rhyd-dderwen yn gwbod, 'te?"

"Byddan," atebodd Sara'n araf, "Ond, yn fy marn i, mae 'na un person ddyle cael gwbod dy stori di cyn iddi daro'r wasg. Mae hi 'di cael ei heffeithio bron cymaint â neb gan ddiflaniad Elen Puw a fi'n credu bod gyda hi hawl i wbod beth ddigwyddodd."

"Meinir Roberts?"

"Ie," atebodd Sara. "Fi'n siŵr ei bod hi wedi cael tipyn o sioc yn barod o glywed bod y corff 'di cael ei ddarganfod. Wyt ti'n fodlon i fi weud yr hanes wrthi… am beth ddigwyddodd y noson honno?"

"Ydw," nodiodd Dai ei ben. "Bydd hi'n siŵr o glywed y gwirionedd pan ddaw dy bodlediad di mas."

"O't ti'n ddewr iawn yn cytuno i siarad am dy brofiad," meddai Sara. "Diolch am dy help, a phob lwc gyda'r heddlu dydd Llun. Fi am fynd lawr i'r garej nawr i weld os yw Meinir Roberts ar gael."

Roedd golwg drist ar wyneb Dai wrth i Sara yrru i ffwrdd ond dechreuodd deimlo bod rhyw gysgod yn codi oddi arno. Roedd yn gwybod ei fod wedi gwneud y peth iawn.

23

Roedd hi'n ddigon distaw yng ngarej Roberts Motors pan gamodd Sara i mewn i'r dderbynfa.

"Ydy Carwyn o gwmpas?" gofynnodd i'r ferch wrth y ddesg oedd yn sgrolio drwy ei ffôn.

"Sara, o'n i ddim yn disgwyl dy weld di'n ôl yma mor glou," meddai Carwyn, oedd yn sefyll yn y drws y tu ôl iddi.

Trodd Sara ar ei sawdl. "Na… Wel, roedd rhai pethe angen eu gwneud ar gyfer y podlediad. Fi newydd fod yn Y Felin yn cyfweld â Dai. Ac o'n i eisie gair gyda ti," meddai, gan droi i edrych ar y dderbynwraig, "… yn breifat, os yw'n bosib."

"Dim problem," meddai Carwyn, gan ei harwain i swyddfa fechan yng nghefn y dderbynfa.

"Cymer sêt. Mae hyn yn swnio'n *serious*."

Oedodd Sara am rai eiliadau cyn codi ei phen i edrych yn syth at Carwyn. "Fi'n gwbod pwy laddodd Elen Puw… a fi'n meddwl y dyle dy fam gael gwbod cyn i'r stori ymddangos yn y wasg."

"Ti'n gwbod?" gofynnodd Carwyn yn syn. "Ond shwt…?"

"Mae'n stori hir," meddai Sara. "Fi'n siŵr bod dy fam 'di clywed bod corff Elen Puw wedi cael ei ffeindio ar ben Mynydd y Grug."

"Do. Ac roedd hynny'n dipyn o sioc iddi. Ond mae hi'n falch fod yr heddlu 'di cael hyd iddi o'r diwedd."

"Wel, wyt ti'n meddwl y bydd hi eisie clywed beth ddigwyddodd y noson yr aeth hi ar goll?" gofynnodd Sara.

"Sdim dal shwt bydd Mam yn ymateb... ond, bydd rhaid iddi gael gwbod yn hwyr neu'n hwyrach. Aros di fan hyn ac af i drws nesa i gael gair gyda hi. Daw Sue â dishgled i ti tra rwyt ti'n disgwyl."

Doedd Sara ddim wedi cael amser i orffen ei choffi cyn i Carwyn ddychwelyd o dŷ ei rieni.

"Mae Mam eisie dy weld di," meddai Carwyn. "Dere. Awn ni."

Roedd Meinir Roberts yn eistedd ar y soffa yn y lolfa, yn gafael yn dynn yn llaw Alan, ei gŵr. Roedd ei hwyneb yn bryderus ond golwg ddisgwylgar yn ei llygaid.

Ymunodd Carwyn gyda'i rieni ar y soffa a chymerodd Sara'r gadair esmwyth gyferbyn â nhw.

"Dyw hon ddim yn stori hawdd i fi adrodd, am resymau personol," meddai Sara. "Ond fe wna'i ngore i roi'r ffeithie i chi fel eich bod chi'n deall yn union beth digwyddodd y noson honno a pam iddo gael ei gadw'n gyfrinach."

Aeth Sara yn ei blaen i adrodd hanes y noson y llofruddiwyd Elen Puw. Dechreuodd Meinir wylo'n dawel ym mraich Alan pan glywodd fel y bu i Howard Griffiths grogi ei ffrind a chludo ei chorff o'r parc i'w gladdu ar ben y mynydd.

Ar ôl i Sara orffen, cofleidiodd Alan Roberts ei wraig.

"O't ti ddim ar fai. Meinir," meddai'n dyner. "Clywest ti beth wedodd Sara. Doedd dim byd y gallet ti fod wedi'i neud i atal y peth rhag digwydd."

"Ond, es i ddim â hi gartre'n saff," wylodd Meinir.

"Naddo," meddai Alan, "ond Elen wedodd 'thot ti am ei gollwng hi wrth y parc. Elen benderfynodd ddringo'r relings. Elen dynnodd y balaclafa 'na oddi ar ben Howard Griffiths. O't ti ddim ar fai am un o'r pethe hynny. Rhaid i ti stopio beio dy hunan nawr."

"Fydde Elen ddim 'di gwrando arna i beth bynnag. Un fel'na oedd hi."

Yna trodd Meinir at Sara, "Diolch i ti, Sara. Fi'n siŵr fod ffeindio mas am Dai 'di bod yn dipyn o sioc i tithe hefyd. Ac mae'n ddrwg 'da fi am fod mor anghwrtais. Fi'n gobeithio y gelli di fadde i fi am hynny."

"Wrth gwrs," meddai Sara, "a rhaid i chithe fadde i fi am fod mor ddifeddwl â galw arnoch chi'n ddirybudd heb ystyried eich teimlade chi."

Nodiodd Meinir ei phen a synhwyrodd Sara ei bod yn bryd iddi ffarwelio. Cododd o'i chadair, "Gwell i fi fynd. Mae wedi tywyllu a fi eisie gyrru'n ôl i Gaerdydd."

"Cerdda i'n ôl at y car gyda ti," dywedodd Carwyn, gan godi ati. "Fi eisie cloi lan yn y garej, ta beth."

Wrth i Sara sefyll ar y pafin yn estyn allweddi'r car, dywedodd Carwyn, "Yffach, Sara, ti 'di bod trwy lot yn yr wthnos ddwetha, on'd wyt ti?"

"Dyw e ddim 'di bod yn hawdd," cododd ei haeliau. "A bydda i'n falch pan fydd y podlediad 'ma wedi'i gwpla."

Oedodd Carwyn am ychydig, "A shwt aeth pethe gyda'r cariad?" gan smalio bod yn ddifater. "Chi wedi llwyddo i sortio pethe mas?"

"Do," atebodd Sara'n araf. "Mae popeth wedi'i sortio rhyngthon ni."

Gwelodd Sara wyneb Carwyn yn disgyn i'w sodlau ond yna ceisiodd ymddangos yn falch, "Cyn belled â bod ti'n hapus. Dyna beth sy'n bwysig."

Dechreuodd Sara wenu o weld yr olwg ddifrifol ar wyneb Carwyn. "Ydw," atebodd, "fi'n hapus iawn… 'mod i wedi gweld synnwyr o'r diwedd ac wedi gweud wrth y bastad hunanol 'na ble i fynd."

"Mae e drosodd rhyngthoch chi, 'te?"

"*Finito*," meddai Sara'n fuddugoliaethus. "Mae Gwyn 'di symud mas, diolch i'r nefoedd."

Pwysodd Sara yn erbyn drws y car ac edrych lan ar Carwyn, oedd yn ceisio cuddio'r wên fawr ar ei wyneb. "A Carwyn," meddai, gan afael yn ei law, "ti'n gwbod y gusan yna o't ti ar fin rhoi i fi nos Sul?"

"Pa gusan?" Smaliodd Carwyn edrych yn syn. Yna tynnodd Sara ef ati a'i gusanu'n dyner.

"Wyt ti'n bwriadu gyrru'n ôl i Gaerdydd heno?" gofynnodd Carwyn ar ôl tipyn.

"Wrth gwrs. Pam?"

"Wel, mae'n nos Wener a sdim gwaith 'da ti fory, oes e? A neb yn dy ddisgwyl di yn y fflat crand 'na?"

"Wel… nac oes, gweud y gwir," atebodd Sara'n araf, gan syllu i lygaid Carwyn.

"Pam na wnei di aros yn Rhyd-dderwen, 'te, yn lle gyrru'r holl ffordd 'nôl i Gaerdydd yn y twyllwch? Mae digon o le yn Llwyncelyn a fi'n addo bod yn ŵr bonheddig."

"Ddim yn rhy fonheddig gobeithio," chwarddodd Sara.

"Tec-awê a ffilm ar Netflix yn dy siwtio di?" gofynnodd Carwyn.

"Perffaith," atebodd Sara, gan ei gusanu eto.

+

CYMRU FYW

De-Orllewin

Adnabod gweddillion corff ar Fynydd y Grug fel rhai Elen Puw

Mae'r heddlu wedi cadarnhau mai corff y ferch 18 oed, Elen Puw a ddiflannodd o'i chartref ym mis Mai 1973, gafodd ei ddarganfod mewn bedd bas ar Fynydd y Grug ger Rhyd-dderwen.

Cafwyd hyd i weddillion y ferch ychydig lathenni oddi ar y ffordd fynyddig ond, oherwydd oed y corff, ni fu'n bosibl i brofion fforensig gadarnhau i sicrwydd beth oedd achos ei marwolaeth. Daeth y wybodaeth am y man claddu i law'r heddlu drwy ddatganiad gan ŵr lleol, David Jones, a fu'n eu helpu gyda'u hymchwiliad i'r achos.

Yn ôl Mr Jones, roedd Elen Puw yn dyst i ymosodiad rhywiol arno gan ffigwr amlwg yng nghymuned Rhyd-dderwen. Honnodd Mr Jones fod y ferch wedi ei llofruddio gan y gŵr rhag iddi ddatgelu'r hyn a welodd. Yn dilyn y llofruddiaeth, meddai, cludwyd y corff yng nghar y llofrudd i'r man claddu ger brig y mynydd. Yn ei ddatganiad i'r heddlu, mae Mr Jones yn mynnu ei fod wedi cael ei orfodi i helpu i guddio'r corff ac i gadw'n dawel am y llofruddiaeth.

Yng ngoleuni'r dystiolaeth newydd, mae'r heddlu wedi penderfynu ailagor yr achos. Ers yr adolygiad diwethaf yn 1997, bu datblygiadau mawr ym maes profion DNA a gobaith yr heddlu yw y gellir adnabod llofrudd Elen Puw drwy gynnal profion o'r newydd.

Mae hanes diflaniad Elen Puw yn destun podlediad gan y BBC a ryddheir yr wythnos hon ar BBC Sounds dan y teitl, 'Ble aeth Elen Puw?'.

24

Roedd yn ddiwrnod oer ym mis Tachwedd a haen o farrug ar lawr pan gynhaliwyd angladd Dai Maesyderi yn eglwys hynafol Sant Luc. Edrychai'r adeilad yn hardd iawn y diwrnod hwnnw, gan fod Hannah wedi sicrhau fod yr allor a'r ystlys wedi eu haddurno gyda threfniannau lilis gwynion, yn gymysg â rhedyn cain yn barod ar gyfer y gwasanaeth.

Roedd tipyn mwy na'r disgwyl wedi troi i mewn i'r eglwys i dalu'r deyrnged olaf i Dai ac, wrth i'r ficer gymryd ei le o flaen y gynulleidfa, gallai weld bod yr addoldy bach bron yn llawn. Roedd teulu Maesyderi i gyd yno, Jac a Hannah, Ffion a Gareth ac roedd Ioan a Zoe, ei gariad, hefyd yn bresennol. Yn y rhes y tu ôl iddyn nhw eisteddai Dewi a'i wraig, Cerys, a Sara a Carwyn, y ddwy fenyw ifanc yn edrych yn osgeiddig iawn yn eu siwtiau a'u hetiau du a'u sodlau uchel.

Roedd nifer o bobl leol wedi mynychu'r gwasanaeth er parch i deulu Maesyderi, gan gynnwys Richard Owen a Janet Edwards, a eisteddai wrth ymyl ei gilydd tua chefn yr eglwys. Ac roedd Sara wedi synnu o weld cynifer o aelodau'r gymdeithas amaethyddol leol hefyd yn bresennol, ond bu Dai yn gontractwr llwyddiannus yn gwneud gwaith i lawer ohonynt dros y blynyddoedd.

Bu'r gwasanaeth ei hun yn un byr ond emosiynol, gyda Jac yn cael trafferth i reoli ei deimladau pan gododd i roi araith fer er cof am ei frawd.

Roedd haul gwan wedi torri trwy'r cymylau erbyn i'r gynulleidfa gerdded mas o'r eglwys i ymgasglu yn y fynwent cyn ymadael am yr amlosgfa. Sychodd Sara ei dagrau cyn iddi gamu i'r heulwen a rhoes Carwyn ei fraich o gwmpas ei hysgwydd wrth iddyn nhw gydgerdded drwy'r fynwent.

"Dai druan, cafodd e fywyd digon anodd," dywedodd Sara, yn dal yn ddagreuol, wrth droi at Carwyn, "ond, er ei fod e'n dost, roedd e i weld lot yn hapusach yn y misoedd diwetha... Ac roedd e mor neis bod y ddou o'ch chi wedi dod yn gyment o ffrindie cyn y diwedd."

Nodiodd Carwyn, "O'n i'n enjoio'i gwmni fe. Roedd e'n foi eitha diwylliedig. Roedd e'n gwbod enwe'r caeau i gyd o gwmpas Maesyderi a 'di edrych i mewn i'w hystyron a'u hanes nhw hefyd."

"Wel, mae e 'di cael angladd ddigon parchus, ta beth," meddai Sara.

Roedd Sara'n awyddus i gael gair gyda'i chefnder, Ioan, a'i gariad cyn gadael y fynwent. Dim ond ers rhyw chwe wythnos yr oedd Ioan wedi cyrraedd yn ôl ym Maesyderi o Seland Newydd a doedd Sara ddim wedi cael llawer o gyfle i sgwrsio'n iawn gydag e ers iddo ddychwelyd. Wrth iddi gerdded draw at y cwpl, gwelodd fod bwmp babi Zoe bellach yn eithaf amlwg.

Roedd Ioan yn ddyn mawr, cyhyrog oedd wedi etifeddu gwallt cyrliog, cochlyd ei dad. Roedd yn edrych braidd yn anghyfforddus yn ei siwt barchus a'i esgidiau sgleiniog, yn wahanol iawn i'r tro diwethaf i Sara ei weld yn helpu ei dad ym Maesyderi yn ei oferôls gwaith a'i welis gwyrdd. Gafaelai'n dynn yn llaw Zoe, merch hardd benfelen oedd yn edrych braidd ar goll ymysg yr holl bobl ddieithr ac yn glynu'n glos wrth ochr Ioan.

"Shwt wyt ti'n setlo'n ôl yn Rhyd-dderwen?" gofynnodd Sara.

"Grêt, diolch," atebodd Ioan gyda gwên. "O'n i wastad yn gwbod y bydden i'n dod nôl yma i fyw… jyst mater o amser oedd e. Ond mae'n biti mawr taw marwolaeth Wncwl Dai ddaeth â fi gartre."

"Dwedodd Jac ei fod e wedi gadael ei hanner e o'r ffarm i ti. O'n meddwl y bydde fe," dywedodd Sara.

"Do, hanner tir y ffarm a'r Felin i fi a lwmp sylweddol o arian i Ffion. O'n i wastad yn meddwl ei fod e braidd yn grintachlyd," chwarddodd Ioan. "Fydden i byth 'di meddwl ei fod e 'di llwyddo i gynilo cymaint â hynny o gelc."

"Buodd e'n ddigon hael gyda fi a Dewi hefyd," atebodd Sara. Yna trodd at gariad Ioan, *"And Zoe, what do you think of Maesyderi?"* gofynnodd i'r ferch radlon oedd yn gafael yn llaw Ioan.

"I love it," meddai hi yn ei hacen Seland Newydd, *"It's so pretty around here and just like New Zealand in parts. Everyone's so friendly. And I just love Jac and Hannah.* Fi'n caru'r lle," dywedodd.

"Dechreuodd Zoe ddysgu Cymraeg bwyti tri mis yn ôl pan ofynnais iddi ddod yn ôl i Gymru gyda fi," eglurodd Ioan, "a nawr bydd y babi'n cael ei fagu yng Nghymru, mae hi'n fwy penderfynol byth, on'd wyt ti?" meddai gan ei thynnu'n nes ato.

"Ie. Rhaid i fi siarad Cymraeg," meddai Zoe. *"You must help me, Sara, when you get a chance. Ioan is hopeless."*

"Wrth gwrs… Da iawn ti," meddai Sara. "A shwt mae'r gwaith ar Y Felin yn dod ymlaen?"

"Yn ara deg, ond dim ond gobeithio byddwn ni'n gallu symud i mewn cyn i'r babi gyrraedd."

"Ac o'n i'n clywed eich bod chi 'di mabwysiadu Ianto," gwenodd Sara.

"Wel, fe sy 'di'n mabwysiadu ni," atebodd Ioan. "Roedd e'n crwydro rownd Y Felin yn ddi-stop pan aeth Dai i mewn i'r ysbyty. Ac yn udo yn y nos, yn ffaelu deall ble'r oedd ei feistr wedi mynd. Wedyn dechreuodd Zoe roi sylw iddo fe a mynd â fe am dro, ac mae e wedi cymryd ati'n ofnadwy. Pallu gadael llonydd iddi."

"Ie, fi'n caru Ianto," meddai Zoe.

"A beth amdanat ti, Sara?" gofynnodd Ioan, "Wyt ti 'di setlo'n ôl yn Rhyd-dderwen? Ddim yn colli Caerdydd, wyt ti?"

"Symud yn ôl yma oedd y peth iawn i fi. Pan ddes i yma i wneud y podlediad nôl ym mis Chwefror, dechreues i sylweddoli cymaint o'n i'n colli'r lle... a cymaint o gymdeithas glos sy'n dal i fod yma. Ac wrth gwrs, symudes i'n ôl i fod gyda Carwyn," meddai'n swil, gan gochi at ei chlustiau. "Gwell i fi fynd i gael gair gyda Hannah. Mae hi'n codi llaw arna i."

Ffarweliodd gyda Ioan a Zoe cyn iddi orfod dweud mwy.

"Wel," meddai Hannah, "Beth wyt ti'n meddwl o Zoe ni, 'te? Mae hi'n siarad Cymraeg yn barod, ti'n gwbod. A fi'n ffaelu aros i fod yn fam-gu eto."

"Mae hi i weld yn ferch neis iawn," atebodd Sara, "a mentra i dy fod ti'n falch i gael Ioan yn ôl ar y ffarm."

"O, ydw. Bydd ei angen pan aiff Jac mewn i'r ysbyty i gael ei glun newydd. Fe wnaeth yr hen Dai y peth iawn yn y diwedd o ran y plant, Ioan a Ffion, whare teg iddo fe. Ac o'n i'n falch bod y ddou o'n ni wedi cymodi... Ble mae Carwyn 'da ti?"

"Draw fanna'n siarad gydag Eifion Tŷ Mawr. Fentra i ei fod e'n treial ei berswadio i logi fan i fynd i'r Sioe Aeaf." Cododd Sara ei haeliau.

"Wel, ti'n cofio fi'n gweud 'thot ti y gallet ti wneud lot gwâth na Carwyn Roberts? O'n i yn llygaid fy lle, ond o'n i?"

"Ti oedd yn iawn, Hannah. Ces i lot o waith meddwl ar ôl cael y sgwrs 'na gyda ti."

"Wel, diolch byth fod ti 'di cael gwared â'r hen Gwyn 'na. Wyt ti'n gwbod beth yw ei hanes e erbyn hyn?"

"Wedi gadel Caerdydd. Rhoiodd e'r gore i'w swydd yn y brifysgol – gormod o waith marcio aseiniade – ac mae e nawr yn gweithio yn yr Archifdy yng Nghaernarfon."

"Wel fi'n siŵr bod ti ddim yn gweld ei golli fe," chwarddodd Hannah. "Nawr cofia weud wrth bawb fod croeso iddyn nhw ddod 'nôl am de angladd gyda ni yn y Dderwen Arms ar ôl bod yn yr amlosgfa."

Roedd Janet Edwards ar fin gadael y fynwent pan aeth Sara ati i ddiolch am ddod i angladd Dai.

"Wel, roedd e'n frawd i Catherine, on'd oedd e, ac roedd y ddou o'n nhw mor agos," meddai Janet. "Hei, cafodd dy bodlediad di dipyn o sylw, on'd do fe? Yn enwedig pan ffeindiest ti mas taw Howard Griffiths oedd y llofrudd. Mae Elaine Harries yn dal i fynnu nad oedd ei thad ddim byd oll i wneud â'r peth er gwaetha'r DNA ffeindion nhw."

Ochneidiodd Sara. "O'n i'n deall ei bod hi 'di gwrthod rhoi sampl i'r heddlu ar gyfer y DNA teuluol a buodd raid iddyn nhw fynd ar ôl ei brawd, Malcolm. Roedd e'n ddigon parod i helpu'r heddlu, wrth lwc."

"Ac oedd e'n matsio'r DNA oddi ar y balaclafa o'r parc… oedd hefyd â DNA Elen Puw arno fe. Mae hynny'n profi pethe, on'd yw e?" meddai Janet.

"Ddim yn ôl Elaine Harries. Cyd-ddigwyddiad llwyr, medde hi," atebodd Sara. "Mae jyst yn biti bod corff Howard

Griffiths wedi ei losgi ar ôl iddo fe farw fel bod dim posib profi'r peth gant y cant."

"Yn ôl y sôn, roedd Elaine yn wallgo pan glywodd hi'r podlediad," meddai Janet. "Fentra i dy fod ti'n cadw'n ddigon pell o Ael-y-Bryn nawr wyt ti'n ôl yn Rhyd-dderwen."

"Wel, fi 'di llwyddo i'w hosgoi hi hyd yn hyn," crychodd Sara ei thalcen.

"A ti yma i aros, gobeithio?"

"Ydw. Daeth swydd lan gyda'r BBC rai misoedd yn ôl. O'n nhw'n whilo am rywun i fod yn gyfrifol am newyddion y De-orllewin ac o'n i'n ddigon ffodus i gael y gwaith.

"O't ti siŵr o fod wedi gwneud dy farc," meddai Janet. "Ac wyt ti 'di setlo yn Llwyncelyn erbyn hyn?"

"Mae'r tŷ braidd yn ddigymeriad, felly mae Carwyn am ei werthu. Ry'n ni'n gobeithio prynu Gwynfan – mae e'n ôl ar y farchnad, ti'n gwbod. Doedd y prynwyr newydd eriôd wedi gallu setlo yn yr ardal."

"O, da iawn. Bydde dy fam a dy dad mor falch."

"Gobeithio y cawn ni e am y pris iawn," meddai Sara.

"Gwranda, gwell i fi fynd," meddai Janet. "Ddo i ddim i'r amlosgfa gyda chi. A hei… diolch i ti hefyd am beidio cynnwys unrhyw beth yn dy bodlediad am y frech ieir ces i pan o'n i'n naw oed," chwarddodd.

Cerddodd Sara draw at fedd Gwen ac Eric Puw i edrych ar yr arysgrif newydd oedd wedi ei gerfio o dan enwau'r ddau:

Gwen Puw 1931–1990
Eric Puw 1930–1997
Ac hefyd eu merch Elen
1955–1973
Daeth gartre o'r diwedd

Roedd hi mor falch fod nith Eric wedi penderfynu y dylai gweddillion Elen gael eu claddu gyda'i rhieni ym mynwent Sant Luc. Roedd Sara wedi mynychu'r angladd rai misoedd ynghynt i gadw cwmni i Hannah, a lefodd yr holl ffordd drwy'r gwasanaeth. Roedd Meinir Roberts hefyd yn bresennol gyda Carwyn yno'n gefn iddi.

Trodd Sara a gweld bod Richard Owen yn sefyll y tu ôl iddi.

"Bydde dy fam yn falch iawn," meddai Richard, gan bwyntio at y beddfaen, "ond peth cas ar y diawl yw gweld llofrudd yn dianc rhag ei gosb. Os oedd yr heddlu'n ffaelu profi dim byd, o leia galla i fynd o'r hen fyd 'ma'n gwbod i sicrwydd pwy oedd yn gyfrifol am ladd Elen Puw," meddai gan droi ar ei sawdl.

Edrychai Sara arno'n symud yn araf i ymuno â gweddill y dorf oedd yn gadael drwy giatiau'r eglwys. Roedd ei gerddediad yn araf a'i gefn wedi crymu ac roedd hi'n ofni bod ei eiriau'n swnio fel rhai dyn oedd yn dod at ddiwedd ei ddyddiau.

Galwodd Carwyn arni i brysuro, "Dere mlân, Sara, neu fyddwn ni'n hwyr i'r amlosgfa."

Edrychodd Sara ar y beddfaen unwaith yn rhagor a chlywed geiriau'r gân roedd Hannah wedi ei dysgu iddi pan oedd yn groten fach yn atseinio yn ei phen:

'Rhaid yw eu tynnu i lawr,
rhai gwyrdd, rhai glas, rhai bach, rhai mawr,
Cawn sbaner neu li' ac arfau di-ri,
ond rhaid yw eu tynnu i lawr.'

Holwch am bris argraffu!
www.ylolfa.com